broccoli lion
브로콜리
sime 일러스트
라이온 지음

聖者
성자

Eccentric priest and the Training to the death
샐러리맨이 이세계에서 살아남기 위해 걷는 길

無双
무쌍

10

S NOVEL

CONTENTS

11장

음모의 교회 본부와 현자의 귀환

01 교회로의 귀환과 기다리고 있던 것

공중도시국가 네르달의 전이 마법진이 기동하자 빛이 우리를 감쌌다.

지금껏 느껴보지 못한 부유감이 든 뒤에 눈을 떠보니 예상과는 다른 곳이었다.

"여긴…… 교회 본부 대훈련장?"

예전에 교황님께서 우리를 네르달로 전송해줬던 그 방으로 갈 줄 알았는데, 아니었다.

곧바로 주변을 확인해봤다. 이미 저녁이 돼서 어둑하긴 했지만, 익숙한 성 슈를 교회 본부 내에 있는 대훈련장임을 확인하고서 조금 안도했다.

양쪽 마법진이 서로 연결된 구조인 줄 알았는데, 아무래도 그건 아닌 듯했다.

무사히 지상으로 돌아왔으니 나는 우선은 교황님께 귀환을 보고하기로 했다.

그러나 나디아와 리디아에게 말을 걸려는 순간, 갑옷을 달그락 거리며 기사들이 햇불을 들고 대훈련장으로 몰려왔다.

"기사들이 이렇게 마중을 나오다니, 다들 호들갑이 심하네."

나는 무시근하게 중얼거리고서 기사들이 정렬하기를 기다렸다. 그런데 뭔가 분위기가 이상했다.

기사들이 모두 허리에 검을 차고 있었고, 표정도 하나 같이 굳어 있었다. 심지어 누군가는 적의가 담긴 눈으로 나를 노려보기까지 했다.

내가 신벌을 받아 성속성 마법을 상실했다는 그 소문이 예상보다 널리 퍼진 걸까.

이곳은 교회 본부답게 당연히 신앙심이 깊은 자들이 많다. 내가 신벌을 받았다는 것을 대죄를 저질렀다는 의미로 해석했을 것이다.

물론 다른 꿍꿍이를 품은 사람도 있을 테지만.

"루시엘 님, 어떻게 할까요?"

"언제든 움직일 수 있습니다."

나디아와 리디아도 기사들의 분위기가 이상하다는 것을 감지한 모양이다.

그러나 나는 그들과 대적하고 싶은 생각이 없으므로 일단은 상황을 지켜보기로 했다.

"대적할 필요 없어. 이들은 일단 성 슈를 교회의 기사들이니까."

내가 태연하게 말하자 두 사람은 고개를 끄덕이고서 내 뒤에서 대기했다.

이내 곧 기사들 사이로 여성 기사들이 다가왔다.

"루미나 씨, 그리고 발키리 성기사단 여러분, 다녀왔습니다. 원정을 나가셨다는 얘기를 들었는데, 마침 교회에 계셨군요."

"어서 와. 원정을 나갔다가 도중에 더 중요한 임무가 생겨서 돌아왔어."

루미나 씨는 오랜만에 만나서 기쁜 눈치였지만, 일단은 기사단 대표로서 날 맞이하러 나온 모양이었는지 격식을 무너트리지는 않았다.

하지만 정작 다른 발키리 성기사대 대원들의 얼굴에서는 당황한 기색이 엿보였다.

혹시 그녀들조차 날 의심할 정도로 소문이 나쁘게 퍼진 걸까? 다만 적의나 혐오감이 아닌 걱정의 감정이 담긴 시선이라는 점이 그나마 다행이었다.

아무래도 내 소문을 빠르게 불식하려면 이 자리를 최대한 이용해야 할 것 같았다.

가장 확실한 방법은 성속성 마법을 보여주는 거겠지.

소문이 나도는 중에도 나를 믿어주는 루미나 씨의 기대에 부응하기 위해서라도……

"발키리 성기사대의 성대한 마중을 받으니 조금 민망하군요. 교황님의 지시입니까?"

"미안하지만, 아니야. 루시엘 군은 네르달에 있어서 잘 모르겠지만, 현재 항간에는 루시엘 군에 관한 온갖 소문들이 난무하고 있어."

"소문이요? 설마 제가 성속성 마법을 쓸 수가 없게 됐다는 괴소문이 여기까지 퍼졌습니까? 참 곤란하군요. 앗, 그럼 이것도 마중이 아니라 절 체포하러 나오신 건가요?"

나는 뻔뻔하게 놀란 척 연기했다. 그러자 기사 몇몇이 칼자루에 손을 얹었다.

나와 접점이 없는 기사이거나 내가 S급 치유사가 된 것이 달갑지 않은 자들이겠지.

이런 사태를 예상은 했지만, 직접 보니 다소 충격이었다.

뭐, 따지자면 금기의 주문을 구사하여 치유사 직업과 성속성 마법을 상실했다는 게 틀린 말은 아니었지. 정말로 현자가 되어서 다행이다 싶었다.

"사태가 이렇게 돼서 미안하구나. 의심하고 싶지도 않은 내용이지만, 소문이 이렇게 퍼진 이상 직접 증명해주는 편이 빠를 것 같다."

"보아하니 그래야 할 것 같네요. 루미나 씨와 성기사대가 도중에 귀환한 이유도 절 체포하기 위해서였고요?"

"그런 셈이지."

'용살자' 칭호를 가지고 있어서 그런지, 내 전투 능력을 몹시 높게 평가한 모양이었다. 발키리 성기사대가 아니면 날 막을 수 없다고 판단한 거다.

"뭐, 이해합니다. 교회 본부 소속 치유사가 신벌을 받아 치유사 직업을 박탈당하고 성속성 마법을 상실했다는 소문이 사실이면, 교회 본부로서는 가만히 둘 수 없겠죠."

내가 이리저리 휘둘린 발키리 성기사대를 동정하자 일반 기사들 사이에서 당혹감이 퍼져나갔다.

그런데 조금 걱정되는 게…… 이 와중에 적의를 더 드러내는 자들은 이 상황을 빚어낸 당사자들인가? 저들은 조금 눈여겨봐야 할 것 같다.

루미나 씨가 미안한 얼굴로 대답했다. 나는 그게 정말로 마음이 아팠다.

"그래. 그래서 소문의 진위를 파악해서 사실이면 구속하라는 명령을 받았어. 만약 소문이 사실이면 성 슈를 교회의 체면이 말이 아니니까."

루미나 씨는 눈을 감고서 그렇게 선언했다.

감정을 억누른 억양 없는 목소리가 루미나 씨의 감정을 대변하는 듯했다.

부조리한 조치이긴 하지만, 다짜고짜 체포하지 않은 것만으로도 많이 봐준 걸지도 모른다.

지구에서는 소문만으로 사람을 체포하는 나라도 있었으니까.

"물론 사실이라면 그래야지요. 하지만 이 상황은 조금 이상하군요. 교황님께서 제 사정을 다 아실 텐데, 왜 여쭈어보질 않으시는 겁니까?"

"그게, 교황님께서 내리신 명령이 아니라 성 슈를 교회 본부 집행부가 내린 명령이라서……."

"집행부? 교회에 그런 부서가 존재했던가요?"

"있어. 성 슈를 교회에 속한 치유사나 기사들을 감독하는 부서야. 오히려 교황님 직속을 제외하면 대부분은 집행부의 명령에 따라 움직이지. 이번 일도 감독 차원에서 집행부의 명령이 나온 거고."

"교황님을 통하지 않는 감독 부서가 원래부터 있었다고요? 그럼 악덕 치유사가 판치기 전에 그들이 단속했어야 하는 거 아닌가요……."

내가 푸념을 내뱉자 루미나 씨가 쓴웃음을 지었다.

그나저나, 이 말을 어떻게 받아들여야 할까. 교회 최고 지도자인 교황님이 직속 부하인 S급 치유사를 체포하라는 집행부의 명령을 보고받지 못했단 뜻이 아닌가.

이 집행부를 조사하면 교회 본부의 어둠과 마주하게 될 것 같다.

어쩌면 백 년 전에 교황님이 힘을 키우고자 전 현자를 측근에 두려고 했던 것은 이런 배경이 있었기 때문인지도 모르겠다.

정확한 사실관계는 조사해봐야 알겠지만, 내 평온한 삶에 위협이 된다면 교황님께 집행부를 해체하도록 간언하는 것도 생각해봐야겠다.

"여러모로 안타까운 일이네요. 집행부도 교회 소속일진대, 소문에 휘둘려서 절 보호하기는커녕 배제하려 하다니. 심지어 제가 공중 도시국가 네르달로 파견을 나가 자리를 비웠다는 걸 알고 있었을 텐데도 말이죠."

"면목 없구나."

"아뇨, 루미나 씨를 탓하는 게 아닙니다. 이건 증거도 없이 소문을 그대로 믿은 집행부의 실수이죠. 죄상을 날조하면 S급 치유사도 체포할 수 있다고 자랑한 꼴이 아닙니까?"

내가 노골적으로 비꼬자 기사 몇이 반응했다. 이름은 모르지만, 얼굴은 똑똑히 외워뒀다.

이 대치 상황이 괴로웠는지 결국 루미나 씨가 애원하듯 말했다.

"……만약에 그게 그저 뜬소문이라면 이 자리에서 증명해주지 않겠나?"

루미나 씨와 언제까지고 대화만 나누는 건 도리어 수상하게 보이겠군. 뭐, 이만큼 떠들었으면 친 집행부 기사들의 심기를 불편하게 만들기에는 충분했겠지.

"얼마든지요. 하지만 이 자리에는 딱히 다친 분이 없는 것 같군요."

만약 스승님이나 라이오넬 및 수행원들이 이미 붙잡혔다면 기사단과의 대적도 불사했겠지만, 이 자리에 발키리 성기사대가 나왔다면 그런 사태는 아닐 것이다. 애초에 스승님이나 라이오넬이 쉽사리 잡힐 리도 없고.

"……믿어도 되겠지?"

루미나 씨가 묘한 표정으로 내게 물었다.

"그럼요. 전 루미나 씨 앞에서는 거짓말 못 해요."

내 대답에 만족했는지 루미나 씨가 대담하게 웃었다. 나는 대뜸 불길한 예감이 들었다.

아니나 다를까, 루미나 씨는 대뜸 검을 뽑더니 자기 팔을 베려고 했다.

나는 반사적으로 신체 강화를 발동하면서 손으로 칼날을 쥐어서 막았다. 너무 서두른 탓에 왼쪽 손가락이 떨어져 나가버렸다.

"이럴 줄 알았어! 으악, 아파라!"

"루, 루시엘 군?!"

루미나 씨가 놀라서 비명을 질렀다. 나도 너무 아파서 회복부터 서둘렀다.

"엑스트라 힐!"

엑스트라 힐이 발동하자 푸르께한 입자들이 절단면으로 모여 흡수되었고, 머지않아 왼손이 멀쩡하게 회복되었다.

아마도 루미나 씨는 내 소문을 믿지 않았기에 이런 일을 저질 렀을 것이다. 내가 이들 앞에서 상처를 고치면 더는 날 의심할 수 없을 테니까. 결과적으로는 내 왼손으로 그걸 증명한 꼴이 되었지만.

정작 일을 저지른 루미나 씨는 내가 대뜸 검날을 붙잡은 게 몹시 충격적이었는지 도무지 놀란 표정을 감추지 못하고 있었다.

일반 기사들도 하나같이 아연실색하고 있었다. 그게 내가 멀쩡하게 성속성 마법을 써서 그런 건지, 아니면 전승으로만 듣던 엑스트라 힐을 봐서인지는 알 수 없었지만.

지금 내게는 그것이 중요한 게 아니었다. 자기 몸에 상처를 내려고 했던 루미나 씨를 혼내야 한다.

"루미나 씨. 절 믿어주는 건 고맙지만, 아무리 그래도 대뜸 자기 팔을 베려는 사람이 어디 있습니까!"

"미, 미안하다. 괜찮나?"

"예, 보다시피요."

나는 왼손을 거듭 쥐었다가 폈다.

"다행이야……. 정말로 다행이야."

"뭐가 다행이에요. 루미나 씨가 다치는 꼴을 제가 가만히 보고 있을 줄 알았어요?"

그러자 루미나 씨가 가만히 날 바라보더니 이내 피식, 하고 웃었다.

"미안하다. 루시엘 군을 의심하는 자들에게 가장 확실하게 보여줄 방법이 이것밖에 떠오르질 않았어. 설마 절단상까지 고칠 만큼 기량을 끌어올렸을 줄은 몰랐지만……."

루미나 씨의 마음은 알겠다…….

그러나 너무 지나쳤다. 이번만은 질색했다.

그래서 나 역시 이 자리에서 기사들의 귀에도 들리도록 속마음을 외쳤다.

"마음은 고맙지만, 앞으로는 절대로 그러지 말아요. 애당초 어디서 왔는지도 모를 소문을 믿고서 같은 교회의 동료를 음해하려는 자들의 신뢰 따윈 필요 없어요. 그보다는 절 신뢰해주는 사람들이 훨씬 더 중요해요."

"저기…… 알겠다."

나는 고개를 푹 숙인 루미나 씨에게만 들리도록 작은 소리로 중얼거렸다.

"루미나 씨, 제가 걱정하지 않도록 무모한 짓은 벌이지 말아주세요."

"……루시엘 군."

자, 현자가 된 덕분에 엑스트라 힐을 구사할 수 있게 됐다고 둘러대기로 하고, 문제는 이 자리에 있는 기사들인데…….

"루미나 대장님이 스스로 몸을 던지면서까지 증명했으니 내가 성속성 마법을 잃지 않았음을 이제는 알았겠지? 기사단 여러분, 상부의 명령에 휘둘리는 그 신세가 참으로 딱하지만, 이래도 날 체포하고 싶은가?"

내가 묻자 기사단 대장들이 한쪽 무릎을 땅에 댄 채 고개를 숙였다. 다른 기사들도 마찬가지로 하나둘씩 한쪽 무릎을 땅에 대고서 고개를 숙였다.

그러나 몇몇 기사들은 납득을 못했는지 제자리에 우두커니 서 있었다.

나는 그 기사들을 무시하고서 입구 근처에 있는 카트린느 씨를 향해 말을 걸었다.

"카트린느 기사단장님, 오랜만에 뵙습니다."

"그래, 오랜만이야."

카트린느 씨 역시 갑옷을 입고 있었다. 그녀는 내 사정을 알고 있을 텐데…….

"기사단장님까지 여기 나오신 건 좀 뜻밖이군요. 직접 교황님께 소문의 진상을 여쭐 수 있지 않습니까?"

"교황님께 들은 이야기는 루시엘 군이 성장하기 위해서 네르달로 갔다는 것뿐이라서 말이야."

카트린느 씨는 내가 치유사 직업을 잃었다는 사실을 알고 있지만, 굳이 언급하지는 않았다. 뭔가 생각이 있는 걸까.

"그렇군요. 그럼 집행부의 명령으로 나오신 겁니까?"

"그렇지. 기사단장은 교황님의 직속 부하가 아니거든. 일단은 집행부의 명령을 따라야 한다는 거지. 소문이 거짓이라 다행이야."

한번 내려왔던 기사단장 자리에 복귀했더라도 교황님의 측근이라는 사실은 변함이 없을 텐데. 굳이 집행부를 우선하는 발언이 마음에 걸렸다.

"그렇군요. 일단 교황님께 귀환 인사를 드려야 할 것 같으니 함께 가시죠."

"그건 안 돼. 우선은 집행부에 데려오라는 명령이야."

흠, 이건 또 무슨 말인가. 아무리 기사단이 집행부의 지휘를 받는다고 해도 교황님의 직속 부하인 나에게 집행부의 명령을 따르라고 하다니. 이 말을 한 사람이 카트린느 씨가 아니었다면 무슨 꿍꿍이가 있음을 눈치채지 못했을 테지만……. 살짝 속내를 떠볼까.

"소문이 거짓임이 밝혀졌는데 교황님을 알현하는 것보다 우선하라?"

내가 짐짓 당혹스러운 듯 묻자 카트린느 씨가 지친 것처럼 한숨을 내뱉었다.

"직접 소문의 진위를 확인한 후에 왜 이런 소문이 나돌았는지 사정을 듣고 싶은 거겠지…….”

카트린느 씨에게서는 적의가 느껴지지 않았다.

나 역시 교황님과 루미나 씨를 비롯한 기사단이 굳게 신뢰하는 카트린느 씨와 적대하고 싶지 않다.

“그렇다 해도 이상하군요. 그건 교황님보다 집행부 쪽이 더 위라는 뜻이 아닙니까? 게다가 저는 교황님의 직속이고요.”

“조직이란 형식만으로 돌아가지 않는 법이야. 지위와 상관없이 제한이 걸리는 때도 있지. S급 치유사이든, 기사단장이든 말이야.”

그러니까 기사단장은 지금 뭔가 제한을 받고 있다?

나는 ‘현자’라는 집행부가 납득할 만한 정보를 갖고 있다. 이거 하나로 내가 장기휴가를 내면서까지 공중도시국가 네르달로 간 이유를 설명할 수 있다.

하지만 그걸 모르는 집행부는 지금 지위를 초월하여 내게 제한을 부과하려 하고 있다. 그럼 그들이 원하는 건 무엇일까.

“그건 제게 이유가 되지 않아요. 애초에 집행부는 제게 뭘 물어보고 싶은 겁니까?”

“루시엘 군이 지금껏 해왔던 행동들을 전부 조사하겠지. 소문에 관해서도…….”

카트린느 씨의 표정을 보고서 단순한 청취가 아닌 심문이 벌어질 가능성이 있음을 깨달았다.

역시 교황님을 먼저 알현하고 정보를 공유해야겠다.

"그렇군요. 하지만 중요한 보고가 있으니 교황님을 먼저 알현해야겠습니다. 제게 명령을 내릴 수 있는 분은 교황님뿐입니다."

"그렇다면 억지로 연행할 수밖에 없겠네. 루시엘 군이 날 이길 수 있을까?"

그녀가 그렇게 말하고서 검에 손을 댔다. 왠지 오늘은 무척이나 호전적이네.

'나'라고 한 것을 봐서는 카트린느 씨는 혼자서 상대할 생각인 듯했다. 혹시 대련을 유도하는 건가?

"이것 참. 사실상 강제 아닙니까. 그런데 다들 뭔가 오해가 있는 것 같군요. 애초에 기사단이 절 어떻게 할 수 있다고 생각하십니까?"

"루시엘 군이야말로 내 실력을 의심하는 거 아냐?"

카트린느 씨는 계속 개인 대 개인으로 대련을 하자고 유도하고 있었다.

대련을 통해 내 힘을 보여줌으로써 다른 기사들을 견제하고, 동시에 카트린느 씨 본인은 실력행사를 하면서까지 나를 저지하려고 했다는 핑계를 얻을 속셈인 듯했다.

내가 교황님 앞에 갈 수 있도록 나름 고안해낸 작전일지도 모른다. 나는 그렇게 판단하고서 카트린느 씨의 작전에 넘어가기로 했다.

"성 수를 교회에 소속된 자로서 동료인 기사단과 적대할 생각은 없어요. 하지만 전 이름밖에 모르는 집행부의 명령보다는 역시 교황님을 알현하는 게 우선입니다."

"그게 루시엘 군이 내린 답이구나."

"예. 카트린느 씨도 그걸 바라시는 것 같으니 아까 전부터 제게 줄곧 살기를 드러내고 있는 기사들과 함께 덤벼도 상관없어요."

"그거 도발······이지?"

"아뇨. 카트린느 씨가 전력을 다하지 않으면 이름뿐인 기사들 따윈 순식간에 제압해버릴 테니까."

"조금 성장했다고 너무 건방지게 구는 거 아냐?"

카트린느 씨가 조금 기뻐하는 투로 말하자마자 나는 그녀에게서 거리를 벌린 뒤 마법 주머니에서 환상검을 꺼내 마력을 단숨에 주입해나갔다.

"피차 양보할 수 없다면 구도를 알기 쉽게 정리하는 편이 낫겠죠."

"그래. 하지만 날 원망하지는 마."

개인전을 앞두고 이 짜릿짜릿한 감각은 오랜만이네. 스승님, 라이오넬, 수행원들과 함께 모략의 미궁에 들어갔을 때는 매일 대련을 거듭했었지. 참 그리운 기억이다.

조작 승부이니 봐주지 않을까 싶었는데, 카트린느 씨의 기백을 보니 상당히 진심인 것 같다. 설마 내가 착각했나?

등에서는 식은땀이 흐르건만 오히려 가슴은 두근거리다니 놀랍다. 입가에 자연스레 미소가 지어졌다.

"언제든 좋아."

"그래요? 하지만 그전에 제가 경험을 쌓아 손에 거머쥔 힘을 조금 보여드리죠. 알고 나면 전의가 사라질 수도 있잖아요? 염룡검!"

나는 환상검에 마력을 주입하고서 아무도 없는 조금 떨어진 땅을 향해 휘둘렀다. 그러자 환상검에서 작은 염룡이 방출되어 지면에 떨어졌다. 이내 요란한 소리와 함께 엄청난 위력의 불기둥이 치솟으며 땅이 움푹 파였다. 그 터무니없는 위력을 보고서 괜히 적대했다고 생각을 고쳐먹었는지 기사들이 드러내던 살기가 사라졌다.

"……엄청난 위력이네."

"제법 노력했거든요. 자, 그럼 다음입니다. 【성룡이여, 내 몸을 지켜라. 뇌룡이여, 모든 것을 내던져라】."

그 순간 주변에서 들리던 소리가 사라진 듯했다.

카트린느 씨가 아무리 실력이 뛰어나다고 해도, 라이오넬만큼 방어가 단단한 것은 아니며, 스승님처럼 압도적인 공격 수단이 있는 것도 아니고, 반응할 수 없을 만큼 빠른 공격을 할 수 있는 것도 아니다.

하물며 쌍룡을 능가하는 압박감도 없고, 올포드 씨처럼 마법을 다채롭게 구사할 수도 없다.

더욱이 목숨을 건 전투도 아니므로 공포도 느껴지지 않는다.

내 몸에서 황금빛이 감돌기 시작하자 카트린느 씨의 얼굴에서 놀라움이 보였다. 전력으로 움직이는 내 속도를 따라잡을 수 없는지 빈틈투성이였다.

그래서 나는 환상검으로 그녀가 들고 있는 검을 쳐서 날려버리려고 했다. 그런데 카트린느 씨의 검과 내 환상검이 맞부딪친 순간, 너무나도 쉽게 그녀의 칼날이 부러지고 말았다.

노린 건 아니지만, 이만하면 충분하겠지. 집행부가 카트린느 씨를 질책하려고 해도 집행부와 관련 있는 기사들이 이미 전의를 상실했다면, 어쩔 수 없을 것이다.

역시 레벨 상승과 용의 힘은 절대적이었다.

생각해보니 카트린느 씨는 지금보다 레벨이 절반도 안 되던 시절의 나를 본 게 마지막이다. 실력을 잘못 짐작할 만도 하겠지.

다만 아직도 용의 마력에 휘둘리고 있는 건 문제다. 조금 더 제어 수련이 필요할 듯싶다.

용의 마력을 해제하자 집중력이 풀리면서 주변 소리가 다시 들리기 시작했다.

뒤를 돌아보니 기사들이 경악하고 있었다. 나에게 적의를 드러내던 기사들도 마찬가지였다.

그들은 내가 시선을 던지자 몸을 부들부들 떨면서 시선을 회피했다. 힘의 차이를 깨달은 것이다.

나디아와 리디아도 놀라기는 했지만, 이내 내 시선을 눈치채고서 고개를 끄덕였다. 그러고는 기사들 사이를 지나 이쪽으로 다가왔다.

나는 이쯤에서 모두에게 소문에 관해 똑똑히 밝혀두기로 했다.

"이게 바로 내가 장기휴가를 신청하면서까지 공중도시국가 네르달에 갔던 이유입니다. 저는 치유사를 상실한 게 아니라 현자에 도달했습니다."

그러자 기사들이 현자와 소문에 관해 숙덕거리기 시작했다.

"루시엘 군, 현자가 됐어?"

시끄러운 상황에서도 루미나 씨의 목소리가 똑똑히 들렸다.

"예. 다만 현자가 됐을 뿐, 새로운 힘을 스스로 제어할 만한 능력이 없었지요. 전 그걸 배우러 네르달에 갔던 겁니다."

"그렇구나……. 다행이야."

루미나 웃으며 그렇게 말했다.

"이래 봬도 죽을 각오로 단련했어요. 스승님이나 수행원들과 숱하게 대련하고 물체X의 원액까지 마셨지요. 여러분도 물체X 원액을 마셔보면 제가 얼마나 고생했는지 조금은 이해할 수 있을 겁니다."

"역시 그건 싫군."

발키리 성기사대 대원들도 루미나 씨의 말을 듣고서 고개를 끄덕였다.

"카트린느 씨, 이제 됐죠?"

"그래, 설마 검이 부러지는데도 반응조차 못 할 줄이야……. 더는 만류할 수가 없겠어."

카트린느 씨도 놀라긴 했지만, 이 상황을 바랐는지 아까보다 표정이 한결 부드러워졌다. 더는 나를 붙잡을 마음도 없는 것 같아서 인사를 하고서 대훈련장을 뒤로했다.

"그럼 교황님께 귀환 보고를 드려야 하니 이만 실례하겠습니다."

나는 그렇게 말한 뒤 대훈련장에서 교회 본부 내부로 이어지는 문을 열고서 안으로 들어갔다.

문이 닫힌 직후에 나디아와 리디아가 여러 가지를 물었다.

"루시엘 님, 현자가 되셨다는 걸 밝혀도 괜찮을까요?"

"게다가 새로운 힘을 선보이면 저쪽에서 대책을 세울 가능성도 있지 않겠습니까?"

"어차피 현자가 됐다는 사실은 숨겨봤자 금세 들통났을 거야. 그럴 바에는 지금 있는 소문을 충격으로 덮는 게 나아. 그리고 저들이 대책을 세우더라도 그보다 더 강해지도록 노력하면 되지."

대책을 그리 간단히 세울 수 있을 리 없을 테고, 대책을 마련할 즈음에는 난 더 강해져 있을 것이다. ……나도 스승님과 라이오넬의 사고방식에 물들었나.

카트린느 씨도 더는 명령을 수행할 수 없는 상황이었으니, 질책받지는 않겠지.

"확실히 소문의 영향이 심각해 보였어요."

"앞으로도 바빠질 것 같군요."

"어쩔 수 없지. 열심히 하는 수밖에."

자매라도 성격이 비슷한 부분과 다른 부분이 있구나…….

나는 느긋하게 그런 생각을 하면서 교황님의 방을 향해 걸어 나갔다.

02 집행부의 목적과 대항 조치

대훈련장에서 교황님의 방으로 가는 동안에 맞닥뜨리거나 눈에 비친 사람은 한 명도 없었다.

왠지 작위적이라고 느꼈을 때, 내 뇌리에서 이 상황을 만들어 낼 만한 존재가 떠올랐다.

이러니저러니 하는 사이에 교황님의 방이 시야에 들어왔다. 혹시 몰라서 퓨리피케이션으로 몸을 말끔히 씻어낸 뒤에 문을 노크했다.

그러자 대답 대신에 문이 열리더니 에스티아가 밖으로 얼굴을 내밀었다.

"들어오도록."

역시 어둠의 정령이 사람을 물린 듯했다.

나는 아무 말도 하지 않고 얌전히 방 안으로 들어갔다. 그러자 놀라운 광경이 눈에 들어왔다.

이곳은 생활감이 느껴지지 않는 세련된 공간이었는데, 지금은 마치 도둑이라도 든 것처럼 물건들이 난잡하게 흩어져 있었다.

더욱 놀라운 점은 늘 모습을 감추고 있어서 직시할 수가 없었던 교황님이 바로 눈앞에 있었다.

나는 무심코 주변을 확인했다. 늘 곁에 있던 시녀들 대신에 어째선지 에스티아와 포레 누와르의 모습이 보였다. 그리고 또 한 사람, 내가 늘 식당에서 신세를 졌던 로자 씨의 모습도…….

여러모로 하고 싶은 말들이 많지만, 우선은 교황님께 귀환 보고를 올렸다.

"불초 루시엘, 수행원 나디아와 리디아. 공중 도시국가 네르달에서 무사히 귀환했습니다."

나는 늘 그래왔듯 한쪽 무릎을 꿇고서 고개를 숙였다.

그러자──.

"루시엘, 그리고 나디아와 리디아도 편하게 있거라. 우선 루시엘, 미안했느니라."

"……무슨 말씀이십니까?"

느닷없는 사과에 순간 말문이 막히고 말았다.

"소문이 어디서부터 퍼져나갔는지 모른다는 점도 그렇고, 결국에는 이리로 소환한 것도 미안하구나."

교황님께서 그렇게 말씀하고서 고개를 숙이셨다.

하지만 이번 일을 따지자면 내가 치유사 직업과 성속성 마법을 상실한 게 원인이다.

소문이 퍼진 것도 나를 궁지에 몰면 이득을 보는 존재가 있기 때문일 것이다. 소문이 빠르게 퍼져나간 것 또한, 나에게 원한을 품고 있던 자들이 솔선해서 퍼뜨렸기 때문이다.

내가 사과를 받는 건 다소 초점이 어긋난 일이다.

나는 민망해서 바로 화제를 돌렸다.

"저야말로 이상한 소문으로 교회 본부에 민폐와 심려를 끼쳐 죄송합니다."

"음. 무사히 귀환하니 기쁘구나."

"예. 그나저나 네르달에서 갑자기 대훈련장으로 전송돼서 놀랐습니다."

"그 점은 본녀도 놀랐구나. 원래는 갈 때 썼던 마법진으로 돌아왔어야 했는데."

"어……."

그럼 실은 어디로 날아갈지 모르는 상황이었고, 대훈련장에 떨어진 건 운이 좋았던 건가? 호운 선생님과 패운 선생님이 도왔구나.

혹시 누군가가 마법진을 건드린 걸까?

"이유는 잘 모르겠구나. 마법진을 살펴봤지만 누군가가 조작한 흔적은 없었느니라."

"그렇습니까? 그럼 원인을 특정하기가 어려울 것 같네요."

우리가 대훈련장으로 전송되자마자 기사단이 온 것으로 보아, 그들에게 지시를 내린 집행부가 의심스럽지만, 증거는 아직 없다.

"마법진 건은 본녀가 조사해보겠다."

"부탁드리겠습니다. 그러고 보니 교황님께서 기사단에 명령을 내리신 줄 알았는데, 집행부라는 조직이 또 있다더군요. 카트린느 씨한테서 처음 들었습니다."

"음. 루시엘도 면식이 있는 돈가하하와 부르투스가 집행부 소속이니라."

"그랬군요. 기사단이 느닷없이 마중을 나와서 놀랐습니다."

치료 가이드라인을 작성하고, 법안을 시행하는 데 애써준 그 두 사람이 그 조직 소속인가?

그렇다면 나를 체포하고 싶었던 게 아니라 소문을 불식하기 위해 그저 진상을 알고 싶었을 뿐인지도 모르겠군.

"기사단이 마중을 나갔다고……? 교회 내부가 소란스럽다는 건 로자가 알려줬다만, 어떻게 루시엘의 귀환을 미리 안 거지?"

교황님의 그 의문은 나의 의문이기도 했다.

교황님의 거처인 이 성 슈를 교회는 레인스타 경의 영향력이 두루두루 미쳐 있다. 교황님을 보호하기 위한 대책이 있어도 이상하지 않다.

문득 시야 한구석에 비치는 로자 씨 쪽으로 시선을 돌렸다. 평상시 식당을 관리하는 그 명랑한 모습이 아니라 왠지 긴장한 분위기가 감돌고 있는 듯했다.

"루시엘 님, 괜찮아? 지금 마법을 쓰지 못하지? 기사 중에 무조건 체포해야 한다는 소리를 입에 담는 기사까지 있던 것 같은데? 혹시 교회 본부를 떠날 생각이라면 언제든 힘을 빌려줄게."

소문을 들었을 텐데도 나를 걱정해주는 로자 씨의 마음이 잘 느껴져 순수하게 기뻤다.

그나저나 현자에 도달한 뒤 다시 성속성 마법을 구사할 수 있게 됐음을 로자 씨는 모르는 듯하다.

교황님께서 내 이야기를 아무에게도 하지 않으셨나 보다.

"감사합니다. 하지만 그건 그냥 소문일 뿐입니다. 로자 씨가 걱정할 만한 일은 벌어지지 않을 거예요."

"그래도 소문은 좋든 싫든 그 사람의 인상을 결정해버리기 마련이야. 특히 악의가 섞여 있다면 더더욱 말이야."

로자 씨가 왠지 아련한 눈빛으로 그렇게 말했다.

묘한 설득력이 느껴진다. 비슷한 경험이 있는지도 모르겠다.

"루시엘, 그러고 보니 카트린느를 보지 못했느냐? 필시 함께 올 줄 알았건만……."

음, 카트린느 씨가 교황님의 은밀한 직속 부하라는 사실은 변함이 없구나.

교황님의 비밀 명령을 받고서 단독으로 부정이나 부패를 단속했던 카트린느 씨가 집행부의 명령을 앞세우는 게 위화감이 들긴 했지. 만약에 서약으로 묶여 있더라도 교황님이라면 해제할 수도 있을 테고.

"로자 씨의 걱정과 달리 저는 성속성 마법을 상실하지 않았어요. 그 소문을 불식하기 위해 성속성 마법을 발동하여 증명했고요. 다만 카트린느 씨는 집행부로 데려오라는 지시를 받았기에 대련을 통해 명령을 무마했어요. 저와 함께 오지 않은 것도, 집행부가 의심하지 않도록 대응하기 위해서겠지요. 제가 현자의 힘을 보여준 것도 이유겠지만요……."

내 말에 로자 씨의 눈이 휘둥그레졌다. 그런데 내가 현자에 도달했다는 사실보다도 카트린느 씨와 대련을 벌였다는 사실에 더 놀란 눈치였다.

"오호. 그럼 소문이 사실무근이라는 것과 현자에 도달했다는 걸 모두 증명했다는 말이로구나?"

"예. 소문 때문에 교회가 혼란에 빠진 듯하여 알기 쉽도록 선언하고 왔습니다."

"효과적이었겠구나. 그러면 카트린느와 대련은 어떻게 되었느냐?"

"현자가 되어 새롭게 얻은 힘으로 카트린느 씨의 검을 부러뜨렸습니다. 그랬더니 기사들이 모두 절 두려워하더군요. 시선이 영 불편해져서 곧장 자리를 떠나 이곳으로 왔습니다."

"뭐라? 카트린느의 명검을 부러뜨리다니, 놀랍구나!"

교황님은 감탄하시더니 곧장 무언가 생각에 잠기셨다.

……근데 그 검이 명검이었구나. 내가 물어 줘야 하나?

고민하고 있으니 옆에서 실루엣 하나가 슥 나타나 눈치도 없이 내 머리를 앙 깨물었다.

"……포레 누와르, 다녀왔어. 미안한데 아직 보고 중이니 머리는 이따가 깨물어줬으면 좋겠는데."

포레 누와르에게 그렇게 제안했지만, 자기를 더 신경 쓰라는 듯 입을 때려고 하지 않았다. 스트레스가 꽤 쌓여 있는 듯했다.

교황님도 별수 없다는 표정을 짓고 계셨기에 나도 직성이 풀릴 때까지 내버려 두기로 했다.

"포레 누와르가 정말로 잘 따르는구나……. 자, 슬슬 본론으로 들어가자꾸나. 이번 소문에 관해 루시엘은 어찌 생각하느냐?"

"정보가 거의 없어서 아직 추측에 불과합니다만, 아무래도 누군가가 저를 적대하는 자들을 이용해서 소문을 유포한 것 같습니다. 그것이 누구인지는 알 수가 없습니다만……."

"흠. 역시 정보가 더 필요하겠구나."

"예. ……그런데 줄곧 신경이 쓰였습니다만, 방 안이 왜 이리도 어지럽혀져 있는 겁니까?"

내가 묻자 에스티아……에 빙의한 어둠의 정령이 대신 대답했다.

"마통옥을 통해 연락했을 때 제삼자의 마력이 미력하게 새어 나오는 걸 감지했다."

"누군가가 교황님의 방을 도청했다는 말인가?"

"적어도 마통옥으로 주고받은 대화는 밖에 노출되었다고 봐야겠지."

혹시 교회 본부에 반교황파, 혹은 타국 내통자가 숨어 있나? 혹은 누군가가 나에 관한 정보를 캐내고 있다거나.

다만 네르달에서 여러 일을 겪으면서 이런 일이 일어날 수도 있다는 걸 알았기에 그다지 놀랍지는 않았다.

"교황님, 마통옥으로 주고받은 대화 이외는 괜찮습니까?"

"흐음, 이곳에서 있었던 일들은 서약에 따라 누설할 수가 없으니까 괜찮을 것이니라."

멀리서 나는 소리를 수집하는 마법 같은 게 있을지도 모르는 일 아닌가…….

"그렇군요. 얘기를 끊어서 미안. 어둠의 정령, 계속해줘."

"나는 소리를 수집하는 마도구가 한 쌍이겠구나 싶어서 이곳을 구석구석까지 수색했다."

"그래서, 찾았어?"

내가 묻자 어둠의 정령이 출입구 쪽 바닥을 가리켰다.

그곳에는 야구공보다 조금 작은 구슬이 든 마통옥 몇 개가 굴러다니고 있었다.

"부서졌는데?"

"그럴 만한 일이 있었다. 일단 정령 마법으로 여기서 일하는 시녀들을 살펴봤는데 범인은 없었다."

어둠의 정령이 빠르게 설명해줬다. 요컨대 난장판을 만든 건 어둠의 정령이로군.

시녀들이 이 방을 봤다면 포레 누와르가 난동을 부린 것으로 착각했을 것이다. 정리하는 건 그녀들 몫일 테고.

시녀들도, 포레 누와르도 불쌍하네…….

그나저나 교황님이 감지하지 못한 도청을 간파하다니 역시 정령답다고 해야 하나.

이것만으로도 에스티아를 여기 남겨둔 의미가 있었다만…….

"그런데, 에스티아의 상태는 어때?"

"정신의 동요는 느껴지지 않아. 이제 평범하게 생활하는 것도 가능해."

어둠의 정령이 안도한 표정을 짓자 나도 안도의 숨을 내쉬었다.

"그거 다행이네. 그럼 교황님, 도청한 범인은 어떻게 하실 겁니까?"

"판단하기가 어렵구나. 이 방에 들어올 수 있는 건 사교급 이상이나 기사단장, 그리고 본녀가 호출한 자들 뿐이니라."

"그렇다면 필연적으로 계급이 높은 자가 연루되었겠군요."

"그런 셈이지. 하나 본녀는 확증도 없이 혼란을 일으키는 건 피하고 싶구나. 물론 무른 생각임을 잘 알고 있지만……."

교황님은 그렇게 말하고서 고개를 푹 숙였다.

자신과 관계된 자들을 쉽게 잘라낼 수 없다는 그 마음은 엄청나게 이해된다.

교황님이 그런 분이기에 나를 믿고서 네르달로 보내주신 것이다.

그리고 도청한 자들이 실은 성 슈를 교회를 지키기 위해서 행동을 벌였을 때는 판단하기가 더더욱 어려워진다.

나는 S급 치유사가 된 뒤에 모두와 함께 개혁을 시행하여 성 슈를 교회와 치유사 길드의 명성을 높였다.

그러나 만약 나에 관한 소문이 사실이라면 지금껏 쌓아온 내 명성만 사라지는 게 아니라, 교회의 존속조차 위태로워진다. 그들이 그런 최악의 상황을 상정하여 위기를 피하고자 이런 행동을 벌였을 가능성도 있다.

그 가능성도 염두에 두고서 판단해야 한다.

"그러면 도청 건은 보류하도록 하죠. 도가 지나친 행동이지만, 아직 전모를 모르니."

"이런 일이 일어났는데 그냥 두겠다는 말인가?"

어둠의 정령의 마력이 고조되는 것이 느껴졌다.

"아니, 어디까지나 보류야. 우선은 악의적으로 소문을 퍼뜨린 자들을 먼저 찾아내고 싶어."

"뭔가 단서라도 있는 것이냐?"

"예. 아무래도 집행부에서 제게 다짜고짜 기사부터 보낸 게 의심스럽습니다. 그러니 제가 집행부와 일부 기사들을 조사하는 것을 허락하여주십시오."

"어찌할 생각이더냐?"

"실은 기사 중에 소문을 믿고서 절 적대시하는 자들이 있었습니다. 그자들이 왜 소문을 믿었는지 돌아다니며 하나씩 물어볼 작정입니다."

그러자 로자 씨가 불만스러운 얼굴로 말했다.

"그건 단순한 질투야. 스무 살 남짓에 교회 중역이 되고, 이에니스 치유사 길드를 재건하고, 용살자 칭호까지 얻었으니까. 사신이나 악마와 계약을 맺은 게 아니냐고 식당에서 은밀히 험담하는 사람도 있었어. 정말로 그릇이 작아……."

"물론 질투심도 있겠지요. 하지만 그것만으로는 일이 이렇게까지 될 리는……."

그러자 로자 씨는 다시 서글픈 표정으로 말했다.

"루시엘 님을 시기하는 자는 두 부류야. 하나는 개혁으로 불이익을 받은 자들. 다른 하나는 루시엘 님에게 자존심이 부서진 자들이지."

"그럼 기사들에게는 제 비판이기만 하면 내용은 상관없었다는 겁니까?"

"그렇다기보다는 루시엘 님이 자리를 비운 참에 마침 나쁜 소문이 흐르니까, '그럴 줄 알았다'라고 입방아를 찧어댄 거겠지. 루시엘 님이 없는 상황에서는 아니라고 증명할 방법도 없으니, 소문이 퍼지는 걸 막을 수도 없고."

"만약에 흑막이 있다면 상당히 교활한 자겠군요."

"그렇지. 소문에 악의가 섞이면 처음엔 믿지 않더라도 차후에 무슨 일이 생기면 의심이 들기 마련이니까. 그리고 그렇게 한번 의심이 싹트면 갈수록 믿기 어려워지지……."

로자 씨에게서 더는 캐물어서는 안 되는 무언가가 느껴졌다. 그래서 나는 교황님께 화제를 돌리기로 했다.

"교황님, 집행부의 현재 책임자가 누굽니까?"

"돈가하하이니라. 거기에 부르투스가 측근으로 있고, 그란하르트도 집행부 소속이니라."

그란하르트 씨도 집행부 소속이었구나. 왜 그렇게 강직했는지 납득이 가네.

그 사람은 과묵하고 무섭지만, 그만큼 공평·공정하다. 무슨 일이 생기면 스스로 나섰지, 도청 같은 짓을 벌일 사람은 아니다.

부르투스 씨는 상처를 입어 신관기사대장 자리에서 내려와 돈 가하하 씨를 외교면에서 보좌해왔던 것 같다.

소문 건으로 민폐를 끼쳤으니 일단 사과를 해둘까. 하지만 그 전에…….

"교황님의 생각과 집행부에 관해 대략 이해했습니다. 그래서 교황님께 부탁드릴 게 있습니다."

"무엇이냐?"

"오늘부로 S급 치유사의 지위에서 물러날 수 있도록 허락해주십시오."

나는 웃는 얼굴로 교황님께 말했다.

내 말에 교황님의 방 분위기가 급격하게 얼어붙었다.

"그건 아니 된다! 루시엘이 없으면 교회가 또다시……."

교황님께서 울먹이며 내 제안을 물리치려고 하셨다. 하지만 교황님의 목소리는 서서히 약해졌다.

이렇듯 상대방의 입장을 먼저 고려하는 것이 교황님의 장점이기도 하고, 약점이기도 하다.

교황님이 아니라 집행부가 기사단의 명령권을 쥐고 있는 것도, 어쩌면 교황님께서 비정한 결단을 내리지 못하는 상황을 우려한 결과일 수도 있다.

뭐, 그냥 움직이기 편하도록 집행부가 교황님을 구슬린 걸 수도 있지만.

레인스타 경은 이런 미래를 상상하고 딸을 교황으로 삼은 게 아닐 텐데…….

그 사람은 딸이 우는 걸 알면 설령 성불했더라도 이 세계에 현신할 것 같단 말이지.

그 광경을 상상하니 웃음이 나올 것 같았다. 하지만 아까 전부터 포레 누와르와 어둠의 정령이 살기에 가까운 기운을 뿜어내고 있어서 겨우 삼켰다.

음, 교황님이 우는 모습을 보니 죄책감이 든다. 어서 오해를 풀자.

"교황님, 오해가 있으십니다. S급 치유사 직위를 거두고 차후에 현자로 임명해달라는 의미입니다."

"……그럼 지금보다 더 시선을 끌게 될 것인데?"

"어차피 기사단에게 제가 현자가 됐다는 걸 밝힌 이상, 오래 감출 수는 없습니다. 그리고 교황님의 임명을 통해 현자가 됐다는 사실이 널리 퍼지면, 소문을 자연스레 불식할 수 있을 겁니다."

"그야 그렇겠지만, 루시엘에게 또 부담을……."

"제 소문을 퍼뜨린 자들은 제가 현자가 되어 돌아올 줄은 미처 몰랐을 겁니다. 이럴 때 제가 현자가 됐음을 공표하면 적극적으로 소문을 퍼트리던 자들은 곤란해지겠지요. 이 상황을 최대한 이용하여 앙갚음을 해주고 싶습니다."

솔직히 나도 귀찮아지는 건 싫다. 하지만 그보다, 지금껏 나를 도와줬던 사람들이 자랑스러워할 만한 사람이 되고 싶었다.

"언제 고지를 하면 되겠느냐?"

"그건 흑막이 어떻게 나오느냐에 달렸습니다. 이 계획을 꾸민 자들은 제가 빈손으로 귀환한 후의 전개를 기다렸을 테니까요."

"왜 그렇게 생각하느냐?"

"성 슈를 교회의 S급 치유사가 천벌을 받아 실각하면, 대신할 존재가 필요하기 때문입니다."

"본녀는 그런 일을 허락할 수 없으니라."

그렇게 생각해주신다니 감사하지만, 교황님이 그 흐름을 막아내기란 어렵다.

집행부에도 권한이 있는 이상, 교황님의 결재 없이 그냥 처리해버릴 가능성도 있고…….

"말씀은 감사하오나 교황님, 만약 그들이 '이건 교회를 지키기 위해서입니다. 정말로 단죄하자는 게 아닙니다. 세상의 관심이 잠잠해질 때까지 루시엘 공을 숨겨두자는 겁니다. 물론 시기를 봐서 교회로 복귀시킬 예정입니다. 이건 루시엘 공을 지키는 길이기도 합니다'라고 하면, 정말 거절하실 수 있겠습니까?"

"…………."

예상되는 상황을 말했을 뿐인데 교황님께서 고개를 푹 숙이고 말았다. 어쩌면 비슷한 방식으로 설득당한 경험이 있는지도 모르겠다.

뭐, 실제로는 소문을 흘린 흑막이 누군지도 모르고, 의도도 알 수 없다.

다만 타국에까지 소문이 퍼져나간 것으로 보아 우리가 모르는 커다란 조직이 움직이고 있을 가능성도 있다.

모든 게 억측이라 얼마나 진실에 근접했는지는 모르겠지만, 무슨 일이 벌어지든 대처할 수 있도록 대비해두고 싶다.

다행히도 이 교회 본부에는 교황님이나 발키리 성기사대뿐만 아니라 기사단이나 치유사 중에도 현자의 힘을 보고서 그 소문이 나를 음해하려는 목적이었음을 알아차린 자들이 많겠지.

이건 기업에서 클레임을 처리하는 것과 비슷한 상황이다. 상세히 설명한다면 신뢰를 회복할 뿐만 아니라 호감을 얻을 기회가 될지도 모른다.

"확인차 여쭙겠는데, 이번 소문에 관해 성 슈를 교회 본부는 아직 정식 성명을 발표하지 않았지요?"

"소문이 퍼진 뒤 열린 회의에서 질문을 받았을 때도 사전에 이에니스 치유사 길드를 재건한 포상으로 네르달로 보낸 것이라 알려둔 상황이었기에, 그 설명을 듣고서 다들 바로 납득했느니라."

내가 교황님께 네르달에 가고 싶다는 뜻을 밝힌 것은 미궁 도시국가 그란돌에 가기 전이었다.

그러니 내가 네르달로 간 것은 자연스러운 흐름이다.

"치유사 길드가 독자적으로 소문을 덮기 위해서 움직인 적이 있을까요?"

"그런 적은 없을 것이야. 타국의 치유사 길드와는 오직 마통옥을 경유해서만 연락을 취할 수 있고, 무슨 일이 생겼다면 본녀에게까지 보고가 올라왔을 터."

"마통옥을 통해 연락을 취하는 주체는 집행부입니까? 그리고 교황님께서는 타국의 치유사 길드장을 모두 장악하고 계십니까?"

"……미안하구나. 본녀는 임명장에 그저 이름만 적을 뿐이니라. 타국의 치유사 길드는 대사교 마르단과 돈가하하가 담당하고 있느니라."

"그렇군요. 그리고 전 사실을 확인하고 싶었을 뿐이니 사과하지 마십시오."

"미안하구나."

나는 교황님께 말하면서 어떻게 해야 이 소문을 최대한 이용할 수 있을까 생각했다.

그리고 결론을 내리기 전에 역시나 집행부에 가서 이야기를 들을 필요가 있음을 느꼈다.

이런 때 진심으로 신뢰하는 스승님이나 라이오넬 및 수행원들이 호위를 맡아줬다면 마음이 든든했겠지만……. 교회 본부 사람들은 적이 아니라고 생각하는 수밖에.

"집행부와 얘기를 나눠봐야 확실하겠지만, 현자에 도달했음을 세상에 공표하기 전에 흑막을 밝힐지 말지 판단하도록 하겠습니다."

"그건……."

"교황님, 교황님께서 이 성 슈를 교회를 소중히 여기시듯, 저 또한 그들이 어떤 속셈을 품었든 간에 교회 관계자라면 마음만은 모두 마찬가지일 거라고 생각합니다."

"그렇다면 본녀도 동행하겠느니라."

"죄송하지만, 교황님께서 따로 해주셔야 하는 일이 있습니다."

"뭘 하면 되느냐?"

"교회 본부 내에 마통옥을 도청했던 것과 비슷한 이상한 마력, 혹은 사악한 기운이 감도는 불온한 마력이 있는지 어둠의 정령과 함께 수색해주시길 바랍니다."

"그거 재밌을 것 같구나……."

교황님께서 기대가 담긴 얼굴로 어둠의 정령을 쳐다봤다. 그러나 어둠의 정령은 눈을 감으며 고개를 가로저었다.

"폴나는 마력이 방대해서 숨기기가 어렵다. 또한 폴나의 마력이 이 방에서 벗어나면, 큰일이 벌어진 줄 알고 달려오는 자들이 있을 것이다."

어둠의 정령이 그전까지 미량의 마력을 감지하지 못했던 건 교황님의 마력이 워낙 엄청나서였던 거였나? 그렇다면 마통옥에서 새어 나오는 마력을 눈치챈 건 교황님의 마력 속에서도 감지할 만한 무언가가 있었다고 보는 게 타당하다. 그러나 그게 무엇인지 언급하지 않은 것으로 보아 굳이 신경 쓸 필요는 없으려나.

그러나 교황님이 그토록 방대한 마력을 숨기고 있다니 무슨 사정이 있는 걸까? 가장 유력한 가능성을 꼽자면 레인스타 경이 양육의 일환으로 레벨이나 유용한 스킬을 최대치로 채워줬을지도…….

나는 문득 떠오른 궁금증을 물어보기로 했다.

"교황님께서 타국에 가시거나 여행을 떠나시면 어떻게 됩니까?"

교황님께서 쓸쓸한 얼굴로 입을 열었다.

"……아버님께서 이 성도에 강력한 결계를 펼쳐주셨느니라. 만약에 본녀가 성도를 벗어나면 그 결계가 소실되고 말지."

……마치 바깥은 위험하다는 이유로 새장에 갇히고 만 새 같은 이야기다.

그러나 아무리 레인스타 경이 과보호 부모라고 해도 교황님의 행동을 이토록 구속했을까? 하물며 성도를 지키기 위해서는 바깥으로 나갈 수가 없다니 저주 같은 이야기다.

교황님께서 그 서약을 굳게 지키고 있는 것도 마음에 걸렸다.

"레인스타 경이 펼친 결계가 강고하다는 건 알고 있습니다만, 결계를 친 목적이 있었습니까?"

"음. 정확하게는 아버님과 어머님께서 함께 친 결계이니라. 사신이나 마족이 이 땅을 노릴지라도 지배하지 못하도록 쳐주신 것이지."

교황님께서 기쁘게 말씀해주셨지만, 그것은 교황님을 옥죄는 저주나 마찬가지 같다는 느낌이 들었다.

그런데 궁금한 점이 생겼다.

"사신이나 마족을 막아내는 결계라니 참 굉장하긴 한데, 교회 본부 내에 그 미궁이 출현했던 이유가 뭘까요? 레인스타 경이 펼친 강력한 결계라면 설령 상대가 사신일지라도 미궁이 출현하는 것을 막아냈어야 했는데……."

록포드에서 만났을 때 레인스타 경은 교황님을 두고 사랑하는 딸이라고 했다.

그렇다면 설령 사신이 상대일지라도 그딴 것이 출현하도록 놔뒀을 것 같지 않다. 아니면 레인스타 경의 실력이 전승과 달리 사신보다 뒤떨어지는 건가? 그러나 진실은 내가 상상했던 것보다 잔혹했다.

"……미궁이 출현했던 곳에는 원래 알현의 방과 본녀의 거처, 마법과 마도구, 약학 연구소가 있었느니라. 어느 날 건물이 낡고 비좁아졌다는 이유로 확장 공사를 하겠다는 신청과 요청이 늘어나 큰마음을 먹고서 실행하게 됐지."

교황님께서 거기까지 말하고서 눈을 감았다. 무언가를 견디듯 이야기를 이어나갔으나 이미 불길한 예감뿐이었다.

"공사가 시작되고 본녀는 교회 본부에서 지내다가 기분전환을 할 겸 외출해보라는 권유에 따라 교회 본부 밖으로 나갔느니라. 그 바람에 성도 지하에 있던 결계가 사라지고 말았느니라. 얼마 뒤 건물이 완성되고 행사를 준비하던 중에 검은 소용돌이가 출현해 서서히 커지더니 건물을 삼켜버렸고, 그 자리에 미궁이 출현했지."

그것이 교황님께서 밖으로 나가지 않는 이유이자 트라우마인가……. 너무나도 가엾은데.

레인스타 경이 세운 건물이 노후화될 리가 없으니 더 큰 이득을 얻기 위해 확장 공사를 벌였으리라 예상할 수 있다.

교황님을 교회 본부 밖으로 외출시킨 이유는 모르겠지만, 분명 교황님께서는 그 외출을 즐겼기에 자책하고 있겠지.

"아무것도 모르고 여쭤봐서 죄송합니다."

"아니, 됐느니라."

그나저나 완공 행사가 열릴 예정이었다면 타국 요인을 초대했을 가능성도 있고, 일하던 자 중에 입이 가벼운 자도 하나쯤은 있었겠지.

관계자 전원과 서약을 맺었다고 해도 제약에서 벗어날 편법이 있을 테고, 교회 본부에 미궁이 출현했다는 사실이 소문으로 번지지 않았다는 사실에서 어둠이 느껴진다…….

만약에 집행부가 교회 본부를 수호하기 위한 조직이고, 미궁 출현을 숨길 능력이 있다고 가정하자.

그리고 내가 겪은 사례와 비교해보자. 이미 외부에 정보가 새어 나갔기에 소문을 없애는 건 불가능하다.

조직이 받을 피해를 최소한으로 억누르기 위해 움직였을 테니 여러 대책을 이미 짜냈겠지. 그중에는 소문이 사실로 밝혀졌을 때를 대비하여 암살까지…….

그때 나는 화들짝 놀랐다. 암살 대상이 오직 나뿐만이 아님을 깨달았기 때문이다.

물론 멜라토니에 있는 스승님 일행이나 이에니스에 있는 라이오넬 일행이 암살당하리라 생각하지는 않지만, 가능성이 조금이라도 있다는 것이 싫었다.

상상력이 너무 지나친 감도 있지만, 최대한 대비해두고 싶다.

"교황님, 지금부터 집행부에 가려고 합니다. 상황에 따라서는 이대로 성도를 한 번 나갈 수도 있습니다."

"뭔가 마음에 걸리는 부분이라도 있는 게냐?"

"예. 그래서 부탁드릴 게 있습니다. 제가 현자에 도달했다는 사실을 모든 치유사 길드, 그리고 외부에 나가 있는 기사들한테도 통보될 수 있도록 조치해주실 수 있겠는지요?"

"음. 문제없느니라."

"감사드립니다. 로자 씨는 교회 본부 내 치유사와 교회 관계자들한테 은근히 퍼뜨려주시면 감사하겠습니다."

"그 정도쯤은 어렵지 않지."

"감사합니다. 그리고 어둠의 정령. 내가 성도를 떠날 즈음에 그에 반대하는 자나 추격대를 보내자는 의견을 낸 자가 있다면 그 자들의 배후를 조사해줬으면 해. 부탁해도 될까?"

내가 부탁하자 어둠의 정령이 조용히 고개를 끄덕여줬다.

"루시엘, 어째서 추격대를 보내자고 진언하는 자가 있으리라 예상하는 게냐?"

"현자가 된 영향인지 악의나 불온한 기운을 조금이나마 느낄 수 있게 된 것 같거든요. 표현이 모호해서 죄송합니다."

여러 기사가 뿜어냈던 불쾌한 느낌은 성속성 마법을 발동하더라도 지워낼 수가 없었다. 물론 집행부가 마음에 걸리긴 하지만, 그들이 배후라고 단정할 수도 없으니……

"루시엘이야말로 고생할 것 같구나. 정말로 어둠의 정령을 여기에 남겨놔도 괜찮겠느냐?"

어둠의 정령이 곁에 있으면 분명 도움이 된다. 그러나…….

"예. 지금 어둠의 정령의 힘이 필요한 분은 바로 교황님이십니다. 어둠의 정령이라면 교회 관계자들의 언변에 넘어가지도 않을 테니까요."

"루시엘…… 그댄."

교황님에게서 고개를 돌려 나디아와 리디아를 돌아보며 말했다.

"그리고…… 나디아랑 리디아는 내가 돌아올 때까지 교황님의 호위로서 여기에 남는 게 어때? 난 자칫하면 추격을 받는 신세가 될지도 모를 테니."

내가 말하자 두 사람이 서로 마주 보고서 웃었다.

"루시엘 님을 따라갈 겁니다. 용신님께서도 동행하라고 당부하셨고요."

"저희가 여기에 있으면 성 슈를 교회에 민폐를 끼칠 가능성도 있으니까요."

"푸르르르."

포레 누와르도 나를 따라가려는 모양이다. 교황님 곁에 있는 편이 나을 것 같긴 하지만, 개인적으로 이동할 때 포레 누와르가 있으면 도움이 된다.

"폴나는 맡겨두거라. 언니한테 민폐는 끼치지 마."

어둠의 정령이 왠지 함께 가고 싶은 눈치인데 내 착각일까…….

"알고 있어. 어둠의 정령도 교황님을 부탁할게."

"음."

"루시엘 님, 교황님은 내가 어떻게든 지탱할 테니 그 소문에 화려하게 대처해주길 기대할게."

어둠의 정령에 이어 로자 씨도 교황님을 지켜준다고 했다.

이 묘한 안도감에 의지해도 되는 걸까? 나는 고개를 끄덕이고서 교황님 쪽으로 몸을 다시 돌렸다.

"교황님, 맡겨뒀던 은자의 마구간 열쇠를 받을 수 있을까요?"

"음."

은자의 열쇠를 넘겨받은 뒤 포레 누와르를 안으로 들였다.

"그럼 교황님을 호위하고자 여기에 남았다고 속이기 위해서 리디아랑 나디아가 은자의 관에 들어가 줬으면 좋겠는데 괜찮으려나?"

"무슨 생각이 있으실 테니 따르겠습니다."

"그전에 정화해주면 기쁘겠어요."

두 사람 모두 이유를 묻지 않고 승낙해줬다. 어둠의 정령에게 부탁하여 나디아와 리디아를 마법으로 재운 뒤 은자의 관에 넣었다.

"그럼 교황님, 연락드리도록 하겠습니다."

"음. 낭보를 기대하겠느니라."

그리하여 나는 교황님의 방을 나왔다. 그러나 도중에 집행부 위치를 모른다는 사실을 깨닫고서 아직 누군가가 있을 대훈련장으로 향했다.

누군가가 있지 않을까 싶어서 대훈련장으로 가는 도중에 기사들이 보여서 말을 걸려고 했더니 종종걸음으로 달아나버렸다.

나를 경계하고 있다는 사실에 충격을 조금 느끼면서 말을 붙일 만한 사람을 찾았다. 주변을 둘러보니 나에게 적의를 드러냈던 기사들이 바짝 굳은 채 서 있었다. 내가 먼저 말을 걸어보기로 했다.

"거기 기사들. 집행부 위치를 알고 싶은데 가능하다면 안내를 해줄 수 없을까?"

기사들이 순간 놀란 표정을 보이다가 이내 웃음을 머금고서 안내를 해줬다.

지금껏 나는 숙소가 있는 남서쪽 건물, 교황님의 방과 대사교들의 집무실이 있는 북서쪽 건물, 대훈련장이 있는 북동쪽 건물 밖에 가본 적이 없다. 집행부는 독립된 이 남동쪽 건물에 있는 모양이다.

이런저런 생각을 하는 사이에 건물 안으로 들어갔다. 계단을 오르락내리락하고서 몹시도 복잡한 내부를 깊숙이 들어갔다. 막다른 지점에 달린 문이 열리더니 안에서 카트린느 씨가 나왔다.

"아, 카트린느 씨. 기사 여러분, 안내해줘서 고맙습니다. 이제는 카트린느 씨한테 물어보면 되니 이만하면 됐습니다."

내가 말하자 기사들이 아무 말도 없이 복도를 그대로 나아가다가 오른쪽으로 꺾어 사라졌다.

"무뚝뚝하네. 뭐, 상관없나. 카트린느 씨!"

내가 목소리를 높이며 다가가자 카트린느 씨도 나를 봤는지 종종걸음으로 달려왔다.

"루시엘 군, 집행부에 왜 온 거야!"

"교황님께 귀환 보고도 마쳤고, 소문이 거짓인 것도 밝혔는데, 문제가 있나요?"

"아직 루시엘 군을 체포하라는 명령이 거둬지지 않았어."

"음? 소문이 유언비어였다는 사실이 증명되지 않은 겁니까?"

"아니, 성속성 마법을 선보인 덕분에 현자가 됐다는 사실도 증명됐어."

"그럼 어째서입니까?"

"일부 집행부 인원이 루시엘 군의 언동이 과장된 게 아니냐고 문제 삼았어. 타국에서도 치유사 직무를 등한시한 게 아니냐고 여러모로 트집을 잡고 있어."

"단순한 트집이 아닙니까?"

"그래, 하지만 체포는 못 해도 서약을 강제할 수는 있어. 되도록 사태가 잠잠해질 때까지 교황님 곁에 있으면 좋았을 텐데."

"집행부가 불러서 왔건만, 상황이 그렇다면 어쩔 수 없군요. 일단 몸을 숨기는 편이 좋을까요?"

"아마도 이미 이 건물을 포위했을 테니 도망치려면 전투를 각오해야만 할 거야."

"집행부 안에 절 적대시하는 자가 있는 모양이네요."

"나도 찾고는 있지만, 아직 밝혀내지 못한 실정이야."

"카트린느 씨한테 여러모로 민폐를 끼친 것 같아 죄송합니다."

"그건 됐고, 앞으로 어쩔 셈이야?"

"하늘을 날아서 가려고요."

"뭐?"

"현자가 된 후로 하늘을 날 수도 있게 됐어요. 민폐를 또 끼칠 것 같은데 뒷일을 부탁해도 될까요?"

"하아~, 좋아. 근데 빚 하나 진 거야. 나중에 톡톡히 받아낼 거야."

"물론입니다. 그럼 또 뵙도록 하죠.【풍룡이여, 하늘을 자유자재로 비상하는 날개가 되어라】."

영창을 마치고서 풍룡의 힘을 발동하자 등에 날개가 돋아난 것처럼 몸이 가벼워졌다.

주변 기척을 살펴보니 나를 포박하려고 대기하고 있는 자들이 있음을 감지했다. 나는 근처 창문을 열고서 그대로 날았다.

바로 아래에서 노성이 들려왔다. 나는 그 목소리를 무시하듯 고도를 높여 어둠이 드리운 하늘을 향해 비상했다.

03 모험가 길드에 맡기는 첫 의뢰

이미 밤이 됐으니 누군가가 하늘에서 내려오는 장면을 목격하더라도 주변이 어두워서 그렇게까지 눈에 띄지 않으리라 생각했건만······.

"빛을 내며 하늘에서 내려왔는데?"

"이봐, 저거 성변(聖變)님 아닌가?"

나는 주민들을 보고 쓴웃음을 지으며 목적지인 모험가 길드로 향했다.

24시간 영업하는 모험가 길드에 들어가니 모험가들이 이쪽을 돌아봤다.

그러고는 내 모습을 확인하고서 하나둘씩 달려와 말을 걸었다.

"성변님, 무사했나."

"교회에서 신관기사들이 와서는 혹시 네가 이리로 오면 붙잡아서 교회로 보내라고 하더라고. 근데 솔직히 짜증 나서 지금 지하 훈련장에서 잠이나 쿨쿨 자고 있었어."

"성변님, 성속성 마법을 쓰지 못하게 됐다고 들었는데······ 그게 참말이면 우리랑 모험이나 하자고."

"새치기하지 마. 우리 파티도 전위에 내세울 만한 사람이 부족해서 어렵다고. 그 선풍의 제자라면 문제없지."

왜 환영하는 분위기인지 모르겠지만, 아군임을 쉬이 알 수 있도록 모험가들이 반겨줘서 묘하게 기뻤다. 마음이 뭉클하다.

모험가들의 소란을 듣고서 성도 모험가 길드 마스터인 그란츠 씨가 다가왔다.

"여, 루시엘. 오랜만이군. 우선 건강해 보여서 다행이다."

그란츠 씨가 웃으며 환영해줬다.

"예, 모르는 사이에 소문이 퍼져나가 행동에 제약을 받을 것 같아서 잠깐 도망쳐왔어요."

"그래? 모험가 길드에도 루시엘의 정보를 찾는 녀석들이 드나들어서 걱정했다. 근데 루시엘, 그 신벌을 받았다는 소문이 사실인가? 진실이 뭐야?"

그란츠 씨는 정말로 나를 걱정해주고 있겠지. 분명 주변에 있는 모험가들도 마찬가지일지도 모른다.

그란츠 씨가 물음을 던지자 다들 숨을 죽이며 내가 대답하기를 기다리고 있으니까.

"신벌…… 뭐, 벌이 아니라 신의 시련을 극복하여 새로운 힘을 얻긴 했는데, 그걸 제어하기가 어려워서 공부와 수행을 하고 있었어요."

대답이 되지 않을 것 같은 대답을 하자 그란츠 씨가 더 깊숙하게 파고들었다.

"그 신의 시련을 극복했다면 치유사 직업을 상실했다느니 성 속성 마법을 쓸 수 없게 됐다는 소문은 역시 단순한 소문이었던 건가?"

"이게 그 대답이 될지 모르겠네요. 에어리어 하이 힐."

내가 모두에게 다 들리도록 영창 파기로 에어리어 하이 힐을 발동하자 다친 모험가들의 상처가 푸르게하게 빛난 뒤 이내 말끔히 치료됐다.

그뿐만 아니라 여기저기에서 요통이 가셨다느니, 충치가 나았다느니 떠들어대는 통에 작은 소동마저 벌어지고 말았다.

"조용히 좀 해라, 너희들. 루시엘, 전보다 위력이 강해진 거 아니냐?"

그란츠 씨가 기뻐하듯 내 어깨를 두드리자 어째선지 모험가들이 나를 에워싸고는 헹가래를 치는 별난 전개가 기다리고 있었다.

그 뒤에는 어영부영하는 사이에 식당으로 장소를 옮겨 나의 환영회가 시작되었다.

추격자도 신경이 쓰였지만, 도망치는 것 정도는 어떻게든 될 것 같아서 모두의 마음을 받기로 했다.

"그럼 왜 뜬소문을 듣고서 교회가 널 붙잡으려고 혈안이 되어 있는 거야?"

"교회 전체의 뜻이 아니라 교회 내부의 권력을 쥔 누군가가 절철저히 조사해보고 싶은 모양이에요. 아니 땐 굴뚝에 연기 나랴? 라고 해야 할까요."

"하아~, 공로자를 맹목적으로 믿어서도 안 되겠지만, 소문만 듣고서 잘라내 버리려는 악마 같은 자들도 다 있구만."

"예. 저도 그 점은 놀랐어요. 소문을 부정하려고 성속성 마법을 발동했는데도 별건으로 신문하려고 하더라니까요. 뭐, 소문이라고는 해도 S급 치유사가 교회 본부의 체면에 먹칠했다고 판단했을 테죠."

내가 말하자 정면에서도, 주변에서도 노성이 빗발쳤다.

내가 아니라 교회를 상대로 억하심정이 있겠지.

다만 개인적으로도 교회 본부에 민폐를 끼치고 싶지 않기에 소문을 널리 해명하는 역할을 모험가들에게 맡기기로 했다.

"아, 중요한 부분을 잊어먹을 뻔했습니다. 일단 소문 안에 진실이 담겨 있긴 해요. 이제 제 직업은 치유사가 아닙니다."

"응? 성기사나 신관기사라도 됐나?"

이렇게 주목을 한 몸에 받는 건 언제나 익숙하질 않네.

쓴웃음을 지으면서 직업을 공개하기로 했다.

"신의 시련을 클리어했더니 현자에 도달했습니다. 뭐, 여전히 성속성 마법밖에 잘 다루질 못해서 난처하긴 하지만요."

""""……뭐어어어?! 뭐라고!!!""""

어디서 연습이라도 한 것처럼 모두가 한목소리로 외치자 나는 무심코 웃음이 나와버렸다.

그 뒤로는 모두 흥분하여 자기 일처럼 기뻐했다.

"그나저나 루시엘이 어떤 녀석인지 교회가 제일 잘 알고 있을 텐데……. 왜 그런 소문을 믿은 거지?"

그란츠 씨가 그렇게 말하고서 고개를 갸웃거렸다.

"글쎄요? 교황님께서도 그 부분을 한탄하셨죠. 그 부서는 독립적으로 움직인다던데 어쩌면 정보 과잉으로 조사를 정밀하게 하지 못했을지도 몰라요. 이번 일은 그 문제에다가 악의가 겹쳐지면서 벌어진 결과일지도……."

"중요한 일을 교회 최고위직이 모르다니 여러 의미로 괜찮나?"

"뭐, 교황님이나 기사단장, 발키리 성가시대, 접점이 있는 기사, 급사, 교회 관계자들이 제 편을 들어줄 테니 이번 사건을 계기로 교회 본부의 내부 의사소통이 더 원활히 이뤄지길 기대하고도 있습니다."

"그런가. 모든 고난에는 다 이유가 있다 이 말이군. 그래서 모험가 길드에도 무슨 이유가 있어서 들른 거지?"

그란츠 씨가 나에게 무슨 노림수가 있는지 물었다. 그러나 실은 그렇지도 않다.

다만 아군들이 이토록 많이 모여 있으니 내 의뢰를 받아줄 만한 사람도 있을 것 같아 부탁해보기로 했다.

"그렇죠. 여러분들이 소문을 어떻게 생각하고 있는지 궁금하긴 했지만, 그건 충분히 알았으니 이번에는 다른 의뢰를 하도록 하겠습니다."

내가 그렇게 말했을 뿐인데 사납게 생긴 모험가가 왠지 겸연쩍게 웃었다.

"뭐냐? 웬만한 의뢰는 거의 다 가능할 텐데?"

그란츠 씨도 모험가들의 모습이 우스웠는지 쓴웃음을 지으며 내용을 물었다.

"이번 소문의 출처와 확산한 자에 관한 정보를 수집해주세요. 사로잡을 필요는 없습니다. 보수로 총 백금화 10닢을 걸겠습니다. 모아온 정보의 중요도에 따라 분배한 뒤에 나머지는 참가자 전원한테 균등하게 나눠주세요."

"야야, 너무 많잖나. 게다가 참가자 전원이라니……. 진짜 노림수가 뭐냐?"

무언가를 살피는 듯한 그 시선에는 방금까지 느껴졌던 환영 분위기가 담겨 있지 않았다.

"이번 사건으로 평온하게 살고 싶다는 꿈이 멀어졌기에 헛소문을 퍼뜨린 것을 뼈저리게 후회하게 만들고 싶어서요."

"엇어어. 그, 그렇군."

"그리고 이번 건이 공공연히 알려진다면 교회 본부에서도 제가 아니라 헛소문을 퍼뜨린 자들을 체포하기로 방침을 바꾸겠죠."

"그렇구만. 소문이 모두 사실무근이었음을 교회가 공식적으로 발표하도록 할 생각이로군."

"그렇죠. 그리고 신벌을 받은 게 아니라 신의 시련을 극복하여 획득한 힘을 제어하기 위해 수행하다가 어떤 자들의 음모 때문에 함정에 빠진 거라고 널리 알려줬으면 합니다. 그러면 절 도와줄 사람이 늘어날 테니까."

"그거라면 맡겨둬. 난 은혜를 원수로 갚는 놈이 제일 싫어."

그란츠 씨가 말하자 모험가들도 각자 목소리를 높이며 동의했다.

나는 의뢰료로 백금화 10닢을 마법 주머니에서 꺼낸 뒤 교회에서는 들을 수 없었던 스승님과 수행원들의 안부를 물었다.

"아, 맞다. 멜라토니에 있는 스승님과 이에니스로 갔을 라이오넬 일행에 관해서 소문을 뭐 들은 거 없습니까?"

"멜라토니의 선풍 공 말인가? 한 달쯤 자리를 비웠는데, 지금은 젊은 모험가들을 이끌고서 실제 현장에서 지도하고 있다더군."

소문을 듣고서 스승님을 가장 걱정했지만, 스승님에게는 가르바 씨와 그루가 씨가 있다.

다만 한 달씩이나 자리를 비웠다는 점이 마음에 걸렸다.

위즈덤 경의 이야기에 따르면 내 소문이 루브르크 왕국에 퍼진 것이 보름 전. 그렇다면 성 슈를 공화국에서 소문이 퍼지기 시작한 게 언제인지 확인해보도록 하자.

"스승님이 폭주하지 않아서 다행입니다. 근데 그란츠 씨, 제 소문을 언제 처음 들었는지 기억납니까?"

"아아, 대략 두 달쯤 전에 처음 들었다. 그땐 그냥 웃기는 얘기로 치부했는데, 한 달쯤 전에 본격적으로 소문이 나돌았지. 대부분 헛소문이라며 흘려버렸고, 만약에 소문이 사실이라면 루시엘을 모험가로서 대성시키자며 의기투합해서 똑똑히 기억하고 있지."

"역시 치유사 길드보다는 모험가 길드가 제 고향 같아요."

내가 그 말을 하자 길드 내 식당이 또 들끓었다. 이 대목에서 그란츠 씨가 폭탄을 투하했다.

"그럼 치유사 길드 따윈 그만두면 되잖나? 모험가 길드에서 SSS랭크를 노리라고, 성변의 현자님."

"아니, 아니, 전 평온하게 살아가고 싶다고요!"

그러나 모험가들은 내 말 따윈 무시하고서 그란츠 씨가 언급한 성변의 현자에 관해 고개를 갸웃거리며 저마다 대화를 나누기 시작했다.

"성변의 현자? 뭔가 어감이 이상하지 않나?"

"듣고 보니 그러게. 근데 현자라면서 성속성 마법밖에 잘 다루질 못한다니 역시 별나지 않아?"

"그나저나 얘깃거리가 잇달아 굴러드니 지루할 틈이 없어."

"맞아. 근데 설마 현자가 되다니 스케일이 달라. 게다가 교회의 추격까지!"

여기저기에서 그런 대화들을 숙덕거리는 와중에 나는 그란츠 씨와 의뢰 내용을 협의해나갔다.

부디 더는 이상한 별명이 붙지 않기를 바라며.

성도의 모험가 길드에 맡길 의뢰 내용과 조건 등을 길드 마스터인 그란츠 씨와 협의하고 있으니 문득 무언가가 번득였는지 그란츠 씨가 자리에서 일어났다.

"왜 그러십니까?"

"아아. 루시엘, 여기서 의뢰 기간과 정보 범위를 고민 좀 하고 있어."

"알겠습니다."

"미안하다."

그란츠 씨가 양해를 구하고서 식당에서 나갔다.

내가 급하게 온 바람에 서둘러 처리해야 할 업무를 도중에 방치했는지도 모른다.

미안한 마음이 들면서도 결정된 의뢰 내용을 의뢰서에 기재해 나갔다.

소문은 타국에도 퍼져나갔지만, 이번에는 조사 범위를 성도를 중심으로 한 성 슈를 공화국 전역으로 설정했다.

타국에까지 소문이 퍼져나갈 줄은 소문을 퍼뜨린 자들도 미처 예상치 못했던 게 아닐까 싶다. 소문이 이렇게 퍼져나가면 나뿐만 아니라 성 슈를 교회와 교황님, 그리고 교회가 총괄하는 치유사 길드까지 표적으로 삼았다는 의미가 되기 때문이다. 그러나 아무리 생각해도 오직 나, 혹은 나와 교황님의 권위를 노렸을 가능성이 크다. 반대로 교회의 권위를 실추시키는 게 진짜 목적이었다면 훌륭히 달성됐다고 볼 수밖에 없겠지만……

뭐, 타국까지 조사 범위를 넓히면 성가신 문제까지 따라올 것 같으니 이 건을 길게 끌어서는 안 된다는 전제도 함께 고려하긴 했지만……

최대한 신속하게 사태를 마무리 짓고 싶다. 양피지에 의뢰 내용을 다 적으니 마침 그란츠 씨가 돌아왔다.

예상보다 훨씬 빨리 돌아와서 뭘 하고 왔는지 물어보려고 했더니 그란츠 씨가 커다란 마통옥을 안고 있었다.

아마도 마통옥을 가지러 갔던 모양이다.

스승님이 휴대용 마통옥을 소지하고 있다는 사실은 비밀로 해두자.

"오래 기다리게 했네. 아까 멜라토니 길드 마스터가 걱정된다고 했지? 이걸로 모든 모험가 길드와 연락을 취할 수 있으니 쓰도록 해."

이 배려심이 모험가 길드 마스터로서 손색이 없다는 증거일지도 모른다.

"요긴하겠네요. 저도 마통옥을 휴대하고 있지만, 멜라토니 모험가 길드와는 연결되어 있지 않은지라."

"보통은 연락을 은밀히 주고받아야 하는 조직이나 자산가 정도만이 마통옥을 갖고 있는데……."

자산가라……. 미궁에서 주운 것들만으로도 상당할 텐데. 그리고 자각은 없지만, 일단은 이에니스 상회 오너 직책도 갖고 있긴 하지.

뭐, 실감은 나지 않는다. 휴대용 마통옥 역시 드란과 폴라, 리시안의 굉장한 솜씨 덕분이니.

"미래에 마통옥이 더욱 양산되어 누구든 휴대하는 날이 오면 편리할 것 같지 않습니까?"

"모두가 자유자재로 연락을 주고받을 수 있다는 것도 문제야. 마통옥이 범죄에 악용되기도 할 테니까."

이 세계에 휴대전화가 아닌 마통옥이 보급된다면 여러모로 불상사가 벌어질 것 같으니 위험성을 먼저 고려하는 게 중요하겠네.

죽음으로 직결되는 문제가 벌어질지도 모른다. 나는 묘하게 납득하면서도 도구에 관한 인식을 말했다.

"그럴 가능성도 있긴 하네요. 그래도 도구는 사용자가 어떻게 사용하느냐에 달려 있으니까요."

"이걸 하나 제작하려면 A랭크 이상의 마물의 마석과 실력 뛰어난 마도구 기술자가 필요해. 아마도 모험가라면 전투에 필요한 마도구를 우선 제작하겠지. 그러니 모험가들한테까지 보급되는 건 상당히 먼 미래일 거야."

"그렇겠네요. 그래서 범죄자나 조직이 갖고 있다는 말인가요? 납득이 됩니다."

모험가라면 강력한 무기를 우선한다. 개연성이 충분한 이야기다.

그란츠 씨가 카운터 안에 들어가 내 앞으로 다가오더니 카운터 테이블에 마통옥을 내려뒀다.

"잠깐만 기다려."

그란츠 씨가 그렇게 말한 뒤 마통옥을 쥐면서 눈을 감았다.

30초쯤 굳어 있던 그란츠 씨가 갑자기 입을 열었다.

아마도 멜라토니 모험가 길드와 연결된 것 같다.

"난 성도 모험가 길드의 그란츠다. 마스터는 있나? ……밤늦게 실례가 많아. 선풍 공과 꼭 대화하고 싶다는 사람이 있어서."

통화 내용으로 보아 스승님이 바로 받았나 보다.

밤이라서 모험가 길드로 돌아온 건가? 그란츠 씨는 눈을 뜬 뒤에 내 오른손을 쥐어 마통옥 위에 올려뒀다.

갑작스러운 행동에 놀라긴 했지만, 이내 머릿속에서 스승님의 염화(念話)가 울렸다.

《그란츠 공, 나도 여유가 별로 없다. 조금이라도 더 단련해야만 하는 사정이 있어서 말이야.》

"이대로 마통옥을 넘기도록 하지. 루시엘, 얘기해도 된다."

가뜩이나 놀랐는데 그란츠 씨가 느닷없이 마통옥을 넘긴 바람에 머릿속이 더욱 혼란스러워졌다. 어쨌든 정신을 가다듬고서 말을 걸려고 했더니 그전에 스승님의 커다란 목소리가 머릿속에 울렸다.

《루시엘이라고?! 야, 루시엘이 거기 있나?》

"예. 스승님, 오랜만입니다. 오늘 네르달에서 무사히 귀환했습니다. 그나저나 성속성 마법을 쓸 수 없게 됐다는 소문 때문에 돌아왔는데, 아직 성속성 이외의 마법을 완벽하게 구사하질 못합니다. 실전에서 쓰려면 시간이 더 필요할 것 같습니다."

분명 스승님은 내 말뜻을 헤아려줬겠지.

《……그런가. 뭐가 변화가 있었나?》

그리고 예상했던 대답이 돌아오자 나는 3개월 동안 겪었던 일들을 집약하여 설명했다.

"예. 시련을 겨우 극복하여 현자에 도달했는데, 여전히 성속성 마법을 제외한 마법은 제어하기가 어려워요."

《그건 훈련 말고는 방법이 없지. 그나저나 루시엘도 소문을 알고 있었나.》

"예. 그 소문을 들었기 때문에 네르달에서 돌아온 거거든요. 아마 절 몰아내고 싶은 사람이나 조직이 있는 모양입니다."

《그 건은 가르바가 줄곧 조사하고 있다. 교회 본부의 음흉한 세력, 일마시아 제국의 뒷세계에서 소문이 나돌고 있는 변환(變幻)이라 불리는 전귀(戰鬼) 행세를 하는 놈, 마지막으로 일마시아 제국과 블랑주 공국에서 벌어졌던 마족 소동과 기억 장애 사건이 이번 소문 사건과 연관이 있는 것 같더군.》

"예? 벌써 조사 중이라고요?"

라이오넬 행세를 하는 변환과 마족, 기억 장애 사건까지 이미 조사를 해뒀다니…….

가르바 씨의 정보수집 능력은 여전히 조금 무섭다.

《그래. 지난 3개월 동안 우린 신체를 단련하는 것 말고는 달리 할 일이 없었거든. 때마침 그 소문을 퍼뜨리려고 시도했던 녀석들이 찾아왔다. 그래서 멜라토니 주민들이 소문을 들려주던 그 녀석들을 붙잡아줬지. 그루가의 특제 요리로 정신을 쏙 **빼놨으니** 안심해라.》

일부이긴 하지만 소문을 퍼뜨리려고 했던 자들까지 붙잡다니 대체 얼마나 유능한 거지.

스승님은 스테이터스가 초기화됐는데도 여전히 굉장하다. 그러나 필사적으로 정보를 수집해준 이유는 내가 성속성 마법을 다시 쓸 수 있게 되리라 믿었기 때문이겠지.

또한 멜라토니 주민들도 멀리 있는 나를 위해서 움직여줬다는 소리를 들으니 정말로 기뻐서 뜨거운 감정이 울컥했다.

나는 핑 도는 눈물을 참고서 스승님에게 앞으로의 계획을 묻기로 했다.

"정보가 이미 있다면 앞으로 어떻게 움직이는 게 최선일까요?"

《그건 네 뜻에 달렸지.》

"……제 뜻 말입니까?"

스승님이 이번 사건의 진상을 밝혀내기 직전까지 조사를 끝마쳐두고서 모든 것을 나에게 맡길 작정이었음을 직감적으로 깨달았다.

《그래. 이번 건이 이토록 널리 퍼져나간 이유는 교회 관계자 중 일부……. 아니, 네가 나타난 뒤 도태된 교회 관계자 일부와 그들과 얽힌 자들이 준동했기 때문이야.》

역시 일부인가. 그러나 명명백백 가려내야만 하겠지. 우선은 스승님이 수집해준 교회의 음흉한 세력에 관한 정보를 파악해 둬야겠네.

그보다도 내 뜻에 달렸다라……. 이번 건을 어떻게 마무리 지을지조차 정하지 않았음을 깨달았다. 나 역시 막연하게 교황님께 판단을 맡기자고 생각했기 때문이다.

"스승님, 정보를 모두 알려주실 수 있을까요?"

《그럼 멜라토니로 와라.》

"스승님 일행도 감시를 받고 있을 가능성이 있어서 마침 멜라토니로 갈 생각이었어요."

《그거 잘 됐군. 나도 루시엘한테 부탁하고 싶은 게 있거든. 그리고 전귀 일행의 조력이 필요한 일도 있고. 되도록 그 녀석들과 함께 멜라토니로 와줬으면 한다.》

아마 인원이 필요한 모양이네.

"알겠습니다. 아마 모레쯤에 거기에 도착할 겁니다. 다만 매복이 있을 가능성도 있으니 조금 늦어질지도 모르겠습니다."

《좋아. 그러고 보니 블랑주 출신 그 두 사람은 어쩌고 있나?》

"같이 있습니다만?"

정확히 말하자면 잠재운 뒤에 은자의 관에 집어넣었지만.

《그럼 됐다. 그 둘한테도 물어보고 싶은 게 있으니.》

"잘 모르겠지만, 그럼 무사히 도착하길 기원해주세요."

《내 제자라면 장애물쯤은 뛰어넘어서 와라.》

"알겠습니다."

《좋아. 그란츠 공, 연락을 줘서 고맙소.》

"아니, 나 역시 루시엘이 요리 제자인 셈인지라 도움을 줄 수 있어서 다행이오."

《그럼 이만.》

스승님이 나와의 이야기를 끝마친 뒤 그란츠 씨에게 감사 인사를 하고서 통신을 끊었다.

"그나저나 마통옥을 동시에 여러 사람이 사용할 수가 있군요. 처음 알았습니다."

"통신을 한 번 연결해야만 개입할 수 있다는 점이 성가시긴 하지만. 그래서 다음에는 어디로 연락할 거냐?"

나도 휴대 마통옥이 있어서 연락을 취할 수 있긴 하지만, 그란츠 씨의 호의를 받도록 하자.

"이에니스 모험가 길드요. 잘 연결되면 좋을 텐데……."

"일단 이에니스 모험가 길드에 발신해보지."

그란츠 씨가 이에니스 모험가 길드에 연락을 취하기 시작했다.

그리고 식당에서는 모험가들이 내 새로운 별명을 두고서 열띤 토론을 벌이고 있었다. 언젠가 왜 그때 거들떠보지도 않았는지 후회하게 될 날이 올지도 모르겠다…….

04 서로 다가가는 마음

스승님과의 연락을 마친 뒤 그란츠 씨가 이번에는 이에니스 모험가 길드에 연락을 취하기 시작했다. 그런데 30분쯤 지났는데도 연결되지 않았다.

마통옥은 휴대전화처럼 이력이 남지 않기에 상대가 마통옥 근처에 없다면 이렇게 기다려야만 한다. 불편하지만, 이런 불편함이야말로 시간에 구애받지 않는 인간 본연의 생활일지도 모른다는 생각도 들었다.

그나저나 흑막이 교회 내부에 있다면 나는 어찌해야 좋을까……. 스승님은 나에게 이번 사건에 관해 전부 알아서 결정하라고 했다.

아마 그건 내가 한 인간으로서 성장하기를 재촉하는 의미가 담겨 있지 않을까.

솔직히 교회 본부를 어떻게 하고 싶으냐고 물어본들……. 나는 지인들과의 인연을 소중히 하고 싶은 마음뿐이다. 조직 자체에는 무관심하다.

그래서 조직을 어떻게 하자고 생각해본 적도 없고, 그저 건전하게 돌기만 하면 문제없다고 생각했다.

돌이켜보니 멜라토니 치유사 길드에서 성속성 마법을 익힌 뒤로는 줄곧 모험가 길드에 틀어박혀 수행에 매진하는 나날을 보내왔다.

그 뒤로는 성도 교회 본부로 오게 됐고, 시련의 미궁을 탐색하고 공략한 뒤에는 치료 가이드라인과 법안을 작성했고, 멜라토니에서 치유사 길드와 치유원 운영 방식을 공부했으며, 치유사 길드를 재건하기 위해서 이에니스로 파견을 나갔다.

그래서 교회 조직에 속해 있긴 하지만 허드렛일을 해본 경험도 적고, 동료와의 인연도 일부 사람들을 제외하고 희박해서 조직에 관해 알아볼 기회도 없었다.

그러니 이 교회가 어떤 곳인지 더 알게 되면 더 많은 모습이 보일 것이다.

바로 그때 그란츠 씨가 뭔가 중얼거리기 시작했다. 아마 이에니스 모험가 길드와 연결된 모양이다. 나는 마통옥으로 손을 뻗었다.

《과연. 그럼 그 소문은 역시 헛소문이었군요. 용의 가호를 받으신 분이니 신벌을 받을 리가 없다고 생각했었습니다. 다행이군요.》

이 목소리는 길드 마스터인 고더스 공인 듯하다.

"그럼 그곳에도 소문이 이미 퍼져나갔습니까?"

그란츠 씨가 소문에 관해 물어봤다.

《예. 이쪽에도 얼마 전에 그 소문이 흘러들었는데 믿는 자는 하나도 없었습니다. 그나저나 현자라니……. 이거 당장 모두한테 알려야 하겠군.》

그건 그만뒀으면 좋겠다. 나는 대화에 낄 수 있도록 그란츠 씨에게 부탁하려고 했다.

그러나 고더스 공의 다음 말을 듣고서 마음이 바뀌었다.

《애당초 물체X를 태연히 마시고 고행을 즐기는 그 변태가 신벌 같은 걸 받을 리가 없다고 생각했죠. 변태답게 어차피 성속성 마법을 쓰지 않는 훈련이라도 했던 거겠죠. 와핫핫.》

그란츠 씨가 눈이 휘둥그레져서는 내 얼굴을 보며 쓴웃음을 흘렸다. 그란츠 씨와 고더스 공의 대화가 내 귀에도 훤히 들리는 상황에서 내 험담을 한다니. 분명 웃음의 신께서 그를 지켜보고 있는 거겠지.

그란츠 씨가 이제 염화가 가능하다며 고개를 끄덕여 신호를 보내줬다. 나는 오랜만에 고더스 공과 인사를 하기로 했다.

"미안하게 됐네요, 변태라서. 신나게 남의 험담을 하시다니, 여전히 건강한 것 같아서 다행입니다. 고더스 공, 자이어스 공도 건재하시죠?"

《루, 루, 루시엘 님?! 바, 방금 그 발언은 악담이 아니라 신의 시련을 가볍게 극복한 루시엘 님을 향한 찬사였습니다. 우리 용인족 형제는 늘 잘 지내고 있습니다.》

내 목소리를 듣자마자 마치 졸병처럼 말투가 변했다.

다만 지금은 골려댈 기력이 없는지라 이번 건은 다음에 만날 때까지 마음속에 고이 간직해두기로 하고서 대화를 이어나갔다.

"알고 있어요. 그보다, 라이오넬 일행과 학교, 공장은 어떻게 됐습니까."

《모두 문제없습니다. 루시엘 님과 가르바 공 덕분에 악은 반드시 멸망한다는 진실이 증명됐으니까요. 현재는 가르바 공을 대신하여 A랭크 파티인 '백랑의 핏줄'이 이에니스 대표보좌로서 눈을 번뜩이고 있어서 이 나라에 부정은 없습니다. 또한 루시엘 상회가 고용을 대거 확대하여 종족을 가리지 않고 평등하게 거둬주셔서 나쁘게 말하는 사람도 없습니다.》

'백랑의 핏줄'은 바잔 일행을 가리키는 건가? 정겹네. 나디아와 리디아에게도 나중에 알려주자.

대거 거둬주고 있다? 이에니스를 떠난 일 년 사이에 대체 무슨 일이 있었던 거지? 무서워서 더 물어볼 수가 없었다.

"'백랑의 핏줄'이 있다면 치안도 문제가 없겠네요?"

《예. 지금까지는 서로 친한 종족끼리만 교류를 해왔는데, 학교나 공장에서 교류를 시작한 뒤로 종족마다 제각기 우수한 특성이 있음을 다들 깨닫게 됐습니다. 서로 상대를 존중하게 돼서 치안이 대단히 좋아졌습니다. 이 모두 루시엘 상회와 학교 덕분이죠.》

"그거 잘 됐군요. 치유사 길드와 성치사대는 이에니스에 잘 녹아들었습니까?"

《현재 치유사 길드는 모험가와 아이들의 아지트 같은 곳이 됐지요. 성치사대는 가족을 만든 분이 계실 정도로 이에니스에 정착하셨고요. 그러고 보니 교회 본부에서 무슨 명령서 같은 걸 보낸 모양인데, 무슨 음모라면서 명령서를 파기해버렸어요.》

가족이 생겼다니, 누굴까? 명령서도 중요한 소식인데 그쪽이 더 신경이 쓰이잖아.

"……고더스 공, 치유사 길드 사정을 굉장히 잘 알고 있군요."

《으음, 요즘에는 라이오넬 공 일행과 자주 대련을 벌이는지라, 한 주의 절반을 치유 특구에서 보내고 있습니다……. 최근에는 대련 결과에 돈을 거는 사람까지 생겨나서 정말이지 난처해요. 핫핫핫.》

말은 그렇게 하지만 상당히 즐거워 보인다. 라이오넬 일행도 잘 지내는 것 같아 다행이다.

머지않아 이에니스에 투기장 같은 게 세워질지도 모르겠다.

어쨌든 이에니스가 잘 돌아가는 것 같아 다행이다.

"그렇군요. 고더스 공, 실은 이번에 연락한 이유는 라이오넬 일행한테 말을 전해주길 부탁하기 위해서입니다."

《예, 말씀하시죠.》

"이번 소문 건으로 교회 내부의 파벌과 다툴 가능성이 있습니다. 다만 이에니스 치유사 길드는 관계가 없으니 종전대로 애용해주길. 그리고 라이오넬 일행한테 멜라토니로 오라고 전해주세요. 아, 그리고 제가 현자가 됐다는 사실도 함께 전해주세요."

《별 내용 아니군요. 당장 전하러 가겠습니다.》

"잘 부탁합니다."

그러나 대답이 없었다.

"……벌써 끊어버린 것 같군."

"그런 것 같네요. 뭐, 어쨌든 이에니스가 평화로운 것 같아 다행입니다."

그란츠 씨가 마통옥에서 손을 떼어 컵에 술을 따르고서 입을 열었다.

"현재 루시엘과 적대하고 있는 세력은 그 파벌 사람들뿐인가?"

"글쎄요. 애당초 치유사 중에도 절 미워하는 자들이 있으니, 관계자를 포함하면 숫자가 상당할지도 모르겠습니다."

뒤에서 나를 미워하는 사람들은 어쩔 도리가 없다. 그리고 그 이상으로 나를 응원해주거나, 신뢰를 보내는 사람들도 많으니 신경이 쓰이지는 않았다.

"고생이 많겠군……. 그럼 하룻밤 자고서 갈 건가? 일단 취침실이 비어 있어."

"아뇨, 오늘은 달도 밝으니 바로 출발하겠습니다."

"그럼 뭐라도 먹고 가겠나?"

"그것도 다음 기회에. 다음에 마음껏 음미하도록 할게요."

이곳에 더 머물렀다가는 민폐를 끼칠 가능성이 있어서 바로 출발하기로 했다.

"반드시 돌아와라."

"물론이죠. 그전에 의뢰서요."

그란츠 씨가 의뢰서를 받아 읽은 뒤 이내 백금화 9닢을 돌려줬다.

"이 의뢰라면 이 정도 금액도 차고 넘쳐."

"돈을 벌 생각이 없네요."

"경험을 쌓고, 서로 절차탁마하며 의뢰를 수행하는 곳이 바로 모험가 길드다. 적선을 받는 곳도 아니고, 그런 녀석은 모험가가 아니……라고 생각해."

단언하지 못하는 부분이 그란츠 씨답다고 생각한다.

"알겠습니다. 이번에는 감사히 그 말씀을 따르도록 할게요."

"그래. 도시 밖까지 배웅해줄까?"

"아뇨, 성도 안이라면 추격자가 오더라도 문제없으니까요. 그럼 실례합니다."

"루시엘, 애써라."

"예."

내가 카운터석에서 일어나 발걸음을 돌리자 모험가들이 활짝 웃으며 기다리고 있었다.

"……여러분, 왜들 그래요?"

내가 묻자 대표로 여성 검사가 대답했다.

"성변님의 새로운 별명 후보가 결정됐으니 마음에 들거든 사용하는 걸 허락해줬으면 해."

"……근데 성변이라는 별명도 허락한 적이 없는데……."

"세세한 건 따지지 마. 가뜩이나 마음고생이 심한 처지에 자꾸 그러면 훗날에 머리 빠져. 그럼 첫 번째는……."

머리카락과는 오래도록 인연을 맺고 싶어서 입을 다물었다.

전생 때는 원형 탈모로 충격을 받은 나머지 무리해서 유급휴가를 낼 정도로 정신적으로 고통스러웠던 적이 있으니까.

그 아픔은 두 번 다시 맛보고 싶지 않다.

지금은 엑스트라 힐이 있어서 모근을 회복할 수 있을 테지만, 실험해본 적은 없다. 치료할 수 있을지 확실하지 않으므로 지금도 탈모가 무섭다.

그보다 마음에 걸리는 부분이 있다…….

"첫 번째라니, 후보가 여러 개입니까?"

"세 가지야. 첫 번째는 '역습(逆襲)의 현자'."

어떤 별명이 나올지 걱정했는데 제법 멋있잖아.

그러나 역습이란 반드시 공격을 받는 게 전제라는 점이 마음에 걸린다. 이름은 인생을 담고 있다고 하니까.

"두 번째는 '성(속성에 묶여 있는 변질 현)자'."

어라? 글자 사이에서 오랫동안 뜸을 들인 것 같은데 착각인가? 그러나 성자를 칭하는 건 너무 송구스럽다.

뭐, 성변보다는 낫긴 하지만…….

"세 번째는——."

"여기 있다!"

세 번째 후보를 들으려는 순간, 신관기사 복장을 한 사람 둘이 파김치가 돼서 나타났다.

신관기사에게서 적의가 느껴졌다. 그러나 그 적의는 내가 아닌 주변 모험가들에게로 향하고 있다. 나를 찾으러 왔다가 모험가들이 방해라도 했나?

두 사람은 아직 젊고, 오늘 대훈련장에서 보지 못했던 것 같다.

모험가들이 일제히 째려보자 두 신관기사들은 역시나 겁을 먹었다. 나는 그들에게 원한이 있지 않으므로 도움의 손길을 내밀어주기로 했다.

"내게 무슨 용건이라도?"

내 목소리에 반응하여 두 사람이 식당 입구에서 입을 열기 시작했다.

"S급 치유사 루시엘 님께 교회 본부로 출두하라는 명령이 내려졌습니다."

"참으로 송구하지만, 저희와 함께 교회 본부로 돌아가 주시면 안 될까요?"

두 사람이 미안해하며 용건을 말했다.

저들처럼 출두 명령에 의문을 느끼면서도 명령대로 움직일 수밖에 없는 기사들이 가엾다.

"출두라. 내가 성속성 마법을 발동할 수 있다는 사실과 현자가 됐다는 사실을 알고 있겠지?"

"예. 다만 소문에 관해서 사정청취를 마치지 않았으므로 루시엘 님을 소환하라는 명령이 기사단에 내려왔습니다."

일단 두 사람의 꼴이 말이 아니라서 미드 힐과 퓨리피케이션을 무영창으로 발동했다.

마법이 갑자기 발동되어 놀란 눈치였지만, 마법이 효과를 발휘하자마자 두 기사가 한쪽 무릎을 꿇고서 고개를 숙였다.

"명령을 받았으니 어쩔 수 없겠지. 하지만 못 본 척 넘어가 줄 수 없으려나? 내게도 소문을 조사해볼 시간이 필요해."

두 사람이 놀라서 서로 마주 봤다. 그리고 고개를 끄덕인 뒤에 고개를 들어 입을 열었다.

""알겠습니다.""

"저희는 루시엘 님을 지지합니다."

"루시엘 님이라면 분명 오해를 풀 수 있으리라 믿습니다."

두 사람이 다시금 고개를 공손히 숙였다.

이처럼 교회 본부 소속이더라도 나를 지지해주는 사람이 있다. 역시 가르바 씨가 수집한 정보를 얼른 확인해봐야겠다.

두 기사가 길드에 제법 오랫동안 있었으니 수상쩍게 여기고서 응원군을 보낼지도 모른다. 그래서 나는 바로 출발하기로 했다.

"그럼 여러분, 또 보도록 하죠."

나는 그렇게 모험가 길드에 작별을 고했다.

05 옆길로 샜다가 떠오른 의문과 소환 마법

나는 모험가 길드를 나와 인적이 없는지 확인했다. 그러고는 마력을 체내에 고속 순환시켜 신체 강화를 발동한 뒤에 급히 성도의 문으로 달려 나갔다.

레벨이 오르고, 치유사에서 현자로 승격한 덕분에 신체 강화 효과가 더욱 강해졌다. 그 덕분에 속도가 빨라진 건 다행이지만 역시나 문 앞에 수많은 기사가 대기하고 있었다.

그럴 줄 알았지~. 기사 중에는 아까 그 두 사람처럼 의문을 품고 있는 사람도 있을 테지만, 명령을 받았으니 순순히 보내주지는 않겠지.

저들을 쓰러뜨리고서 지나갈까도 생각해봤지만, 그것이야말로 나를 체포하고 싶은 자들의 속셈일 것 같아서 이번에도 풍룡의 힘을 빌리기로 했다.

제어가 아직 익숙하지 않아서 자주 쓰고 싶지 않지만, 이번에는 비약하여 착지하는 과정을 제대로 상상해야…….

"집중, 집중."

옆 골목으로 들어가 기척과 마력으로 병사가 없는 지점을 탐지해봤다.

벽 위에는 병사가 배치되지 않은 것 같으니 그곳을 노리는 게 좋을 듯하다.

뭐, 전력으로 뛰어오르면 실제로 넘어갈 수 있을지도 모르겠지만, 역시 이 상황에서 모험을 무릅쓰고 싶지는 않다. 고도가 낮으면 발각될 가능성도 있기에 하늘을 날아서 돌파하기로 했다.

"【풍룡이여, 하늘을 자유자재로 비상하는 날개가 되어라】."

바람이 휘몰아치는 감각이 느껴졌다. 대지를 힘껏 박차고서 날아오르자 몸이 점점 위로 올라갔다. 순식간에 10m, 20m, 점점 상승했다.

나는 그대로 성도를 내려다보며 나아갔다. 그런데 아무도 없는 줄 알았던 외벽 위에 기사들이 검은 로브를 뒤집어쓰고서 숨어 있는 모습이 눈에 보였다.

"기척과 마력을 차단하는 마도구인가? 위험했네."

그들은 계속 문 쪽을 주시하고 있었는지 하늘에 있는 나를 알아차리지 못했다.

하늘을 날아 교회 본부에서 달아나긴 했지만, 설마 이토록 높이 날아오를 수 있을 줄은 예상하지 못했겠지.

뭐, 그건 나도 마찬가지이지만……

그리하여 나는 성도를 탈출하는 데 성공했다.

그후로 성도에서 수백 미터쯤 나아간 뒤 다시 땅으로 돌아왔다.

비행으로 마력이 급격하게 소비되었기에, 미래를 위해 마력을 보존해두는 게 좋겠다고 생각했다.

얼마간 신체 강화를 발동하면서 계속 달렸다.

성도에서 어느 정도 멀어졌을 즈음에 마법 주머니에서 은자의 마구간 열쇠를 꺼내 포레 누와르를 밖으로 꺼냈다.

열쇠를 돌리자 포레 누와르가 바로 나왔다.

"달빛 말고는 의지할 데가 없어서 힘들 테지만, 멜라토니까지 부탁할 수 있을까?"

"푸르르르."

"잘 부탁해."

목덜미를 한 번 쓰다듬고서 포레 누와르의 등에 올라탔다.

"좋아, 가볼까."

"푸르르르르."

포레 누와르는 어둠을 두려워하지 않고 힘차게 대지를 달려 나갔다. 원래는 나디아와 리디아를 깨워서 각자 말을 타고서 이동하려고 생각했지만, 마구간 안에 말이 포레 누와르밖에 없어서 두 사람은 아침까지 깨우지 않기로 했다.

물론 두 사람이 도중에 깰 가능성도 있으니 그땐 그때 가서 생각하기로……

그리고 그 판단이 틀리지 않았던 모양이다.

포레 누와르가 대지를 달리는 속도가 그 어느 때보다 빨랐다. 상하 흔들림도 적어서 마치 하늘을 날고 있는 것 같은 느낌으로 나아갔다.

다른 말들과 함께 달렸다면 분명 도중에 지쳐서 나자빠졌겠지.

정말로 든든한 짝꿍이라고 생각하면서 가끔 힐을 발동하며 계속 나아갔다.

물론 아무리 포레 누와르가 정령이 깃든 명마라고 할지라도 계속 달리기란 버겁다.

당연하지만 달리면 땀도 흘리고, 주변도 경계할 필요가 있다.

도중에 몇 번 휴식하면서 수분을 보충해줬고, 정화 마법으로 포레 누와르의 체력과 모티베이션이 떨어지지 않도록 조치해줬다.

멜라토니를 향해 밤새 달리다 보니 어느덧 달이 저물고 주변이 점점 훤해지기 시작했다. 그리고 동쪽 하늘이 서서히 연붉게 물들어갔다.

"예쁘네. 네르달에서 내려다봤던 경치도 좋았지만, 지상에서 보는 경치는 또 달라서 재밌어."

내가 중얼거리자 즐겁게 달리던 포레 누와르가 속도를 서서히 줄이더니 하늘을 올려다보며 천천히 걷기 시작했다.

"내 말을 정말로 이해하는구나. 포레 누와르와 대화를 나눌 수 있는 교황님이 부러워."

"……부르르."

"아아, 미안. 저긴 늘 묵던 그 마을이잖아? 오늘 중에 멜라토니에 도착하겠다. 역시 내 짝꿍."

내가 목덜미를 매만지자 포레 누와르가 멈춰 섰다.

아마도 마을을 들를지 말지 지시를 기다리는 듯했다.

"아직은 다들 자고 있을 테니 이번에는 굳이 들를 필요가 없으려나."

이번에는 저 마을을 지나치자고 결정한 그 순간이었다.

마법 주머니에서 은자의 관 열쇠가 튀어나오더니 허공에서 저절로 돌아갔다. 이내 문이 출현하여 열렸다.

"아앗, 그런 건가? 마법 주머니에 넣어뒀더라도 안에 든 사람이 깨어나면 튀어나오는 구조였어!"

원래 마법 주머니에 생물을 수납할 수가 없어서 의아하게 여겼는데, 혹시 은자의 관은 다른 공간으로 인식하는 건가? 나디아와 리디아가 조금 나른한 얼굴로 나왔다.

""루시엘 님, 좋은 아침입니다.""

"좋은 아침. 둘 다 왜 그렇게 졸린 얼굴이야?"

리디아가 대답했다.

"어둠의 정령님이 걸었던 마력이 강력했는지 기분이 좀 안 좋아요."

"그랬구나……."

어둠의 정령도 말은 하지 않았지만, 두 사람에게 마법을 거는 게 퍽 어렵다는 듯한 태도를 보인 적이 있기에 납득이 됐다.

나는 말에서 내려 포레 누와르에게는 하이 힐과 퓨리피케이션을, 두 사람에게는 리커버와 힐, 퓨리피케이션을 발동했다.

"원래대로 돌아왔으려나?"

두 사람의 안색은 회복된 것처럼 보이는데…….

"기분이 상당히 편해졌습니다."

"푸르르르."

몸 상태가 완전히 회복됐는지 두 사람이 웃으며 감사 인사를 했다.

마찬가지로 포레 누와르도 체력이 회복되고 기분도 좋아졌는지 내 머리를 가볍게 물었다.

그게 포레 누와르 나름의 감사 인사인가? 조금 우스웠다.

"두 사람이 일어났으니 어쩔 수 없나. 포레 누와르, 마차를 끌어줄래?"

"푸르르."

대답하긴 했지만, 방금 온화한 분위기는 온데간데없이 우울해하며 시선을 홱 돌렸다.

이때 리디아가 당황했다.

"빛의 정령님께 마차를 끌게 하다니……. 그래요, 저 마을에서 말을 사는 게 어떨까요?"

"그래요. 마차를 타면 여차할 때 대처하기가 어려우니 곤란합니다."

리디아의 당황한 모습과 마차 이동의 위험성을 지적해준 나디아의 말을 듣고서 나도 생각을 고치기로 했다.

"푸르르르르르."

포레 누와르가 '잘 아는구나' 하고 말한 것 같은 환청이 들렸다.

"별수 없나. 그럼 포레 누와르는 일단 은자의 마구간에서 쉬고 있어. 곧 다시 달리게 될지도 모르니 조금이라도 자둬."

포레 누와르는 은자의 마구간에 들어가기 싫다고 저항하지 않고 고개를 끄덕여줬다.

"그럼 이따가 봐."

포레 누와르는 대답하지 않고 꼬리를 흔들고서 안으로 들어 갔다.

"자, 마을에 가볼까. 둘 다 저 마을을 기억해?"

"으음, 성도로 보내지기 전에 들렀던 마을인가요?"

"아, 그러고 보니 어디서 본 것 같기도."

둘 다 자신 없게 대답했다.

"역시 먼발치에서 봤고, 딱 한 번밖에 가본 적이 없으니 잘 모를 만도 한가. 뭐, 전에 방문했을 때는 다급하기도 해서 굳이 언급하진 않았지만, 실은 저 마을에서 마족 소동이 벌어졌어. 마침 그 사건에 관해서도 조사할 게 있으니 정보수집도 할 겸 가볼까."

"" 예.""

저 마을에서 마족과 싸웠던 기억, 마족으로 변했던 촌장님과 마을 사람이 떠올랐다. 스승님이 수집한 정보에 따르면 블랑주 공국과 관련이 있을 가능성이 있다. 그러나 두 사람에게는 그 사실을 굳이 알리지 않기로 했다.

그리하여 우리는 마을을 향해 걸어 나갔다. 아침 해가 얼굴을 완전히 내밀었을 즈음에 마을에 도착했다. 간이 목책이 입구를 막고 있는데 파수꾼은 없었다.

이대로 들어가도 될지 망설이고 있으니 뒤에서 나디아와 리디아가 말을 걸었다.

"루시엘 님, 왜 멈추신 건가요?"

"파수꾼이 없는 마을에 들어가더라도 죄는 아닌 줄로 압니다. 모험가 길드에서도 들어가는 것 자체는 문제가 없다고 배웠는데요?"

"그렇구나."

"예. 일반적으로 목책으로 입구를 봉쇄한 건 야생 늑대나 마물의 침입을 방지하기 위해서니까요."

"성 슈를 공화국은 마물도 약해서 저런 목책으로도 문제가 없겠죠."

아마도 모험가가 멋대로 마을에 들어가더라도 문제는 없는 듯하다.

나는 그 사실에 당혹스러워하면서 목책을 넘어 마을 안으로 들어갔다.

"우선 새 촌장님한테 인사를 한 뒤에 말을 살 수 있을지 교섭을 해볼까. 안 된다면…… 이번만은 포레 누와르한테 부탁할 수밖에……."

"말을 내주면 좋겠네요."

"그리고 가능하다면 식사도 얻어먹을 수 있으면 좋겠어요."

나디아는 내 의견에 동의했고, 리디아는 완전히 먹보 캐릭터가 다 됐다.

촌장의 집을 향해 걷고 있으니 집마다 생활하는 소리가 들려왔다. 마을 사람들이 참 일찍 일어나는구나, 하고 감탄하고 있으니 촌장의 집에 도착했다.

"자, 일어났으면 좋겠는데."

"루시엘 님, 저희가 용건을 전하도록 할게요."

"루시엘 님은 여기서 기다리고 계세요."

수행원으로서 완전히 익숙해진 두 사람을 보며 마음이 복잡해졌다. 그러나 내가 교섭에 나서는 편이 일이 순조롭게 풀리겠지.

"두 사람은 촌장님과 일면식이 없잖아? 뭐, 나도 새 촌장님과는 딱 한 번밖에 대화를 나눠본 적이 없긴 하지만, 내가 가는 게 맞겠지."

내가 말하자 두 사람이 동의해줬다. 나는 한 걸음 앞으로 나서 촌장님네 집 문을 노크했다.

"이른 아침부터 죄송합니다. 촌장님께서 댁에 계시는지요?"

안에서 소리가 들리더니 잠시 뒤 문이 열렸다.

"누구냐? 꼭두새벽부터 무슨⋯⋯. 아닛, 루시엘 님 아닙니까?"

언짢아하던 새 촌장님이 내 얼굴을 보자마자 웃음을 지었다.

안타깝게도 나는 촌장네 식구들을 잘 몰라서 마음이 미안하다. 그러나 양호한 관계를 쌓을 수 있을 것 같아 안심했다.

"안녕하세요. 이른 아침부터 죄송합니다."

"아, 아뇨. 그보다 무슨 일이십니까?"

"성도에서 제 스승님이 있는 멜라토니로 가는 길이었는데 그만 말 두 마리가 퍼져버렸습니다. 어떻게 말을 구할 수 없을까 해서 들렀습니다. 물론 통상보다 금액을 더 얹어 드릴게요."

"그렇군요. 멜라토니로 가시는 길이군요……. 저기, 이건 어디까지나 소문인데…… 루시엘 님께서 신벌을 받았다느니 뭐라느니 하던데…….”

쭈뼛거리면서도 신벌 이야기를 묻는 것으로 보아 성격이 치밀한 듯하다. 그러나 여기서 시간을 허비할 수는 없으므로 마법을 실제로 보여주기로 했다.

"정말이지 난처한 소문이 다 퍼졌네요. 힐.”

내가 촌장님에게 힐을 발동하자 오른쪽 어깨가 조금 처져 있던 촌장님의 자세가 똑바로 고쳐졌다.

"오옷! 요통과 어깨 통증이 거짓말처럼 싹 가셨습니다. 그렇다면…….”

촌장님이 허리를 돌리며 기뻐하다가 마지막 말을 삼켰다.

"뭐, 소문이니까요. 그래서 이 마을에 민폐를 끼칠 일은 없어요.”

"엣? 아아, 그건 괘념치 않고요. 루시엘 님은 이 마을을 구해주신 적도 있으니까요. 그럼 우선 안으로.”

"감사드립니다.”

촌장님이 동요한 마음을 감추고서 우리를 집 안으로 들어가게 해줬다.

안으로 들어가니 예전에 방문했을 때와 달리 책들이 난잡하게 흩어져 있었다.

"집 안이 어지러워서 죄송합니다.”

촌장님이 그렇게 말하고서 부끄러워하며 책을 구석으로 치운 뒤 의자에 앉으라고 권했다.

"저희가 갑자기 들이닥친 것이니 괘념치 마시길. 그나저나 책들을 이렇게나 많이 소장하고 계시는군요."

내가 말하자 촌장님이 고개를 저으며 대답했다.

"이건 대부분 전 촌장님이 소장했던 것들입니다. 원래는 교회에서 회수할 줄 알았는데, 이대로 남겨져서 짬짬이 읽고 있습니다."

예전에 이곳을 정리했을 때는 보지 못했다. 어딘가에 보관되어 있었나 보다.

"그것참 좋은 취미네요. 대체 어떤 책들이 있는 겁니까?"

"마을 통치에 필요한 내용이 기재된 안내서와 인족지상주의 사상을 해설해놓은 책들이 많죠. 특히 인족지상주의의 발상지인 블랑주 공국에서 발행한 책들이 많이 있었습니다. 그밖에 레인스타 경의 전설을 고찰한 서적도 많은 것 같고요."

·생각보다 별난 책은 없는 모양이네.

더욱이 양이 조금 많아서 더더욱 읽어볼 일이 없을 것 같다.

그나저나 인족지상주의라니 오랜만에 들었네. 나와는 대척점에 위치할 것 같은 종교지…….

만약에 인족지상주의 단체가 교회 안에서 암약하고 있다면 이번 소동의 범인은 종교 조직인 셈이다.

그렇게 생각하는 것만으로도 두렵고, 또 우울해지는 것 같다.

"그렇군요. 실은 저도 독서를 좋아하는데, 다양하게 섭렵하는 유형이죠. 근데 여기에 별난 책은 없는 것 같군요."

"그럼 정령이나 용의 전승, 미궁에 관한 전승이 적혀 있는 책이 있습니다. 그리고 아주 수상쩍긴 하지만 용사 소환에 관한 서적과 불로장생 같은 내용까지 다루는 황당한 책도 있어요."

내 말이 촌장님의 무언가를 자극했는지 젠체하며 다양한 분야의 책들을 거론했다.

그보다도 용사 소환과 불로장생 관련 서적을 교회 관계자가 왜 회수하지 않았을까. 의문이 남는다.

"일단…… 교회 사람이 어떤 서적들이 있는지 대대적으로 조사하고 갔죠?"

"예, 아마도요. 원체 내용이 수상쩍고, 서적들 대부분은 블랑주 공국에서 출간된 것 같은데 이런 서적들은 흔하다고 하니."

어느 기사대가 조사했는지 모르겠지만 마인으로 변한 자가 살았던 집에 있던 서적이니 모조리 압수하여 조사해봐야 하는 거 아닌가.

서적들이 이렇게나 많아서 옮기는 게 귀찮았나? 아니면 교회 내부에……. 아니, 내 생각이 뭐든지 옳다고 생각해서는 안 된다.

나는 한 번 뜸을 들이고서 우선 본론으로 들어가기로 했다.

"흥미가 가는 책 제목들이 몇몇 있으니 훗날 빌리도록 하죠. 그나저나 말 말인데요. 양도해주실 수 있을까요?"

"이 마을에 좋은 말은 없지만, 그래도 상관없다면 준비하도록 하죠."

"예, 어려운 부탁임을 잘 알고 있으니 괜찮다면 한 마리당 금화

10닢으로 세 마리를 양도받고 싶습니다."

"그렇게 큰돈을 챙겨주신다면야 반드시 내드려야죠. 당장 말을 관리하는 사람한테 다녀올 테니 여기서 잠시만 기다려주시겠습니까?"

"예. 그동안에 책을 읽고 있어도 될까요?"

"물론 상관없어요."

촌장님이 기뻐하며 집 밖으로 뛰쳐나갔다.

분위기로 보아 말을 확보할 수 있을 것 같다.

"자, 블랑주 공국 이야기가 나왔는데 뭔가 아는 것이나 마음에 걸리는 부분이 있었을까?"

"블랑주 공국의 권력을 쥐고 있는 일부 귀족이 인족지상주의 사상을 내세우고 있는 건 분명하고, 귀족의 특권과 책무에 관해서도 배운 적이 있습니다. 저희는 모험가가 되면서 머릿속에서 그런 사상들이 흐려지긴 했지만⋯⋯."

"전 사교계에 나간 적도 없고, 정령이 등장하는 이야기를 좋아했기에 그렇게까지 기피하지는 않았죠. 다만 이 서적들 말인데, 유통될 리가 없는 것들만 있는 게 마음에 걸립니다."

인족지상주의자가 이 세상에 많은 건 틀림없겠지. 다만 그 이야기를 듣고서 두 사람이 성인 의식을 치른 15살 때 블랑주 공국을 떠났음을 떠올랐다.

그만한 나이에 국가의 내부 사정을 자세히 알 수 있을 리가 없겠지. 나 역시 이 서적들을 수상쩍게 여기고 있으니 이번 건을 마치는 대로 자세히 알아보도록 하자.

"평민 중에도 인족지상주의자가 있으려나?"

"굳이 말하자면 평민 쪽이 더 심하다고 들은 적이 있습니다."

나디아의 말을 듣고서 이에니스의 혼혈 수인과 경멸을 받던 사람들이 떠올라 마음이 아팠다.

"그나저나 리디아는 책을 자주 읽었다고 했는데 용사 소환에 관해서도 뭐 좀 아는 게 있어?"

"예. 블랑주 공국은 초대 용사님을 소환한 나라이니까요. 하지만 상세한 내용은 귀족일지라도 알 수가 없습니다."

"용사 소환을 시도했다는 소문은 있습니다. 하지만 용사가 정말로 소환됐는지, 또한 무엇을 이룩했는지 등은 전승에 모호한 부분들이 많아요."

"권력을 쥔 일부 귀족 중에는 초대 용사의 영광이 레인스타 경이 이룩한 수많은 전설이나 기적에 퇴색돼버렸다며 지독하게 질색하는 자가 있다는 소문을 들은 적이 있습니다."

레인스타 경도 미움을 받는다고 생각하니 신기하게도 갑자기 친근감이 솟는다…….

"그 귀족들에 관해 뭐 아는 거라도 있어?"

"죄송합니다만, 알지 못합니다."

"성인이 되자마자 집을 나왔으니까요. 게다가 우리 가문은 권력이 있는 귀족도 아니고요……."

그러고 보니 이미 부인이 많은 귀족이 일방적으로 혼담을 강요하자 그게 싫어서 용과 정령의 무녀로서 각성했다고 했던가…….

블랑주 공국의 권력을 쥔 귀족 중에는 네르달에서 만났던 백작 영애 에리나스 씨가 떠오르네.

그녀라면 블랑주 공국의 두뇌로 불리니 아는 게 있을지도 모른다.

다만 그 백작 영애조차 정략결혼을 하기 싫어서 연구에 몰두하고 있다는 식으로 말을 했는데, 블랑주 공국의 미래는 괜찮을까? 조금 걱정이 됐다.

일단 지금은 신경이 쓰이는 서적이 없는지 조사해보는 게 우선이라며 사고를 전환했다.

"옛 기억을 떠올리게 해서 미안해. 일단 여기 굴러다니는 책 중에 마음에 걸리는 게 있으면 읽어봐."

""알겠습니다.""

나는 두 사람에게 그렇게 말한 뒤 촌장님이 언급했던 소환과 불로장생을 다룬 책에 손을 뻗었다.

지난번 이 마을에서 벌어졌던 마족 소동과 관련이 있다면 저 두 책이 수상쩍다고 여겼기 때문이다.

그나저나 그로부터 벌써 반년이나 넘게 지났나. 그러고 보니 그 이후로 사건들이 연달아 터져서 아직도 그 당시 보고를 듣지 못했네.

얼른 이번 소동을 수습하고서 평온한 생활로 돌아가고 싶다…….

그렇게 생각하면서 먼저 소환에 관한 책을 읽어나갔다.

마족과 맞닥뜨려 전투가 벌어졌을 때, 생추어리 서클로 마족을 궁지로 몰았다.

그러나 그 대가로 어떤 의식이 예정되어 있었음을 말해주는 지팡이와 항아리, 그리고 사악한 기운을 뿜어내는 마법진이 소멸하고 말았다.

그것이 소환 마법진이었다면 이 소환 마법과 불로장생을 다루는 내용 안에 마족들의 노림수가 있을지도 모르겠다.

그걸 밝혀낼 수 있다면 스승님이 언급했던 기억 장애 사건도 뭔가 알아낼 수 있을지도 모르고.

그러나 기대했던 내용은 어디에도 적혀 있지 않은 듯했다.

내가 한숨을 내뱉으며 서적들을 바라보고 있으니 값비싸 보이는 양장 서적이 눈에 들어왔다.

별생각 없이 들어보니 표지와 달리 안쪽이 심하게 오염되어 있었다. 낡아서 문장을 읽어내는 것조차 애를 먹을 정도였다.

가능하다면 정화 마법으로 문자를 제외한 나머지 오염을 씻어내고 싶었지만, 오염된 문자까지 한꺼번에 세척되면 내용을 읽을 수 없기에 참고서 읽어나갔다.

이 책은 소환 마법과 시공간 마법의 연관성을 다루고 있었다. 소환 마법은 시공간 마법으로 분류되어 있기에 흔히들 전설처럼 여기고 있지만, 사실은 적성이 없더라도 대가를 지불하는 계약을 마법진에 새기면 소환할 수 있다고 적혀 있었다.

예를 들어 인간을 소환하려면 인간이 대가가 된다.

그러나 모든 계약의 대가로 사람의 목숨이 쓰이는 게 아니다. 마력을 대가로 지불할 수도 있다고 한다.

그때는 아이들이 인질로 붙잡혀 있긴 했지만, 마을 사람들은 모두 세뇌된 상태였고, 사악한 기운이 마을 안을 그토록 뒤덮고 있었으니 모든 마을 사람들의 목숨을 대가로 삼을 셈이었겠지.

아무리 생각해도 심상치 않은 존재를 불러내려고 했던 게 틀림없다.

책장을 계속 넘기니 도구를 사용한 소환에 관한 부분이 있었다. 항아리를 사용한 의식을 살펴보니 혼백 교환과 혼백 빙의라는 무서운 단어가 적혀 있었다.

만약에 그때 소환 마법진이 발동했다면 마을 사람들의 영혼은 소환과 동시에 소멸하고, 가령 마족을 불러냈다면 마족의 영혼이 대신 그 몸에 들어갔겠지.

이 터무니없는 내용이 사실이라면 그때 이 마을에 조금이라도 늦게 도착했다면 마족 영혼을 지닌 마을 사람들이 탄생했겠지.

"이런 생각을 했다니…… 제정신이 아니군."

책장을 거듭 넘기다가 엄청난 내용이 적힌 부분을 발견했다.

"이 책은 부르는 값에 사들이도록 하자."

소환 관련 책을 덮으니 바깥이 소란스럽다는 것을 알아차렸다.

촌장의 집을 나서기 전에 두 사람이 관심을 가졌던 정령과 용에 관한 서적을 한 권씩 맡았다. 그러고는 소란스러운 바깥으로 나가보자고 말했다.

"아까 촌장한테서 사악한 낌새는 느껴지지 않았어. 그렇다면 뭔가 예기치 않은 사고가 벌어졌을 가능성이 커."

"추격대일까요?"

"아니, 교회 관계자였다면 이렇게까지 소란을 피우지는 않겠지. 가능성을 꼽자면 마족이 출현했거나, 부상자가 생겼을 거야."

"그럼 큰일이에요. 당장 가죠."

"곤란에 처한 사람이 있다면 도와줘야만 합니다."

적극적으로 나서려는 두 사람의 태도가 마음에 걸렸지만, 사람 목숨이 걸려 있을 가능성도 있기에 그 의견에 동의했다.

우리는 촌장의 집을 나와 시끄러운 곳으로 향했다.

"촌장님, 무슨 일이 있습니까?"

"아, 루시엘 님. 실은 주민들이 루시엘 님의 방문을 알고서 지난번 건으로 감사를 드리고 싶다며 모여든지라……."

촌장님의 말대로 마을 사람들이 잇따라 모여들고 있는 듯했다. 개중에는 우리를 보고서 환호성을 지르거나, 기도를 올리는 사람까지 있었다.

"그랬군요. 소문 때문에 걱정하시는 분들도 계신 것 같으니 말이 준비되는 동안에 치료가 필요한 분이 있다면 치료해드릴게요."

"그게 참말입니까!!"

"예. 소문이 거짓임을 증명할 필요도 있으니까요."

마을 사람 한 명이 내 근처로 다가와 무릎을 꿇고서 매달리듯 말하자 나는 웃으며 응했다.

"루시엘 님, 그 사건 때문에 저희가 드릴만 한 재물이 없습니다 만……."

촌장님이 두 손을 비비면서 멋대로 가격 흥정을 시작했다. 그런데 말 구입대금을 아직 주지도 않았는데 흥정을 벌이다니 상재가 없네…….

"그럼 촌장님의 집에 있던 책 중에 세 권을 양도해주시겠습니까. 여기서 읽을 만한 여유는 없는지라."

"아, 그 책들이라면 얼마든지 드릴게요. 이 마을에 사는 처지에 그 책에 실린 재료들을 모을 수 있을 것 같지 않고, 수상쩍은 내용뿐인지라 도움도 안 되고요……."

내가 책을 요청했을 때 마을 사람들이 뭐라 형언할 수 없는 차가운 눈빛을 촌장님에게 보냈다. 그래서 촌장님이 황급히 책을 넘기겠다고 말한 것처럼 느껴졌다. 어쩌면 마을 사람들로부터 별로 인정을 받지 못하는 촌장일지도 모르겠다.

그러고 보니 성 슈를 공화국의 인사(人事)도 집행부가 맡고 있나? 만약에 그렇다면 집행부의 인원이 부족한 것 같다. 이 문제도 이번 건을 마무리 짓고서 물어보고 싶다.

"고맙습니다. 그럼 촌장님은 말을 준비해주세요. 전 환자분들을 살펴볼 테니."

"예. 알겠습니다."

"그럼 안내 좀 해주시겠어요? 아, 그전에."

나는 무릎을 꿇고 있는 마을 사람을 일으키면서 에어리어 하이힐을 발동했다.

이로써 마을 사람들의 마음속에 있는 '소문이 사실일까?' 하는 의혹을 불식할 수 있으면 좋겠다는 계산인데…….

그런데 예상보다 효과가 상당했던 듯했다. 마을 사람들이 두 무릎을 꿇고서 나에게 절을 하는 이상한 상황이 벌어지고 말았다.

나는 당황하여 마을 사람들에게 일어서라고 했다. 그러고는 안내를 받아 이곳에 올 수 없었던 주민들의 집들을 돌아다니며 회복 마법을 걸어줬다.

모든 치료를 끝마치자 마을 사람들이 나를 환영하는 잔치를 벌이려고 했다. 나는 정중히 사양하고서 갈 길이 급하다고 양해를 구했다.

"촌장님, 말은 준비가 다 됐습니까?"

"이미 다 됐습니다. 잔치는 아니더라도 식사만이라도 하고 가시면 안 될까요?"

리디아도 배가 고프다는 신호를 보내고 있지만, 마을을 나가는 대로 요깃거리라도 주자고 생각하고서 다시 거절했다.

"감사한 말씀이지만, 이번에는 사양하도록 할게요. 또 들를 일이 있을 테니 그때 대접을 받기로."

"아쉽군요. 하지만 급해 보이시니 억지로 붙잡아두는 것도 민폐겠죠. 말은 이쪽에 있습니다."

촌장님이 물러서면서도 괘념치 않는 눈치였다. 아마 겉치레였던 모양이다.

안내를 받아 마방 앞으로 가니 준비된 말 세 마리가 시야에 들어왔다.

확인해보니 별문제가 없는 것 같아서 촌장님에게 말 세 마리의 매매 대금으로 금화 30닢이 담긴 자루를 건넸다.

"말들이 꽤 괜찮아 보이는군요. 이건 대금입니다."

"오옷, 잘 받았습니다. 이 마을에서 가장 잘 달리는 말들이니 멜라토니까지 충분히 버틸 수 있겠죠."

말이 팔려서일까, 임시 수입이 생겨서 그런지 촌장님이 활짝 웃으며 말을 넘겨줬다.

"만약에 교회 관계자가 저에 관해 묻는다면 멜라토니로 가는 길임을 알려줘도 상관없어요."

"예? 알겠습니다."

"그리고 이건 팁입니다. 마을 분들이 서운해하지 않도록 잘 부탁해요."

"하핫. 감사드립니다."

금화를 추가로 건네려고 한 순간 눈앞에 이미 손이 있어서 깜짝 놀랐다. 그대로 돈을 떨어뜨릴 뻔했다.

저 촌장은 돈 냄새에 꽤 민감한 것 같고, 돈의 유혹에도 약한 듯했다.

그렇게 생각하면서 말에 오르려고 했을 때 나는 포레 누와르가 아닌 다른 말을 탈 수가 없음을 떠올렸다.

하는 수 없이 마법 주머니에서 마차를 꺼내 마을을 떠나기로 했다. 모습이 시야에서 사라질 때까지 배웅을 받는 건 민망해서 단단히 당부해뒀다.

"배웅을 받으면 긴장이 되니 이번에는 됐어요."

"그거 아쉽습니다. 그럼 대신에 루시엘 님 일행이 무사하시길 기원하겠습니다."

"감사합니다."

나디아와 리디아는 말을 타고, 나는 마차를 스스로 몰아 마을을 떠났다. 그리고 은자의 마구간에서 포레 누와르를 꺼낸 뒤 마차를 끌던 말을 마구간 안으로 넣었다.

정화 마법으로 몸을 말끔히 씻어낸 뒤 포레 누와르의 등에 탄 뒤에 비로소 한숨을 돌렸다.

"그나저나 그토록 돈에 집착하는 사람은 오랜만에 봤네."

"확실히 돈에 약해 보였어요."

"마을 사람들한테 미움을 받는 것 같은데, 촌장으로서 제대로 해나갈 수 있을까요?"

"그건 나도 모르겠지만, 마을 사람들을 위하며 행동하지 않으면 머지않아 촌장이 바뀔지도 모르겠네."

"푸르르르르르."

"아아, 미안. 가볼까. 저 두 말은 속도를 많이 높이지는 못할 테니 적당히 맞춰줘."

포레 누와르가 어서 출발하자며 재촉하는 것 같아서 나는 목덜미를 쓰다듬고서 그렇게 말했다. 그러자 포레 누와르가 떨떠름하게 고개를 끄덕이고서 걸어 나갔다.

참고로 나디아와 리디아가 내 수행원으로서 앞으로 나오려고 했다. 그러나 말들이 포레 누와르 앞으로 나가려고 하질 않아서 어쩔 수 없이 뒤따르는 형태로 이동했다.

06 오랜만의 재회

멜라토니로 가던 중에 매복이나 마물 등을 경계하긴 했지만, 아주 평온한 여행이었다.

한가했기에 모험가 길드에서 들었던 '백랑의 핏줄'이 현재 이에니스 대표보좌로서 활동하고 있다는 소식을 두 사람에게 전해봤다.

그러자 나디아가 정겨워하며 과거 이야기를 들려줬다.

3년 전 어느 날, 나디아는 홀로 모험가로서 등록하고서 활동하고 있었다. 그때 '백랑의 핏줄'의 도움을 받은 적이 있다나.

나디아는 당시 신인이긴 했지만 우수한 검술로 주목을 받고 있었단다. 신인 모험가부터 중견 모험가까지 그녀를 파티에 끌어들이고 싶어 하는 자들이 많았단다.

그러나 나디아는 낯선 자들과 함께 행동하는 것이 꺼려져 모든 권유를 정중히 거절했다.

그러나 그것을 고깝게 여긴 모험가가 도적인 척 나디아를 습격하는 작전을 세운 뒤 그녀를 궁지에 몰았다고 한다.

그리고 실제로 습격을 받을 뻔했다. 그런데 모험가 길드에서 비밀리에 호위로서 붙인 '백은의 핏줄'이 무찔렀다나.

그런데 당시 나디아는 인족지상주의 사상을 배우며 자란 영향때문인지 자신을 구해준 '백랑의 핏줄'이 도적의 동료가 아닌지 의심했다고 한다.

그러나 모험가 길드가 호위 의뢰를 한 것은 사실이고, 세키로스 씨와 바슬라 씨의 부인들이 인족이었기에 사죄했다나. 그 뒤로도 여러 보살핌을 받았고 나디아는 인족지상주의에 의문을 품게 됐다. 그리고 어엿한 모험가가 되기 위해서 가르침을 달라며 고개를 숙였다고 한다.

그 부인들은 아마 미리나 씨와 메르넬 씨를 말하는 거겠지. 모험가 길드에서 접수원으로 일했던 그 두 사람이라면 나디아의 신뢰를 얻을 만도 하겠지.

"사실 리디아와 합류한 뒤에도 가르침을 받고 싶었지만, 부인분이 임신하신 바람에 관계를 해소하게 됐습니다."

"임신?! 그거 경사네."

스승님은 이 사실을 알고 있으려나? 가르바 씨와는 만나고 있을 테니 이미 알고 있을까?

그래도 지인에게 가족이 늘었다는 소식을 들으니 세월의 흐름이 느껴지네~.

내가 반가워하고 있으니 포레 누와르가 속도를 서서히 줄이기 시작했다. 아마 다른 말들이 지치기 시작한 듯하다.

힐로 회복을 해줄까도 생각했지만, 우리도 아침을 아직 먹지 않았기에 일단 식사하며 휴식을 취하기로 했다.

"이 부근에서 쉬도록 할까. 아침부터 아무것도 먹질 않아서 배고프지?"

내가 그렇게 말하며 리디아를 보니 고개를 힘차게 끄덕이고 있었다. 그 모습을 보고 쓴웃음을 흘리면서 나는 포레 누와르에서 내려 아침밥을 준비하기 시작했다.

그러나 준비라고 해봤자 네르달에서 미리 만들어둔 포토푀와 파스타를 그릇에 옮기기만 했지만…….

그 뒤에 별일 없이 식사를 끝마쳤다. 그 사이에 말들도 충분히 쉰 것 같아서 멜라토니를 향해 다시 출발했다.

도중에 마을을 몇 군데 지났지만 들르지 않았다. 태양이 꼭대기까지 떠올랐을 즈음에 점심을 먹을 겸 한 번 휴식한 것 이외에는 멈추지 않고 멜라토니를 향해 나아갔다.

계속 달리다가 주변에 노을이 비치기 시작했을 즈음에 드디어 멜라토니의 외벽이 보이기 시작했다. ——그때.

제일 먼저 위화감을 감지한 것은 포레 누와르였다.

포레 누와르가 달리던 발을 멈추고서 주변을 살피며 불안해했다.

"포레 누와르, 왜 그래?"

나는 눈을 감고서 주변에 의식을 기울였다. 그러나 이상한 인기척이나 마력은 느껴지지 않았다.

그런데 다른 말들도 무언가 알아차렸는지 동요하기 시작했다. 평소에는 잘 볼 수 없는 규모의 새 떼가 어딘가로 달아나듯 날아가는 광경이 보였다.

"혹시 지진? 아니면 마물의 집단폭주(스탬피드)인가? 나디아, 리디아, 경계하면서 말들을 달래줘. 여차하면 멜라토니 외벽까지 달려야 할 것 같아."

"“예.”"

"포레 누와르, 조금씩 나아가자."

그렇게 말했을 때였다. 갑자기 고막을 찢는 것 같은 소리가 주변에 울려 퍼졌다.

"뭐야? 이 공기는 가르는 소리는? 점점 다가오는데?"

"저건 비룡? 그것보다도 커."

"근데 왠지 마물 같은 불길한 기척은 느껴지질 않아요."

분명 꺼림칙한 기척은 느껴지지 않았다. 그러나 저것이 무엇인지 모르는 이상 경계할 필요가 있다.

이내 포레 누와르가 멜라토니로 달렸다. 비룡으로 보이는 비행 물체의 속도가 상당했다. 따라잡히겠구나 싶은 것도 잠시, 우리를 쉽사리 추월해버렸다.

나는 그 비행물체에 눈길을 빼앗겼다. 왜냐면——.

"아니 아니, 저건 너무 오버 테크놀로지잖아?"

내 중얼거림을 비웃기라도 하듯 비행물체가 서서히 고도를 낮추기 시작했다.

포레 누와르는 내가 놀라기만 했을 뿐 겁은 먹지 않았음을 눈치챘는지 제자리에 멈췄다.

"루시엘 님, 멜라토니까지 안 도망치나요?"

"괜찮아. 저 물체에 내 동료들이 타고 있다는 걸 아니까."

"타고 있다고요? 동료가요?"

"그래. 그 증거로 루시엘 상회의 문장이 그려져 있지."

어영부영하는 사이에 새빨갛게 도색된 새 모양의 비행정이 조금 앞에 착륙했다.

"그나저나 불의 정령의 모습을 본뜬 것 같네. 마치 불사조처럼 생긴 비행정이야."

놀랍게도 프로펠러 같은 건 없었다. 마력을 방사하여 부력을 얻는 구조로 보인다……

그렇게 생각하고 있으니 비행정의 옆 부분이 열리더니 안에서 라이오넬 일행이 뛰쳐나왔다.

"루시엘 님, 용케도, 용케도 현자가 되셨습니다."

그리고 라이오넬이 전속력으로 이리로 달려와 둑이 무너진 것처럼 눈물을 흘리며 나를 끌어안으려고 했다.

나는 라이오넬의 그 태도에 약간 질색했다. 그러나 포레 누와르는 그 이상으로 싫었는지 라이오넬을 깔끔하게 피해 보였다.

그나저나 멜라토니에서 합류하고 싶다는 뜻을 전했더니 문자 그대로 날아온 건가. 깜짝 놀라긴 했지만 고맙다.

나는 말에서 내려 라이오넬의 노고를 위로해주기로 했다.

"라이오넬 공, 건강해 보여서 다행입니다. 또한 급한 연락이었는데도 이렇게 와주셔서 감사합니다."

"루시엘 님의 수석 수행원이니 달려가는 게 당연합니다. 그나저나 루시엘 님께서 왜 제게 존댓말을?"

라이오넬이 서먹서먹한 내 태도에 당혹스러워했다. 나는 웃으며 그 의문에 대답해줬다.

"아니, 라이오넬의 태도가 하도 징그러워서 잠깐 놀려봤어."

"냐아~, 루시엘 님의 성격이 나빠졌다냥. 그리고 판에 박힌 것 같은 그 존댓말은 기분 나쁘니까 그만둬라냥."

"루시엘 님, 노예 신분에서 해방됐더라도 저희는 귀하의 수행원이니 평소처럼 대해주십시오."

어느새 내 뒤에 케티와 케핀이 서 있었다. 각자 재회 인사보다 하고 싶은 말들을 했다.

케티의 말투는 여전히 신랄했고, 케핀은 수행원 캐릭터가 물이 오른 것 같다. 실제로는 라이오넬과 마찬가지로 흥분하고 있는 듯 보였다.

"둘 다 잘 와줬어. 라이오넬을 호위해준 것도 포함해서 고마워. 앗! 드란, 폴라, 리시안도 오랜만에 재회해서 기뻐. 설마 재회가 이렇게도 상상을 아득히 초월할 줄이야. 역시 세계 최고의 기술자들이야."

드란이 제출한 계획서 중에 비행하는 탑승물체가 있어서 개발을 의뢰했다. 다행히도 필요한 소재 등이 충분히 갖춰져 있긴 했지만, 이렇게나 빨리 개발할 줄은 예상치 못했다.

그만큼 감동도 컸다.

"루시엘 공, 오랜만이오. 이 녀석을 제작하기까지 퍽 고생했다오. 하나 토롱의 광석을 아낌없이 제공해주고, 루시엘 상회에서 개발자금을 윤택하게 마련해준 덕분에 내 꿈이기도 했던 이 녀석을 완성할 수 있었지. 나야말로 정말로 고맙구면."

루시엘 상회의 자금? 금시초문인데……. 루시엘 상회의 내부 사정에는 줄곧 관여하지 않았기에 회계가 어떻게 처리되고 있는지 모른다.

그러나 여우 수인족 포렌스 공은 부정 없이 운영을 성실히 하겠다는 서약도 했기에 이상한 짓을 벌이지 못할 것이다.

어제 마통옥으로 고더스 공과 연락을 주고받았을 때도 루시엘 상회에 관한 물음이나 지적은 없었다.

그래서 문제가 없다고 생각했는데 나중에 전체를 파악하고 있을 조르드 씨에게 확인 연락을 넣어볼까.

내가 그렇게 생각하고 있으니 폴라와 리시안이 내 눈앞까지 다가와서는 두 손바닥을 모아 앞으로 내보였다.

"루시엘, 오랜만. 할아버지랑 같이 이걸 제작했더니 마도구 제작 스킬 레벨이 IX가 됐어. 이로써 전자동 조리기를 만들 수 있어."

"루시엘 님, 오랜만이에요. 지난번에 루시엘 님이 고안하셨던 마물 탐지기 말인데, 마력을 감지하는 마도구는 제작하는 데 성공했어요. 하지만 마물을 탐지하기까지는 아직 연구가 부족한 것 같아요."

"보고해줘서 고마워. 근데 그 손은 뭐야? ……혹시 마석이 필요한 거야?"

내가 묻자 두 사람이 자못 당연하다는 듯 고개를 크게 끄덕였다.

아마도 저 두 사람은 나를 마도구를 제작하면 새로운 마석을 제공해주는 사람쯤으로 인식하고 있겠지.

확실히 틀린 말은 아니다……. 응. 저 두 사람이 좋은 의미에서 바뀌질 않은 걸 보니 나도 어깨 힘을 빼고서 안심해도 되겠네.

"커다란 게 있다고 들었어."

"그게 있으면 분명 여러 마도구를 완성할 수 있을 거예요."

"여기서 건네줘 봤자 소용없잖아? 그보다 마통옥 추가 제작은 벌써 끝났어?"

"그건 진즉에 끝냈어. 더욱 소형화됐고, 기능도 문제없어."

"어라? 소형 마통옥을 완성한 건 바로 나예요."

"그걸 더 작고 가볍게 만든 건 나."

"자자, 싸우지들 마. 모든 건 멜라토니에 도착해 스승님한테 마통옥을 판 뒤에 생각해볼 거야. 그리고 얌전하게 굴지 않으면 마석은 안 줄 건데?"

마석을 교섭 조건으로 내걸자 두 사람이 순식간에 얌전해졌다.

정말이지 저 두 사람은 흔들리지 않고 하고 싶은 일을 전력으로 즐기고 있는 것 같다. 나는 그것이 몹시도 부러웠다.

"이번에 저희를 이 땅에 부른 건 현자가 됐다는 것 말고도 다른 이유가 있겠군요?"

라이오넬이 이번에 자신들을 왜 불렀는지 알고 싶어 하는 듯했다. 그러나 내가 아니라 스승님에게 사람이 필요하다고 설명했다.

"아아. 실은……."

"그전에 비행정을 마법 주머니에 넣어줄 수 없겠나? 이제는 움직일 수 없고, 멜라토니가 목적지이니 필요 없겠지?"

드란이 도중에 끼어들었다. 그런데 방금 흘려버릴 수 없는 단어가 있었다.

"응? 이제 못 움직인다고? 이제 비행정이 못 움직이는 건가?"

"음. 정확히 말하자면 한 번 정지한 뒤 다시 가동하려면 막대한 마력이 필요하네. 그래서 당장 움직이는 건 무리인 게야."

잠깐이라도 타보고 싶었지만, 그렇다고 하니 어쩔 수 없다…….

그리고 이 물건을 실용화한 것만으로도 드란 일행은 칭찬받을 만하지.

비행정 근처로 다가가니 라이오넬이 앞으로 나왔다.

"……루시엘 님, 잠시 실례하겠습니다."

라이오넬이 비행정을 만지자마자 사라졌다.

"라이오넬, 이제 마법 주머니를 잘 다루네."

"예. 루시엘 님 덕분입니다. 그보다도 멜라토니가 지척이니 걸으면서 물음에 관한 답을 들어도 되겠지요?"

"그도 그런가? 그럼 천천히 대화를 나누며 가볼까."

그리하여 라이오넬 일행과 정보를 교환하면서 멜라토니까지 걸어갔다.

"…………그래서 이야기를 간단히 정리해보면 네르달에서 간신히 현자에 도달하는 데 성공했어. 그나저나 설마 물체X가 현자가 되기 위한 중요한 키 아이템(팩터)이었을 줄은 생각지도 못해서 꽤 놀랐지."

전생한 뒤로 호운 선생님이 계시는데도 물체X를 매일 마셨다. 그런데 그때만큼 보람을 느낀 적이 거의 없는 것 같다.

"물체X가 그토록 중요한 음료였을 줄이야……."

"뭐, 현자가 되긴 했지만, 실제로는 여전히 성속성 마법 말고는 다룰 줄 모르는 결함 현자이지만 말이야."

나는 자조하면서 익살맞게 말했다. 그러나 현자가 돼서 성속성 마법을 다시 다룰 수 있게 된 것만으로도 감사하고 있다.

"성속성 마법만 있으면 루시엘 님은 두려울 게 없습니다. 루시엘 님한테로 향하는 공격은 제가 모조리 받아낼 테니 앞을 가로막는 적들을 모조리 쓸어버리지요."

"……이봐, 라이오넬. 성격이 조금 바뀌지 않았어?"

뭐라고 해야 할까. 숨이 조금 막히는 듯했다.

내가 그렇게 지적하자 나보다 라이오넬을 우선하는 케티가 드물게 동의했다.

"정말로 그렇다냥. 라이오넬 님은 나리아한테서 아이가 생겼다는 소리를 듣고 나서 시간만 나면 루시엘 님과 아이를 지키기 위해서 지옥 훈련을 거듭했다냥. 매일 몸이 엉망진창이 될 정도라서 치유 특구에서 외출 금지를 내릴 뻔했다냥."

"아이? 설마 나리아와의 사이에서 새로운 생명이 생겼다고?!"

"젊음을 되찾으면서 신체 레벨과 스킬 레벨을 잃긴 했지만, 정력이 용솟음치는 바람에……. 핫핫하.”

여러모로 젊어진 건 좋긴 하지만……. 그보다도 임신한 나리아를 남겨두고 왔다는 건가. 이따가 케티에게서 이야기를 자세히 듣고서 나리아의 서운함을 달래줘야만 하겠네.

“응. 라이오넬, 고마워. 그 건은 후에 차차 듣기로 하고, 이에니스는 살기 좋아졌나?”

“예, 평화 그 자체입니다. 학교에서는 실적이 있는 은퇴한 모험가들을 면담하여 고용하기 시작했고, 경제도 루시엘 상회가 장사로 번 자금을 국가 발전을 위해 쓰고 있습니다. 새로운 고용이 늘어나 모두 행복하게 살아가고 있습니다.”

여기서도 루시엘 상회……. 다음에 이에니스를 방문하는 게 기대되기도 하지만, 그 이상으로 왠지 무섭네.

그나저나 이에니스가 평화롭다면 나도 이에니스에서 생활하면……. 어라? 골치 아픈 일들이 기다릴 것 같은 냄새밖에 안 풍기는데 어째서지…….

“루시엘 상회가 굉장하다는 건 이해했어. 완전히 내 손에서 떠났지만, 모두가 행복하게 살아갈 수 있는 기반이 됐다면 다행이야. 이제 본론으로 들어가겠는데, 내게 신벌이 내려졌다는 소문은 어때?”

“루시엘 님에 관한 소문을 퍼프렸던 자는 이에니스 전 슬럼가 출신 반수인(半獸人) 부대가 추격하여 붙잡았습니다. 이미 약사 길드가 개발한 자백제를 먹여서 한창 심문하고 있습니다.”

이에니스 사람들도 손이 참 빠르다. 그런데 자백? 마치 가르바 씨 같네. 나와 친했던 '백랑의 핏줄'이 대표보좌를 맡아주고 있고, 치유사 길드도 조르드 씨와 치유사들이 나를 지지해주고 있는 것 같으니 문제는 없는 듯하다.

"이에니스 주민들은 혼란스러워하지 않았어?"

"소문을 믿는 자는 없었습니다. 뭐 설령 루시엘 님이 성속성 마법을 쓸 수 없게 됐다고 해도 이에니스를 개발하는 데 막대한 자금을 투입하고 있는 루시엘 상회의 오너와 적대할 자는 없습니다."

라이오넬이 자신만만하게 말하고서 케티와 케핀을 쳐다봤다. 두 사람도 미소를 지으며 고개를 끄덕였다.

"그런가…… 고마운 일이네."

나는 여태껏 자신을 위해서 열심히 노력해왔다. 그러나 그것을 인정하고 신뢰해준 사람과 만났기에 이런 결과를 낼 수 있었겠지.

분명 호운 선생님은 좋은 인연을 이끌어 주는 최고의 스킬인 것 같네.

"아, 그리고 보니 고더스 공과 연락을 주고받았을 때 들었는데, 라이오넬이 고더스 공과 매일 대련을 벌이고 있다지? 힘을 얼마나 되찾았는지 물어봐도 될까?"

내 물음에 대답한 사람은 케티였다.

"나나 케핀을 상대하면 서른 번 중에 한 번쯤 이길까 말까 한 수준이다냥."

라이오넬이 벌레라도 씹은 것 같은 표정을 지었다. 그러나 4개월쯤 전에 신체 레벨과 스킬 레벨이 초기화됐으니, 신체 레벨이 300을 족히 넘는 케티와 케핀을 이긴다는 건 이상하다.

라이오넬을 이겨서 기쁜지 케티가 꼬리를 흔들었다. 그러나 케핀의 표정은 울적해졌다.

"케핀, 왜 그래?"

"라이오넬 공은 무서운 속도로 강해지고 있습니다. 대련 상대를 해주던 신인 모험가의 마음을 꺾었고, 중급 모험가들의 자신감을 박살 냈고, 최근에는 상급 모험가들이 눈길을 돌리는 실정입니다. 저까지도 외면을……."

라이오넬을 쳐다봤더니 시선을 홱 돌렸다. 케핀은 라이오넬의 호위라서 다들 더더욱 어려워할지도 모르겠다.

"으음, 뭐라고 해야 할까. 케핀, 여러모로 고마워."

케핀 같은 상식인이 한 사람 있는 것만으로도 왠지 동지를 얻은 것 같은 기분이다.

분명 케핀은 앞으로도 고생하겠지.

내가 고개를 끄덕이고 있으니 무언가가 번뜩인 것처럼 라이오넬이 변명을 시작했다.

"모험가는 군인과 달리 훈련이라는 일과가 없습니다. 피를 토하면서까지 수행하는 자가 없어서 조금 실망했습니다. 요즘에는 고더스 공이 상대를 해주고 있어서 서로 절차탁마하고 있는데, 요즘에 치유사 길드에서 치료를 받을 때마다 잔소리해대서……."

라이오넬은 무슨 생각인지 모험가의 단련 방식을 한탄하기 시작했다. 그런데 본인이 가장 이상하다는 걸 알아차리지 못했나…….

그나저나 조르드 씨에게 민폐를 끼치고 있는 것 같으니 이번 건을 매듭지은 뒤에 어떻게 보답할지 생각해야…….

이렇게 이야기를 듣기만 했는데도 비슷한 상황이 멜라토니 모험가 길드에서도 벌어지고 있을 것 같은 기분이 드네…….

나는 라이오넬에게서 눈을 돌렸다. 발명에 관한 대화를 나누고 있는 폴라와 리시안 뒤에서 흐뭇하게 듣고 있는 드란에게 말을 걸기로 했다.

"드란은 우리랑 헤어지고 8개월 동안에 줄곧 비행정 개발에 힘을 썼던 거야?"

"우선 모두의 무기를 제작했고, 나머지 기간에는 줄곧 비행정 개발에 주력했더니 순식간에 시간이 흘러가더군. 가능하다면 마도포까지 달고 싶었네만, 개발하는 데 시간이 꽤 걸리는지라."

하늘을 나는 마물을 쓰러뜨리려면 분명 마도포가 유효한 수단이 될 수 있을 것 같다. 그러나 그 병기 때문에 국제 문제가 벌어질 것 같은데…….

"……안전하게 비행하고 싶다는 건 납득하겠지만, 마도포를 달겠다는 건 순전히 본인 취미 아닌가?"

"오우. 남자한테는 로망이 필요한 법이지. 루시엘 공한테는 늘 고마운 마음이네."

드란이 아주 후련하게 웃으며 말해서 괜히 말을 꺼내기가 어려워졌다. 묘하게 부끄러워서 록포드 사정을 물어봤다.

"그러고 보니 록포드 상황은 바뀐 게 없나?"

"일마시아 제국에서 해코지할 줄 알았는데 아무 일도 없더군. 그리고 그란드 사형과 토레토한테 비행정을 개발하고 있다고 말했더니 그게 두 사람의 기술자 혼에 불을 지핀 모양인지…… 재미난 물건을 개발하면 루시엘 공한테 팔 거라고 단단히 벼르더구먼."

"……그 둘이 진심을 보이면 엄청난 일이 벌어질 것 같은데?"

"음. 이 모두 영감을 자극한 루시엘 공과 내 책임이라고 하더구먼."

"그 둘을 비롯해 록포드 연구자 중에는 별난 사람과 승부욕이 강한 사람들이 많은 것 같으니."

"맞는 말일세. 와핫핫핫."

부디 평화로운 세상을 만들기 위한 마도구를 개발해주길 기도하는 수밖에 없겠다.

특히 토레토가 천사의 베개 시리즈 같은 도구를 개발해주길 절실히 바랐다.

이렇게 한담을 나누더라도 고민을 잊을 수 있는 모양이다. 어느새 멜라토니 문이 보이기 시작해서…… 나는 제자리에 멈췄다.

이유는 확실히 있다.

지난번에 멜라토니로 귀환했을 때는 치유사 길드의 현수막만이 내걸려 있었다. 그런데 이번에는 멜라토니 전체 외벽에 현수막이 여러 개나 걸려 있었다. 더욱이 거기에는 '현자 루시엘을 키워낸 도시 멜라토니에 온 걸 환영합니다'라고 적혀 있었다.

"뭐지. 소문을 불식하기 위해서라고는 해도 마냥 부끄러워서 전혀 기쁘질 않은데……."

"지금 나도는 소문을 생각하면 나쁘지 않은 방법입니다. 소문이 거짓이며 실은 현자가 됐다는 사실을 세상에 널리 알리는 데 지극히 유효한 수단이군요."

"그런가……. 일단 그렇게 넘어가도록 하지. 이 찝찝한 심정은 소문을 퍼뜨린 자들한테 언젠가 풀어버리기로 할게."

그 뒤에 멜라토니 문으로 가니 파수병이 경례했다.

더욱이 파수병이 왠지 기뻐하는 얼굴이라서 이유를 물어봤다.

"저기, 왜 그리 기쁜 얼굴이죠?"

"루시엘 님은 기억하지 못할 텐데, 전 루시엘 님이 멜라토니에 처음 왔을 때도 이 문을 지키고 있었습니다."

그가 그렇게 말했지만, 나도 그 파수병을 똑똑히 기억하고 있었다.

이 세계에서 처음으로 만난 사람이며 창까지 들고 있었기에 뇌에 완전히 입력되어버렸다.

"아뇨, 기억하고 있어요. 예전보다 살이 좀 찐 것 같군요."

"기억하고 계셨단 말입니까?!"

"예. 이름은 모르지만요."

"아뇨, 전 하잘것없는 일개 파수병이니까요. 얼굴을 기억해주신 것만으로도 영광입니다, 현자님."

"하핫, 감사합니다. 다만 현자가 됐다고 공표하는 걸 꺼렸기 때문에 그렇게 불리는 게 아직 익숙하지 않지만요."

나는 쓴웃음을 지으면서 멜라토니 안으로 들어갔다.

그나저나 해 질 녘이라서 그런지 통행량이 엄청난 것 같다.

그래서 여기저기에서 온통 나를 쳐다봤다. 보통은 이런 때에 스승님이 모습을 드러내고서 모험가 길드로 인도해주는데, 주변에 스승님의 모습이 보이지 않았다.

그게 마음에 묘하게 걸렸다. 불길한 예감이 점점 커졌기에 나는 서둘러 모험가 길드로 갔다.

멜라토니 거리를 살짝 뛰듯이 지나갔다. 모험가 길드 입구에서 스승님을 발견했다.

"스, 스승님? 대체 무슨 일입니까!"

"음, 이 기척은 루시엘인가? 그나저나 성도에서 너무 빨리 왔군. 사람들도 많아."

"스승님, 왜 그렇게 다친 겁니까!!!"

"…………."

스승님은 두 눈을 다쳤고, 왼팔이 팔꿈치까지밖에 없었다. 그리고 오른쪽 다리는 무릎 아래가 소실된 상태였다.

또한 내 목소리가 스승님에게 들리지 않는 듯했다. 고막도 터진 모양이다.

이건 마치 나에게 특훈을 시켰을 때와 비슷한 상태다. 하지만 왼팔과 오른쪽 다리를 심하게 다친 건 그걸로도 설명되지 않는다.

나는 곧장 스승님에게 다가가 리커버, 퓨리피케이션, 엑스트라 힐을 순서대로 발동했다.

눈부신 푸른빛이 스승님의 몸을 감싸더니 모든 것이 원래대로 복구됐다. 그러고는 빛이 잦아들었다.

주변에 있던 자들은 놀란 나머지 할 말을 잃어버린 듯했다. 그러나 나는 막 회복된 스승님에게 무슨 일이 있었는지 물어보려고 했다.

"아아, 어서 와라, 루시엘. 역시 현자, 덕분에 살았다."

그러나 스승님의 웃는 얼굴 앞에서 물음이 아닌 반사적인 인사가 흘러나왔다.

"지금 막 돌아왔습니다, 스승님. 무사히 현자의 힘을 조금이나마 다룰 수 있게 됐습니다."

"오. 역시 내가 자랑하는 제자답구나."

그 말에 눈시울이 뜨거워졌다. 그런데 그때 스승님의 부상이 치유됐음을 비로소 깨달은 사람들이 모여들어 엄청난 환호성을 질렀다.

"이로써 소문이 전부 거짓임을 다 알았을 거다. 성속성 마법을 잃기는커녕 현자가 돼서 돌아왔다. 오늘은 다 함께 축하해주자."

그 말에 환호성이 또 커졌다. 이번에는 박수까지 터져 나왔다.

"루시엘, 뭔가 임팩트 있는 거 없나? 그럼 널 궁지에 몰려고 했

던 자들한테 타격을 줄 수 있을 거다."

"눈에 띄는 건 이미 각오했지만, 꼭 필요한가요?"

"자질구레한 건 생각하지 마. 이토록 환영해주고 있으니 더 과감히 나가도 되겠지. 그래서 뭐 보여줄 건 없냐?"

스승님이 꽤 즐거워 보였다. 지금껏 소문을 불식하기 애를 써준 보답도 할 겸 스승님의 쾌차를 축하하기 위해 힘을 살짝 써보기로 했다.

"……하늘을 날면, 임팩트가 있겠죠?"

"뭐?"

스승님이 진지하게 되물었지만 흘려버리고서 나는 하늘을 날기로 했다.

"그럼 잠시 다녀오겠습니다. 【풍룡이여, 하늘을 자유자재로 비상하는 날개가 되어라】."

영창을 빠르게 마치자마자 나는 대지를 박차고서 하늘로 날아올랐다.

고도를 점점 높여 약 30m까지 올라갔을 즈음에 좌우로 10m쯤 이동해 보인 뒤에 천천히 내려갔다.

스승님은 물론이거니와 모두 입을 쩍 벌리고 있어서 우스웠다. 사람이 느닷없이 하늘을 날았으니 그야 당연한지도 모르겠다.

서서히 내려가면서 먼 곳을 바라보니 노을이 무척 아름다웠다. 왠지 그동안 노력해온 나에게 포상을 내려준 것 같은 기분이었다.

착지할 때까지…… 아니, 착지한 뒤에도 아무도 입을 열지 않았다…….

"으음, 이게 새로운 힘인데, 혹시 시시했던가요?"

내가 스승님에게 묻자 그 대답을 기다릴 새도 없이 아까보다 더 커다란 환호성이 주변에서 터져 나왔다.

수습될 것 같지 않아서 스승님이 외치듯 주변에 말했다.

"이로써 루시엘이 진짜로 현자가 됐다는 걸 다들 알았을 거다. 앞으로는 멜라토니를 현자를 키워낸 도시라고 널리 홍보하고 다녀라. 루시엘, 일단 모험가 길드 안으로 들어가라."

"예."

스승님이 말을 마치자 사방에서 박수가 울려 퍼졌다. 왠지 몹시 민망하고 부끄러워서 나는 손을 흔들어 박수에 응해준 뒤 모험가 길드 안으로 달아났다.

모험가 길드 안으로 들어가니 다들 내가 아닌 스승님을 보고서 놀라서 굳어버렸다.

그리고 이내 내 모습을 봤다가 다시금 스승님의 모습을 확인한 뒤 목소리를 높였다.

"블로드 씨의 팔과 다리가 되돌아왔어!"

"치유사를 뛰어넘어 현자가 됐다고 하던데 사실이었나?"

"선풍이 또 난동을 부리겠군."

"대피……하기 전에, 축배나 들자고!"

"좋아, 다들 술집으로 출발!"

모험가들은 스승님이 완전히 부활한 모습을 보고 놀라고, 또 기뻐했다……. 그런데 이내 표정들이 굳어지더니 밖으로 대피하듯 길드에서 나가려고 했다.

"오호. 그럼 땀을 한바탕 흘리면 술이 더 맛있어지겠군. 그리고 축하주를 마실 건데 주인공이 없으면 쓰겠나? 오늘은 날 철저히 흠씬 두들겨다오. 뭐~ 이번에는 루시엘이 있으니 사양할 필요 없다."

출구로 가려고 했던 모험가들이 얼굴이 창백해져서는 저항을 계속했다.

우선 대형 방패를 든 전사가 배를 부여잡으며 입을 열었다.

"조, 좀 몸이 안 좋다. 선풍과 대련을 하면 배울 게 참 많은데 말이야. 으아~ 아쉽다."

"몸이 안 좋다고? 그건 아무 걱정거리도 못 돼. 루시엘이 순식간에 치료해줄 거다."

순식간에 논파당하자 전사가 어깨를 축 늘어뜨렸다.

뒤이어 아까 술을 마시러 가자고 했던 창을 든 남자가 황급히 변명했다.

"나, 난 약속이 있어서 함께 어울리지 못합니다."

"오호. 술 약속인가? 날 만족시키면 모험가 길드에서 술과 요리를 제공해주마. 어때, 이득이지?"

남자 모험가가 스승님의 미소를 두려운 눈으로 쳐다봤다. 남자가 시선을 살짝 옆으로 돌리다가 이번에는 나를 쳐다봤다.

아니, 그 남자뿐만이 아니다.

우락부락한 모험가들이 어째선지 눈을 치뜨고서 매달리는 듯한 눈빛으로 나를 쳐다보고 있었다.

역시나 이 눈길들이 징그러워서 하는 수 없이 구원의 손길을 내밀기로 했다.

"스승님, 대련은 일대일로 해주세요. 그리고 앞으로의 얘기는……. 내일 해도 괜찮겠지만, 일행들의 숙소도 정해야만 하니까요."

"음, 뭐 어쩔 수 없나. 오늘은 이쯤에서 넘어가마."

"그럼 된 거죠?"

나는 스승님에게서 눈길을 돌려 모험가 쪽을 쳐다봤다. 그들이 이구동성으로 폭언을 내뱉기 시작했다.

"으아~ 기대한 우리가 잘못이다. 저 녀석도 결국은 선풍의 제자였어."

"역시 제자도 전투광이야."

"빌어먹을. 방금 떠올랐는데, 저 녀석은 치유사 시절부터 용살자로 유명했잖아."

"바보 같은 놈, 매달릴 상대를 잘못 택했잖아."

그들은 아마 내 과거 별명을 모르는 듯했다.

용살자. 평온한 삶과는 거리가 멀지만, 아직은 허용할 수 있는 범위지.

나는 그렇게 생각하면서 웃으며 홀로 고개를 끄덕였다.

그러나 어째서 나는 이곳에 그 당시 일을 모르는 모험가들만이 있다고 단정하고 만 걸까.

그래, 이 모험가 길드에는 고참 모험가들도 있다.

"어설퍼, 어설프다고, 너희들! 스승인 전투광 선풍을 상대로 레벨1을 유지한 채 일 년 넘게 계속 덤볐던 치유사의 전설을 모르는 거냐?"

재밌게 말하는 남자와 그 옆에서 웃고 있는 파티가 눈에 익었다.

나에게 옷을 선물해줬던 그 사람들이었다.

"서, 설마, 아무리 쓰러뜨려도 좀비처럼 일어나고, 어째선지 일어설 때마다 늘 웃음을 짓고 있었다던……."

"그래. 녀석은 선풍의…… 귀축 교관의 그 공격을 몇 번이나 맞고도 벌떡 일어섰고, 그 요리곰이 내준 물체X를 늘 웃으면서 마셨다. 그 이름하여……."

그 별명만은 봉인해주지 않으면 곤란하다.

나는 말을 내뱉으려고 했던 모험가의 입을 전력으로 닫게 했다.

"【성룡이여, 이 몸을 지켜라. 뇌룡이여, 모든 것을 내던져라】."

모든 것을 말하기 전에 나는 소리를 지워버린 뒤 모험가의 어깨를 붙잡고서 그대로 감전하여 기절시켰다.

"<u>으으으으으오부들부들</u>."

"그 별명은 안 돼."

흉한 별명이 길드에 울려 퍼지는 것을 저지했다.

성룡과 뇌룡을 해제하자 모험가가 그대로 감전한 것처럼 쓰러졌다.

역시나 죽으면 곤란하므로 하이 힐을 걸어줬다. 그게 화근이 었다.

"아~아! 그러고 보니 귀축 교관에다가 진성 M 좀비였나. 그리운 별명이군."

어째선지 옛날이 떠올랐는지 스승님의 입에서 흉한 별명이 튀어나왔다.

그리고 그 발언이 마중물이 되어——.

"저게 그 소문난……."

"설마 전설이 아니었던가."

"정말로 실존할 줄이야."

그런 목소리들이 내 귀에 잇달아 들어왔다.

"스승님 왜 말해버린 겁니까."

"그보다도 루시엘, 성속성 마법밖에 쓰지 못한다고 했는데 여러 기술을 숨기고 있었잖아. 게다가 공부만 했다고 하기에는 전보다 강해진 것도 같군."

스승님이 주눅 든 기색도 없이 아주 시원하게 웃었다.

"……뭐, 여러 일이 있었거든요."

"그럼 너도 냉큼 지하로 내려가라."

이번에는 내가 스승님의 시선에 붙잡히고 말았다. 다른 모험가들은 표적이 바뀌었다며 안도하는 표정을 지었다.

"잠깐만! 그렇다면 저와도 반드시 대련해주셔야겠습니다."

그렇게 외친 사람은 역시나 라이오넬이었다.

한 자리에 전투광이 둘이나 있으니 이런 일이 벌어질 수밖에……. 케티와 케핀 쪽으로 고개를 돌리니 시선을 회피했다.

"앗? 아, 저건 일마시아 제국의 전귀 아냐?"

그런 목소리가 모험가 길드를 지배하고 있는 중.

"오랜만이군, 선풍."

"큭큭. 그러고 보니 너도 있었나. 오늘은 축제가 될 것 같구만."

"훗, 피의 축제로 만들어주지."

"말 한번 잘하네. 자, 가볼까. 아아, 루시엘, 오늘은 즐겁구나."

이런 때에는 꼭 가르바 씨와 그루가 씨가 옆에서 말리기 마련 인데 왜 나타나지 않는 거지.

어디서부터 잘못된 걸까. 가능하다면 나나엘라 씨와 모니카 씨 와도 오랜만에 대화를 나누고 싶었건만…….

그런 내 바람도 무색하게 스승님이 내 로브를 쥔 채로 훈련장 으로 연행해버렸다.

07 스승님의 부상과 변하지 않는 것

반쯤 강제로 지하 훈련장으로 이동하게 됐다. 그러나 실은 이 훈련장에 오니 반가움이 들기도 해서 기분이 썩 나쁘지는 않았다.

모험가들이 순순히 도망쳤으면 좋았을 텐데 스승님의 표적이 나로 바뀌었다고 확신해서인지 다 함께 대련을 관전하기 위해 훈련장으로 따라왔다.

훈련장에 도착하니 스승님의 움직임을 감지하기로 한 것처럼 가르바 씨와 그루가 씨가 있었다.

두 사람은 부상에서 회복된 스승님의 모습을 보고서 순간 놀랐다가 내 모습을 확인하더니 안심했다.

"루시엘 군, 여러 의미로 잘 돌아왔어. 블로드를 용케 치료했네."

"루시엘은 정말이지 언제나 좋은 타이밍에 나타나는군. 신작을 여러모로 만들었으니 이따가 감상평을 들려다오."

두 사람이 이쪽으로 다가와 변함없이 나를 환영해줬다.

스스럼없는 그 말에 정말로 고향으로 돌아왔구나 싶은 실감이 들었다.

나는 조금 겸연쩍어서 웃으면서 익살맞게 말했다.

"가르바 씨 그루가 씨, 무사히 현자로서 활동하게 됐습니다. 그리고 그루가 씨, 신작은 스승님이 먹어야 마땅하죠."

"그딴 걸 마시는 것만으로도 고역인데 먹는다면 의식이 날아가

버릴 거야."

아, 물체X를 꾸준히 마시고 있구나.

옛날에는 더럽게 맛없는 걸 마실까보냐, 하고 싫어했는데.

나는 터져 나올 것 같은 웃음을 참으면서 스승님을 더 골려대기로 했다.

"그래도 먹으면 먹을수록 강해질 텐데요? 이거 봐요, 제가 증인이잖습니까?"

"루시엘, 네가 강해질 수 있었던 이유는 내가 기초를 몸에 확실히 주입한 뒤에 성실하게 반복했기 때문이야. 물체X를 마실수록 강해질 수 있다니, 농담이라도 그런 소리 마."

아, 위험해. 눈물이 핑 돌 뻔했다.

"감사합니다. ……하지만 먹은 만큼, 마신 만큼 확실히 효능이 있어요."

"다른 재료를 섞더라도 동일한 효과가 있다? 실증도 되지 않은 걸 먹을쏘냐! 그딴 걸 먹을 바에야 한 번, 아니, 열 번, 그것도 모자라면 백 번 사투를 거듭하는 편이 나아!"

……역시 전투광. 보통 사람과는 사고방식이 다르다.

그러고 보니 물체X를 섞은 요리를 먹으면 숙련도가 오를까? 숙련도 감정 스킬로 살펴본 적이 없네. 더 일찍 알았더라면 증명할 수가 있었을 텐데…….

머릿속에서 이야기가 혼선되는 듯했다. 그런데 그 틈에 가르바 씨와 그루가 씨가 스승님을 몰아세웠다.

"자, 블로드. 시각과 청각, 팔과 다리가 다 나았구나. 알고 있겠지만, 네가 처리해야 할 산더미 같은 업무들이 널 기다리고 있을 텐데?"

"맞아. 다쳐서 돌아와 닷새 동안 자기 방에 틀어박혀서 너그러이 봐줬는데, 일을 할 수 있을 정도로 회복했다면 우선 쌓인 일부터 처리해라. 책임지는 자리에 있으니 업무를 끝마치고서 본인 시간을 효율적으로 쓰도록 해."

"⋯⋯오늘은 쾌차한 기념으로 돌아가며 한 번씩만이라도 싸우게 해줘."

한 번씩이라는 말을 듣고서 고참 모험가들은 본인들도 그 안에 포함되었음을 깨달았는지 지하 훈련장에서 몰래 빠져나가려고 했다. 그러나 이미 수많은 사람으로 빼곡한 상황인지라 조용히 탈출하는 건 불가능하다.

그러니 처음부터 달아났으면 좋았을 텐데. 저들은 스승님의 성격을 아직도 모르나?

그리고 스승님이 도망치려고 했던 모험가를 보고 말했다.

"도망치면 물체X의 양을 늘릴 테니 그렇게 알아."

그러자 모험가들이 마치 사지에서 퇴로가 차단되기라도 한 것처럼 절망하는 표정을 지었다.

그나저나 양을 늘린다? 모험가들도 물체X를 조금씩이라도 마시고 있다는 뜻인가? 그 사실에 조금 놀랐다.

뭐, 마시는 것쯤이야 사실 대단한 것도 아니지만, 그래도 7년 전에 마셨던 모험가가 나 혼자였음을 떠올려본다면 이제야 효능을 널리 인정받은 모양이다.

"뭐, 순회 대련을 한 바퀴 도는 거라면 금세 끝나려나? 요리도 밑준비를 끝내뒀고, 나도 루시엘이 얼마나 성장했는지 흥미가 있으니까."

"급한 업무는 대부분 낮에 끝내뒀으니 여유가 조금 있긴 하지."

그리고 두 사람이 입을 모아 이렇게 말했다.

""순회 대련을 마치거든 바로 업무에 복귀하겠다고 약속한다면 말이야(말이지).""

가르바 씨와 그루가 씨가 스승님에게 신신당부하면서 대련을 허락해줬다. 모험가들의 마지막 보루가 무너졌다.

"알겠어. 반죽음 정도야 루시엘이 치유해줄 테니 안심하고 전력을 다할 수 있지. 좋은 훈련이 될 것 같군."

스승님이 빙긋 웃자 모험가들이 가볍게…… 아니, 평범하게 겁을 집어먹었다.

그로부터 곧바로 대련이 개시됐다.

우선은 스승님과 모험가들이 대련을 벌이기로 했다.

내 옆에 라이오넬 및 수행원들이 있어서 대련 결과를 예상해보기로 했다.

"어느 쪽이 이길 것 같아? 난 상식적으로 레벨과 스킬이 높은 모험가들이 이길 것 같다고 생각하지만, 스승님이 그리 간단히 패배할 거라고는 상상이 되질 않아."

그러나 라이오넬이 고개를 가로저었다.

"저처럼 마물이 많은 이에니스에서 레벨을 올리면서 단련했다면 그럴지도 모르겠지만, 마물이 그리 많지 않은 성 슈를 공화국 안에서는 레벨을 그렇게까지 올리지는 못할 겁니다. 따라서 3대 7 정도로 모험가들이 우세하다고 봅니다."

"그래도 난 선풍이 이길 것 같다냥. 전투 경험은 분명 남아 있을 테니 라이오넬 님처럼 이상하리만치 성장했을 것 같다냥."

"저도 선풍 공이 이길 것 같습니다. 라이오넬 공도 그렇지만, 경건하게 힘을 추구하는 그 성격을 고려해봤을 때……."

그때 나디아, 리디아와 드란 일행이 없음을 깨달았다.

"어라? 드란 일행이랑 나디아, 리디아는?"

"모험가들의 안내를 받아 숙소를 둘러보러 갔다고 합니다. 루시엘 님께서 모처럼 즐거워 보이니 알아서 숙소를 잡아놓겠다고 나디아랑 리디아가 말을 전해달라고 했습니다. 또한 드란 공 일행은 원체 전투에는 흥미가 없는지라……."

아마도 내가 오랜만에 재회한 지인들과 시간을 보낼 수 있도록 나디아와 리디아가 마음을 써준 모양이다. 그리고 케핀에게 말을 전해달라고 부탁해뒀고. 그나저나 드란 일행은 변함이 없어서 왠지 안심했다.

"그래? 오, 시작한다."

대화를 나누는 사이에 준비가 다 됐는지 스승님과 6인 파티가 대치했다.

"시작."

가르바 씨가 개시를 선언하자마자 모험가들이 공격을 가했다.

우선 네 명의 전위가 각자 든 무기로 스승님을 벴다.

전위가 넷이나 있다면 한 명쯤은 방패 역할을 맡을 만도 하겠지만, 상대는 스승님 하나. 단숨에 결판을 내겠다는 작전인지도 모르겠다.

스승님은 우선 속도형 검사의 공격을 받아서 흘리더니 뒤이어 달려든 단창수(短槍手) 쪽으로 칼날을 유도했다. 그러나 스승님의 속셈을 읽었는지 대부수(大斧手)가 틈이 생긴 스승님의 몸통을 향해 도끼를 날렸다.

스승님은 그 공격에 동요하지 않고 옆으로 가볍게 뛰면서 방패로 대부를 받아낸 뒤 튕겨냈다.

이 전투 방식은 옛날에 봤던…… 아니, 배운 적이 있다.

자신보다 역량이 떨어지는 자와 다수로 싸울 때 상대가 틈을 보이기 전까지는 먼저 공격을 맞아서는 안 된다. 혹여나 공격을 맞았다면 데미지를 최소한으로 줄인다.

그리하면 상대는 스트레스를 받아 공격하는 데 쓸데없이 힘이 들어가고 틈을 보이게 된다. 그리고 연계 공격에도 실수가 발생한다.

만약에 공격을 맞았을 경우라도 상대는 이겼다고 방심을 할 테니 그 틈에 회복하라고 배웠다.

그때는 '뭐, 네게는 그런 기회가 없을 테지만'이라는 소리를 듣긴 했지만……

아마 스승님은 그 가르침을 실전으로 직접 보여주고 있는 듯했다. 그러나 내 마음은 몹시 복잡했다.

구름이라도 붙잡을 수 있을 것 같은 신속(神速)과 상대를 조롱하는 듯한 경쾌한 스텝을 잃어버린 스승님의 현재 모습을 보니 마음이 자꾸만 서글퍼졌다.

대련은 계속됐다.

지금도 스승님의 움직임을 놓치지 않았다. 움직임이 훤히 보였다.

그건 전투를 하는 상대 모험가들도 마찬가지겠지. 서로 연계하면서 공격을 거듭하여 스승님의 움직임을 완전히 봉쇄해 보였다.

스승님이 방패로 대부를 막아내자 곧바로 한 검사가 찔러 들어왔다. 하지만 스승님은 대부수의 무릎을 차서 뒤로 날려버린 뒤 내뺐다.

그러나 그런 패턴이 여러 번이나 반복되어서인지 모험가들이 치명적인 순간을 재서 단검과 화염구(파이어볼)를 던졌다.

모험가 중에 마법을 구사할 수 있는 사람이 있어서 놀랐다. 이토록 사람이 밀집한 곳에서 마법을 정확하게 날리다니 모험가의 뛰어난 실력을 엿볼 수 있었다.

스승님을 향해 단검과 화염구가 동시에 날아들었다. 스승님은 방패로 단검을 먼저 막고 그대로 방패를 던져 화염구를 막아냈다.

화염구가 작게 폭발하자 전위들이 기회라 여기고서 다시 달려들었다.

그러나 스승님은 시선을 집중하여 한순간도 놓치지 않았다. 가속을 유지한 채로 후방 모험가들 쪽으로 달려들어 무기를 휘둘렀고, 모험가의 몸에서 피가 튀었다.

동료가 갑작스레 당하자 모험가들이 동요했다. 스승님은 기세를 몰아 전위 모험가들의 어중간한 공격을 피하면서 카운터 전법으로 하나씩 베어갔다.

그러나 스승님이 힘을 조절하는 데 서툴러졌는지 모험가들이 꽤 크게 다치고 말았다. 그야말로 반죽음 상태였기에 나는 이탈한 모험가부터 차례대로 하이 힐을 날렸다.

그리고 네 명의 전위 모험가가 손에서 무기를 떨어뜨리자 가르바 씨의 목소리가 울렸다.

"거기까지! 승자 블로드."

"오."

스승님이 검을 든 오른팔을 들어 올렸다.

확실히 4개월 전과 비교하여 눈에 띄게 달라지긴 했다. 그러나 불과 4개월 만에 6인 모험가 파티와 싸워서 이길 줄이야. 역시나 스승님은 상식을 초월하는 사람인 것 같다.

"그나저나 가속을 유지한 채로 완급도 조절하지 않았는데 어째서 스승님의 공격만 적중했는지 그게 신기하네……."

"약해졌다고는 해도 선풍의 전투 센스는 여전하기 때문입니다.

하하, 피가 꽤 들끓는군요. 자, 루시엘 님, 가시죠."

라이오넬의 흥미는 이미 대화보다 스승님 쪽으로 쏠려 있었다.

아마 저 전투광의 의욕에도 불이 붙어버린 듯했다.

"어떠냐, 루시엘. 약해졌다고는 해도 B랭크 정도는 이길 수 있는 수준까지 돌아왔다."

스승님이 의기양양하게 웃으며 기쁨을 드러냈다. 그러나 상대가 B랭크 모험가였다는 사실에도 놀랐다……. B랭크 정도면 강하다는 인식이 있었는데 상대가 스승님이라서인지 그렇게 보이지는 않았다.

어쨌든 스승님이 승리를 거둬서 솔직히 기쁘긴 하지만, 나는 스승님에게 우려하는 바를 전했다.

"……스승님, 힘을 제대로 조절하지 못한다면 조금 자중하세요. 혼자서 B랭크 파티를 무찌르면 저들의 체면이 뭐가 되겠어요."

"흥. 내가 맨날 기초가 중요하다고 입이 아프게 말하는데도, 랭크가 올라가면 멋을 부리고 싶어 하는 바보들이 나온다. 그러니 이렇게 사랑의 채찍을 휘두를 수밖에. 마물 따위한테 죽는 것이야말로 큰 손실이니까."

"무슨 말인지는 아는데 말이죠……."

나는 쓴웃음을 지으며 스승님에게 미들 힐을 발동했다.

"그나저나 평범한 대련이었던 것 같은데, 어째서 다들 스승님과의 대련을 저토록 피하고 있는 건가요?"

모험가들에게서 쓸데없는 소리 하지 말라고 타박하는 듯한 시선이 느껴졌다. 이미 말해버렸으니 어쩔 수 없다.

"그건 오히려 내가 물어보고 싶다. 자, 이제부터가 본경기군. 오래 기다리게 했군, 전귀."

"흠. 3개월 전에는 무승부를 거뒀지만, 이번에야말로 내가 이길 거다, 선풍."

"헛소리. 신체 레벨이 올라갔으니 더 유리하다고 생각했다면 착각이다. 네 몸에 똑똑히 새겨주마. 진짜 강함이 무엇인지 말이야."

두 사람의 눈에서 심상치 않은 투기가 내뿜어졌다. 방금까지 대련했던 모험가들이 안도하는 표정을 짓고서 훈련장 구석으로 물러났다. 나는 그들을 지켜본 뒤에 가르바 씨에게 이번 대련의 심판을 부탁해뒀다.

"가르바 씨, 이번에는 저 두 사람이 대전을 벌일 테니 부탁드립니다."

"알겠어. 자, 둘 다 시간이 아까우니 바로 준비해서 시작하자."

그리하여 3개월 만에 스승님과 라이오넬의 전투가 시작되려고 했다.

08 불완전 연소

스승님과 라이오넬은 각자 마법 주머니에서 자신 있는 무기를 꺼낸 뒤 정면에서 대치했다.

양쪽 모두 호전적으로 웃으며 가르바 씨가 개시를 선언하기를 기다렸다.

"시작."

개시하자마자 바로 움직일 줄 알았는데 두 사람은 마치 개시 선언을 듣지 못한 것처럼 꼼짝도 하지 않았다. 교착 상태가 이어졌다.

스승님이 날렵한 몸놀림과 속도로 상대를 교란하면서 압도적인 공격 횟수로 승부를 보는 동적 스타일이라면, 라이오넬은 공격들을 모조리 받아낸 뒤 일격으로 모든 것을 뒤집어버리는 정적 스타일이다.

그러나 그건 어디까지나 두 사람의 상태가 만전이라는 것이 전제이긴 하지만.

스승님은 분명 라이오넬이 얼마나 힘을 되찾았을지 재고 있는 거겠지.

그리고 그건 방금 대련을 봤던 라이오넬도 마찬가지인 모양이다. 아마도 스승님이 비장의 패를 숨기고 있지 않은지 경계하고 있다.

그 증거로 두 사람의 이마에 땀이 맺혔다.

분명 저 두 사람은 투기와 마력, 시선만으로 서로 견제하는 중이겠지.

훈련장이 정적에 휩싸였다. 누가 먼저 저 교착 상태를 깰지 숨들을 죽이며 지켜보고 있을 때였다.

스승님이 느닷없이 자세를 풀고서 대담하고 웃으며 라이오넬에게 천천히 다가갔다.

라이오넬은 스승님의 움직임을 하나라도 놓칠세라 자세를 더욱 낮추고서 대형 방패를 든 팔에 힘을 줬다.

그리고 스승님은 들고 있던 검과 방패를 두 자루의 투척용 단검으로 순식간에 바꾼 뒤에 라이오넬의 다리와 얼굴을 향해 던졌다.

그러나 라이오넬은 스승님의 속셈 따윈 아랑곳하지 않는지 단검을 무시했다. 대형 방패를 앞으로 들이밀며 돌격을 감행했다.

이대로는 단검이 이마에 적중할 것 같다. 나는 바로 마법을 발동할 준비를 했지만, 그 걱정은 기우였다.

투척한 단검이 적중하기 직전에 대형 방패가 빛을 내며 거대해져 단검을 튕겨냈다.

스승님은 그에 놀라지 않았다. 아까 들었던 검보다 더 짧은 직검 한 쌍을 양손으로 들어 쌍검 전법으로 변환하고서 라이오넬에게 달려들었다.

라이오넬은 오른손에 든 대검에 마력을 불어넣어 화염으로 칼날을 휘감은 뒤 스승님에게 휘둘렀다.

스승님은 그 대검을 피하지 않고 정통으로 맞았다.

"엑스트라 힐?!"

내 눈에는 확실히 그렇게 보였다. 곧바로 회복 마법을 발동하려고 했으나──.

스승님의 몸이 흔들리더니 신기루처럼 사라져버렸다. 정신을 차려보니 라이오넬의 두 다리에서 피가 튀어 올랐다.

이내 라이오넬 뒤에서 스승님이 나타났다. 그런데 양손에 한 자루씩 들고 있던 쌍검의 날 부분이 어째선지 사라지고 없었다. 그리고 스승님이 제자리에 두 무릎을 털썩 꿇었다.

"……방금, 대체 무슨 일이 벌어진 거야? 케티, 케핀은 봤나?"

나는 의문을 해소하고 싶어서 옆에 있던 케티와 케핀에게 물었다. 그러나 두 사람도 놀란 표정들이었다.

"모르겠다냥. 신체가 흔들리더니 동시에 나타났다냥."

"어쩌면 인술 같은 기술일지도 모르겠지만, 자세히는 모르겠습니다."

나도 이에니스 모험가 길드에서 케핀에게 습격받았을 때, 인술의 일종인 교체술에 당해 그 모습을 놓친 적이 있었다.

다만 인술은 대상의 인식을 딴 데로 돌려야만 발동할 수 있기에 환술에 걸리지 않은 사람에게는 통하지 않을 터이다.

더욱이 지금의 나라면 인술을 부렸다면 뭘 했는지 알 수 있었을 텐데도 보이지 않았다.

스승님에게서 이상한 낌새는 느껴지지 않고, 주변에 있는 모험가들도 놀란 것으로 보아 모두 스승님의 움직임을 보지 못한 듯했다.

"실제로 당해보지 않으면 알 수가 없나. 근데 라이오넬은 어떻게 간파한 거지?"

나는 스승님과 라이오넬에게서 눈을 떼지 않은 채 생각했다.

다만 그 뒤로 대련은 늪에 빠져들게 됐다. 스승님은 검이 소실되면서 팔도 다쳤는지 검을 예리하게 휘두르지 못했다. 한편 라이오넬은 발을 힘껏 내딛지 못하겠는지 먼저 공격에 나서지 못했다.

"이번 승부는 무승부."

그리고 가르바 씨가 대련을 종료시켰다.

두 사람의 얼굴에서 전투욕이 불완전 연소된 것 같은 아쉬움이 감돌았지만, 마지못해 따랐다.

"고생했습니다."

나는 두 사람을 위로하면서 회복 마법을 발동했다.

두 사람의 얼굴은 대조적이었다.

"뭐, 지금은 이 정도가 한계군."

"그동안 내심 자만했는지도 모르겠습니다. 설마 그런 기술을 체득했을 줄이야……."

후련해하며 말하는 스승님과 분해하며 말하는 라이오넬.

"스승님, 그 순간이동 같은 움직임은 어떻게 한 겁니까? 모험가들과 대련할 때는 움직임에 완급을 줘서 상대가 접근하지 못하도록 했다는 건 알겠는데, 라이오넬과 싸울 때 보여줬던 공격은 차원이 다릅니다."

"큭큭큭. 그건 보행술이랑 신체 강화를 사용한 것뿐이야. 뭐, 비결도 좀 필요하긴 하지만 말이야. 기초를 갈고닦으면 가능한 기술이지."

스승님이 큰 목소리로 말했다. 분명 모험가들에게 기초를 열심히 배우라고 채근하는 거겠지. 그나저나 두 스킬의 레벨이 오르면 저런 조화를 부릴 수 있다니 심오하다……

그러나 스승님이 아직 무언가를 숨기고 있는 듯했다.

"마치 신기루처럼 공격을 회피하는 신속(神速)을 잃어버렸는데도 비장의 수단이 또 있었다니……"

"루시엘 님, 외부에서는 어떻게 보였는지는 모르겠지만, 제 눈에는 흔들린 것처럼 보였습니다. 아마 시선 등을 유도하여 지각(知覺)을 한순간 흐트러뜨리는 기술이겠지요."

라이오넬의 말에 수긍하고 싶었지만, 그건 그렇게 간단한 기술이 아니다.

왜냐면 주변에 있던 우리 모두에게 순간이동이라도 한 것처럼 보였기 때문이다.

두 사람이 완전히 회복됐을 즈음에 나는 그 수수께끼를 스스로 체험해보고 싶어졌다.

"……치료는 끝났습니다. 근데 스승님, 저도 그렇게 움직일 수 있습니까?"

"뭐, 그건 너의 노력에 달렸지. 자, 다음에는 루시엘 차례인데 레벨 차이가 좀 있으니, 우리 둘과 대련하는 게 딱 적당하겠지."

"네?"

뭔가 잘못 들은 것 같다.

"현재 루시엘 님과 싸우려면 그 정도가 타당하겠군요."

그 기술을 체득할 수 있을지도 모른다는 말도 물론이거니와 그 뒤에 나온 스승님의 말도 믿기지 않았다. 그러나 라이오넬의 말이 현실임을 깨닫게 해줬다.

나는 눈앞에 있는 두 사람을 봤다.

……아무리 두 사람의 레벨과 스킬이 떨어졌다고는 해도 두 전투광과 일대일로 싸우면 이길 수 있을지 장담할 수가 없건만, 동시에 싸우라니. 제정신으로 할 수 있는 짓이 아니다.

분명 두 사람은 용의 힘을 봤기 때문에 내 실력을 과대평가한 게 틀림없다.

"먼저 말해두겠지만, 아까 보여줬던 기술은 비장의 수단이에요. 마력이 엄청나게 소비돼서 자주 사용할 수가 없습니다. 그런 제가 두 사람과 전투를 벌인다면 가볍게 죽어버릴 거예요."

그러나 스승님과 라이오넬이 진지한 얼굴로 고개를 가로저었다.

"루시엘, 이건 널 위해서이기도 하지만, 우릴 위한 것이기도 해."

"루시엘 님, 부디 허락해 주십시오."

두 사람이 진지한 얼굴로 부탁했다.

"두 사람을 위해서라고요? 약한 절 흠씬 패주고 싶은 게 아니고?"

"그런 생각을 할쏘냐! 루시엘, 너는 천재는 아니지만, 노력하는 재능은 있다. 넌 기초를 배우고 반복하여 강해졌지. 아마도 지금의 우리보다 훨씬 강해졌을 거다."

"……스승님, 어디에 머리라도 부딪쳤습니까? B랭크 파티를 가볍게 쓰러뜨린 상대와 그 상대와 실력이 동급인 상대 둘을 전직 치유사인 제가 진심으로 대적할 수 있다고 생각하는 겁니까!"

"그래, 그렇게 생각한다. 솔직히 그 속도로 공격한다면 현재 우리로서는 대처하지 못하고 순살 당하겠지. 하지만 그게 없더라도 넌 강해."

"그렇습니다. 그 힘이 없더라도 4개월 전의 루시엘 님은 원래 강했습니다."

정말이지 착각이 심하다.

어쩔 수 없다. 어차피 고민해본들 결국에는 싸우게 되겠지. 해볼 수밖에 없잖아.

"하다못해 에어리어 배리어는 발동하게 해주세요."

"물론이다. 방어 마법은 써도 돼. 하지만 방심은 하지 마라."

"한쪽 손 정도는 떨어져 나가도 상관없겠지요."

두 사람이 대담하게 웃고 있다. ……살해당할 것 같은 예감밖에 들지 않는데…….

"……알겠습니다. 근데 죽이면 안 됩니다?"

"아아, 선처하마."

"하지만 이쪽도 전력으로 가겠습니다."

스승님, 확약을 안 해줄 겁니까?

그런 생각이 들었지만, 두 사람의 진지한 얼굴을 보고서 나는 차마 입을 열지 못하고 고개만 끄덕였다.

마법 주머니에서 환상검과 성룡의 창을 꺼낸 뒤 두 사람에게서 거리를 띄우면서 어떻게든 목숨을 건진 채로 이 대련이 끝나길 바랐다.

그리고 가르바 씨의 '시작' 선언이 귀에 들렸다.

09 교만

어떻게 싸워야 좋을까? 그 판단이 늦어지거나 잘못된다면 나는 순식간에 패배하고 말겠지.

스승님은 소형 방패와 직검을 장비한 경전사 스타일, 그 옆에 있는 라이오넬은 대검과 대형 방패를 장비한 중전사 스타일이다.

그러나 둘 다 마법 주머니를 소지하고 있어서, 도중에 무기를 바꿀 가능성도 있다.

이번 대련의 유일한 위안거리가 있다면, 두 사람 모두 자기 힘만으로 승리를 쟁취할 각오이므로 연계 공격을 하지 않을 거라는 점이다.

뭐 한쪽 공격을 받고서 빈틈이 생긴다면 가차 없이 유사 연계 공격이 성립할 것 같긴 하지만⋯⋯ 굳이 생각하지 말자.

"시작."

가르바 씨의 목소리가 귀에 들린 순간, 나는 바로 에어리어 배리어를 발동한 뒤 두 사람에게서 거리를 벌리기 위해 후방으로 뛰었다.

잠시 뒤 스승님의 칼날이 방금 내 머리가 있었던 곳을 스쳤다.

후방으로 물러나는 게 조금이라도 늦었다면 머리와 몸통이 분리됐을지도 모른다⋯⋯. 정말로 그렇게 보였는데, 놀랍게도 스승님은 개시가 선언된 이후로 아직 한 발자국도 움직이지 않았다.

아마도 기백이나 위압감을 섞어서 투기를 증폭시켜 환영을 내보인 모양이다. 나는 스승님이 상식을 초월하는 존재였음을 재확인하고서……

갑자기 등골이 오싹해져 나는 전력으로 바로 옆으로 몸을 날렸다.

그러자 이번에는 직경이 1m쯤 되는 화염구가 내 옆으로 지나갔다. 그것이 폭발하면서 훈련장 벽과 주변 모험가들까지 휩쓸었다.

"루시엘 님, 딴 곳을 신경 쓸 겨를이 있다니 상당히 여유롭군요. 계속해서 갑니다."

"그거 미안하게 됐네. 집중하도록 할게. 그전에 모험가 여러분, 관객도 위험할 수 있음을 염두에 두고서 관전할지 말지 판단해주세요."

나는 마법진 영창으로 에어리어 하이 힐을 발동하여 폭발에 휘말린 모험가들을 치료한 뒤 경고했다.

그나저나 라이오넬이 스승님과 싸웠을 때는 사용하지 않았던…… 아니, 실제로는 피할 게 뻔해서 사용하지 않았을 뿐인지도 모르겠지만, 화염구를 발사할 줄은 몰랐다.

정체 모를 전투 기술을 습득한 스승님만으로도 버거운데, 전위가 없어도 싸울 수 있을 것 같은 라이오넬까지 가세하다니 역시 부조리하다.

나는 심호흡을 한 번 하며 머리를 식힌 뒤 두 사람과 대치했다.

저 둘과 싸우기로 한 시점에 이미 나는 패배할 수도 있음을 예상했다.

그렇다면 내가 할 수 있는 것을 할 수밖에 없지 않은가. 고민이 많아지면 동작이 굼떠진다.

숨을 서서히 내뱉고서 신체 강화를 단숨에 전력으로 발동한 뒤 라이오넬을 향해 뛰쳐나갔다.

낮은 자세를 유지한 채 대지를 박차고서 간격을 순식간에 좁힌 뒤 환상검을 전력으로 휘둘렀다.

그러자 라이오넬이 대형 방패를 들이밀며 내 공격에 대응했다. 그러나 나는 라이오넬의 방패를 아랑곳하지 않고 그대로 벴다.

쾅, 하는 둔탁한 소리가 훈련장에 울려 퍼졌다. 내 일격이 라이오넬의 방패를 가장자리로부터 절반쯤 베고서 멈춰버렸다.

그 순간 스승님이 빈틈을 노리고서 사각 지점인 바로 옆에서 출현했다. 그러나 스승님이 빈틈을 놓치지 않으리라는 건 그 누구보다도 내가 잘 알고 있다.

그래서 스승님이 검을 휘두른 순간, 스스로 그쪽으로 달려들어 피격 지점을 흐트러뜨림으로써 데미지를 경감하기로 했다.

분명 그래도 아프겠지……. 그렇게 생각하면서 스승님의 공격을 받으려고 했다……. 그런데 내 머리가 그 작전을 거부라도 한 것처럼 입이 멋대로 열렸다.

"【수룡이여, 내 몸을 지키는 얼음벽을 세워라】."

그렇게 중얼거린 순간, 나는 라이오넬의 방패를 박차고서 후방으로 몸을 날려서 위난을 회피했다.

그러자 키이이잉, 하는 날카로운 소리와 쥬와아아아, 하고 거의 들어본 적이 없는 소리가 귀에 들어왔다.

　날카로운 소리는 스승님 쪽에서 들려왔다. 나를 베려고 했던 검이 빙벽에 막혀 50cm쯤 베고서 정지했다. 그뿐만 아니라 팔까지 빙벽 안에 갇히고 말았다.

　그리고 이상한 소리는 라이오넬 쪽에서 들려왔다. 그가 휘두른 화염 대검이 빙벽에 맞아 얼음을 증발시키는 소리였다.

　수룡이 훈련 중에 보여줬던 방어 마법을 상상하여 별안간에 발동해봤는데 잘 먹힌 모양이다.

　혹시 몰라서 스테이터스를 열어봤다. 남은 마력량으로 보아 용의 힘을 구사할 수 있는 횟수는 딱 한 번.

　"야, 루시엘. 성속성 마법밖에 쓰질 못한다고 했잖냐! 구사할 수 있는 기술이 여러 가지 늘어났잖아!"

　"설마 비행뿐만 아니라 우리의 공격을 저지할 수 있을 정도로 튼튼한 빙벽까지 출현시킬 줄이야……. 역시 현자입니다."

　그리고 두 사람이 동시에 똑같은 소리를 했다.

　""아주 재밌어.""

　두 사람이 점점 뜨거워지고 있다. 아무래도 나를 완전히 먹잇감으로 인식한 모양이다.

　"둘 다 노골적으로 흉흉한 분위기를 뿜어대고 있어서 무서운데 자제해줄 수 없을까요?"

　"기분 탓이야. 자, 계속하자."

"기분 탓입니다. 자 계속하시죠."

아마도 두 사람의 머릿속에는 이미 전투밖에 없는 듯했다.

라이오넬이 왼손으로 들고 있던 대형 방패를 내던졌다. 그 팔에서 피가 대량으로 흘러나왔다. 꽤 심각한 부상이라 즉각 치료해야 하는 상황이다. 방패를 반쯤 가른 내 공격이 라이오넬의 팔까지 다치게 한 모양이다.

스승님도 검과 함께 오른팔이 빙벽 속에 갇혀서 움직이질 못하다가 억지로 빙벽에서 뽑아냈다. 조금 그로테스크한 상태가 됐다.

그래도 전투본능을 상실하지 않은 두 사람을 보고 어이없어하면서 나는 가르바 씨를 쳐다봤다. 그러나 내 무언의 호소도 무색하게 그는 쓴웃음을 지으며 고개를 가로저었다.

치료는 대련을 끝내고서 해도 되니 대련을 계속하라고 판단한 모양이다.

스승님의 전투 욕구에 불이 붙으면 아무도 말릴 수 없음을 알고 있겠지.

뭐, 나도 오랜만에 본다. 사람의 성격은 한 번 죽어도 고쳐지지 않는 모양이다.

다시금 두 사람을 살펴보니 부상 정도가 심각했다. 내가 유리해진 건 틀림없겠지.

이대로 시간을 벌면 편하게 승리를 거둘 수 있을 테지만, 대련에서 그런 추태를 스승님에게 보여주고 싶지 않다. 그러므로 기합을 불어넣고서 두 사람을 속공으로 쓰러뜨리자고 결심했다.

그래서 내 기술 중 최고의 힘을 썼다.

"전력으로 갑니다. 【성룡이여, 이 몸을 지켜라. 뇌룡이여, 모든 것을 내던져라】."

영창을 마친 뒤 소리가 끌리며 서서히 사라져갔다.

나는 전력으로 땅을 박차고서 먼저 라이오넬의 품속으로 파고들려고 했다. 그러나 앞에 나와 있는 화염 대검이 신경이 쓰여서 반보쯤 옆으로 비키며 라이오넬의 복부에 발차기를 날렸다.

확실한 감촉이 다리에 전해졌다. 타격을 입혔다고 판단한 뒤 남아 있는 스승님에게 공격을 가하려고 한 순간, 등골이 오싹해졌다.

그러나 마력량이 얼마 남지 않았기에 괘념치 않고 단숨에 공격하기로 결단을 내렸다……. 그러나 그것이 화근이었다.

아무리 유리해졌다고 해도 실력자를 상대로 교만을 내보이면 패배한다.

옛날에 여러 번이나 본 적이 있는 훈련장 천장이 시야를 가득 메웠을 때 그 교훈을 깨달았다.

아직도 어설프네……. 나는 멀어져가는 의식 속에서 그렇게 느꼈다.

용의 힘을 구사할 수 있게 됐다고는 해도 그 힘을 다루기 시작한 지 얼마 되지 않았으므로 완벽하게 활용하지 못하는 게 보통이다.

나는 그런 당연한 사실을 무시하고, 오만하게도 높은 신체 능력만으로 이길 수 있으리라 판단했다.

폭발적으로 향상된 신체 능력을 충분히 활용하지 못한다면 움직임이 직선적이면서 단조로워지기 마련이다.

그런데도 공격을 감행한 이유는 머리 한구석에서 그 누구도 이 움직임을 포착하지 못하리라는 생각이 떠올랐기 때문이다. 하물며 스승님과 라이오넬은 약해진 상태. 무의식적으로 얕잡아봤는지도 모르겠다.

라이오넬뿐만 아니라 스승님에게까지 일직선으로 달려가 발차기를 날렸다. 분명 스승님의 몸에 적중했다.

그런데 발차기가 스승님에게 적중한 감촉이 느껴지지 않았다. 스승님의 존재가 흐릿하게 사라져가는 것을 느꼈을 때는 이미 늦었다.

"어, 설, 퍼."

스승님의 입술이 천천히 움직였다. 이내 몸을 후방으로 쓰러뜨리면서 부상당한 오른손으로 내 다리를 쥐더니 위력을 경감하기 위해서인지 물 흐르듯 측면으로 회전했다. 그 직후에 이번에는 왼팔로 내 멱살도 붙잡았다. 나는 내 속도를 억누르지 못하고 딱딱한 바닥에 등부터 내동댕이쳐졌다.

심상치 않은 통증이 내 의식을 빼앗으려고 했다.

멀어져가는 의식 속에서 어째선지 스승님이 아파하는 소리가 들린 듯했다. 그러나 나에게 그걸 확인할 수 있는 시간이 남아 있지 않았다.

촤악, 하는 소리와 얼굴에 뿌려진 물의 불쾌한 감촉이 내 정신을 깨웠다.

"윽."

등뿐만 아니라 온몸이 몹시 아프다.

곧바로 자신에게 엑스트라 힐을 발동했다.

왜 이렇게 아픈 걸까? 빛이 사라진 뒤 주변을 둘러보니 스승님과 라이오넬이 창백한 얼굴로 쓰러져 있었다.

"오, 루시엘, 드디어 일어났나. 일어나자마자 미안한데, 저 둘도 치료해다오."

그루가 씨가 통을 들고서 조금 다급하게 말했다. 머리가 드디어 정상으로 돌기 시작했다.

"아, 예. 알겠습니다."

라이오넬은 팔을 제외하고는 눈에 띄는 외상이 없었다.

그러나 팔에서 피가 대량으로 흘러 땅바닥을 새빨갛게 물들였다.

그리고 스승님은 빙벽에서 팔을 억지로 빼내려다가 오른팔과 왼팔이 이상한 방향으로 꺾였고, 등이 불에 타서 문드러져 있었다.

나는 바로 두 사람에게 엑스트라 힐을 발동했지만, 기분이 나빠졌다.

스테이터스를 확인해보니 마력이 고갈 직전 상태였다.

그리 오랫동안 기절하지는 않은 모양이다.

완전히 회복된 스승님과 라이오넬을 보면서 대련에서 패배했다는 분함이 치밀었다.

설마 레벨 차이가 날 뿐만 아니라 용의 힘까지 구사했는데도 패배할 줄이야. 역시 이렇게 쉽사리 당할 줄은 몰랐다. 스승님이 레벨이나 스테이터스는 장식에 불과하다고 옛날에 말한 적이 있었는데 그대로 증명된 꼴이네.

"둘 다 흘러나간 피까지 원래대로 채워졌는지 알 수가 없으니 보충을 위해 균형 있는 식사를 하고서 오늘 하루 정도는 안정을 취해주세요."

"큭큭큭. 패배한 게 그리도 분했나?"

"힘을 그토록 보였는데도 침울해하다니. 역시 루시엘 님도 실은 전투를 좋아하는군요."

"역시 그렇게 생각하나? 그렇다면 전투 횟수를 대폭 늘릴 수 있을 것 같구만. 피차 전투 기술을 되찾아야 하고, 루시엘도 힘을 다루는 법에 익숙해져야 할 테니까."

두 사람에게 패배해서 분하지 않은 것은 아니지만 그 정도까지는 아닐…… 것이다.

"아니, 아니, 아니. 왜 멋대로 남을 전투광 카테고리에 넣으려고 하는 겁니까!!"

"큭큭, 지금도 패인을 물어보고 싶잖아?"

어떻게 내 생각을 읽었지…….

"제가 스승님한테 공격을 가했는데도 적중한 감촉이 전혀 느껴지지 않았던 이유와 아무리 일직선이었다고 해도 인식하기조차 어려운 제 움직임을 어떻게 따라잡았는지, 그 이유를 알고 싶은 것뿐이에요."

"고작 그런 게 궁금한가? 우선 네가 발로 찬 건 내가 투기로 만들어낸 잔상이다. 진짜 나는 네가 일직선으로 공격해오리라 알고 있었기에 기척을 차단하고 있었지. 루시엘은 기척을 지울 수 있나?"

"아뇨, 배운 적도 없는데요."

"흠. 간단히 말하면 은신 스킬인데, 인기척을 지우는 것뿐만 아니라 숙련되면 눈앞에 있어도 모습이 사라진 것 같은 착각을 일으킬 수 있지."

"……하지만 실제로 모습이 사라진 것도, 잔상이 보인 것도 아니라는 거죠?"

"그래. 기척이나 마력을 항시 탐지한다면 은밀 스킬 레벨이 어지간히 높지 않은 한 발각된다."

"전 선풍과 대련을 치르면서 그걸 눈치챘습니다. 그런데도 다리를 당하고 말았지요."

라이오넬이 자못 당연하다는 듯 말했지만, 전투 센스라고 해야 하나, 전투 레벨의 차원이 나와는 다르다는 걸 알았다.

저 두 사람을 내 잣대로 헤아린 시점에 이미 패배가 확정됐던 거겠지.

그런데도 우쭐해져서는. 뭐가 속공으로 끝내겠다는 거야.

속공으로 끝장이 나버리고 말았잖아.

내친김에 스승님의 나머지 비법도 물어보기로 했다.

"스승님…… 하나 더 알려주세요. 어떻게 제 속도를 따라잡을 수 있었던 겁니까?"

"내가 남긴 잔상에 의도적인지, 아니면 무의식이었는지 모르겠지만, 힘을 조절해서 뻔히 보이는 날라차기를 날렸으니까."

"…………."

아아, 왠지 창피한 짓을 저지르고 말았다. 프로 복서 앞에서 펀치를 크게 휘두른 거나 마찬가지잖아?

그러니 피하더라도 이상하지 않았다.

"그 결과 환각을 찼다고 착각했고, 발에도 아무런 감촉이 남지 않았다. 그리고 혼란에 빠져 움직임이 둔해졌지. 단조롭게만 움직이니 타이밍을 맞춰서 가슴팍을 쥐고서 내던져버렸지."

"……어떻게 움직였던 겁니까?"

"거의 모든 마력을 신체 강화에 투입했지. 딱 한순간만 유지될 만큼 강하게. 뭐, 그렇게라도 하지 않으면 그 속도를 따라잡기란 불가능했으니, 나도 도박을 건 셈이지."

스승님이 웃으며 알려줬다. 실력자라면 누구라도 그 정도 대처는 할 수 있는 것 같았다. 그렇기에 이번 대련을 교훈으로 삼아야…….

"스스로 제 무덤을 판 꼴이군요……."

"뭐, 그야 어쩔 수 없겠지. 그 힘에 아직 익숙해지지 않은 것 같았으니 우리로서도 전성기에서 멀어진 처지에 딱 알맞은 상대였지."

"확실히 미리 대비하지 않았다면 견뎌내지 못했겠지요."

라이오넬이 배를 문지르면서 말했다. 내가 라이오넬을 발로 찬 것은 틀림없다. 그러나 라이오넬은 스승님만큼 재빠르게 움직이지 못하기에 공격을 받아내 내 행동을 한정함으로써 스승님이 대응하기 쉽도록 상황을 만들었겠지.

그 증거로 팔을 제외하고 눈에 띄는 부상은 없었다. 그나저나 설마 별안간에 공격과 방어를 연계할 줄은 생각지도 못했다. 그러나 두 사람에게 이 정도 연계는 나를 쓰러뜨리기 위해서 합을 잠시 맞춘 것에 불과하겠지. 나는 아직도 별 볼일이 없다는 건가. 전투 센스와 경험 등이 크게 미치지 못한다는 사실을 잘 알았다.

카트린느 씨의 검을 부러뜨려서 조금은 강해진 줄 알았다. 그러나 생각해보니 기습했기에 성공할 수 있었던 거겠지.

아아, 분해. 언젠가 저 두 사람을 이기고 싶다. 이때 나는 진심으로 그렇게 생각하며 대련을 마쳤다.

그 후에 모험가 길드에서 내 환영회라는 명목의 연회를 열기로 했다.

10 내통자

대련을 마친 우리는 모험가 길드 식당으로 이동하여 먹고 마시며 대연회를 즐겼다.

케티와 케핀이 연회가 시작되기 전에 여관을 대신 잡아준 드란 일행을 불러왔다.

모험가들이 앞으로 스승님을 잘 챙겨달라고…… 아니, 대련 상대를 맡아달라고 부탁하기도 하고, 치료해주는 조건으로 대련 신청도 하는 등 흥겨운 분위기였다.

이 상황을 물체X 요리연구가인 그루가 씨가 놓칠 리가 없다. 대련에서 지면 벌칙으로 물체X가 든 신작을 먹는 게 어떻겠냐고 제안하여 어떤 의미에서 연회를 들끓게 했다.

그리고 이미 연례행사가 됐는지 이 자리에서도 다들 내 새로운 별명을 궁리하기 시작했다. 그 별명을 듣기 전에 스승님과 가르바 씨가 불렀다. 이번 소문의 진상을 알기 위해 스승님의 작업장(길드 마스터의 방)으로 이동하기로 했다.

스승님의 작업장에는 작전회의를 할 수 있을 만한 커다란 탁자가 있었다. 그 위에는 커다란 지도가 놓여 있다……. 그러나 군데군데 핏자국이 나 있어서 스승님에게 양해를 구하고서 정화하여 방을 깨끗하게 했다.

스승님과 가르바 씨, 나와 라이오넬, 케티, 케핀, 나디아, 리디아가 방 안에 모였다.

"한창 연회 중인데 흥을 깨서 미안하다."

"아뇨, 음식은 이미 충분히 즐겼으니까요."

"그런가? 그럼 바로 본론으로 들어가지. 가르바가 루시엘에 관한 소문을 들은 뒤 우린 여러 수단을 동원하여 진상을 알아봤다. 설명은 가르바가 하는 편이 낫겠군."

"알겠어. 그럼 시간은 한정되어 있으니 거두절미하고 본론으로 들어갈게."

"부탁드립니다."

"루시엘 군이 신벌을 받았다는 소문이 처음 퍼지기 시작한 건, 루시엘 군이 멜라토니를 떠난 지 열흘쯤 지났을 때였던 것 같아."

"그렇게나 빨리요?"

"응. 게다가 소문의 발생원은 그란돌이었어."

"예? 그란돌이라고요?"

교회 본부는 아니라고 생각했지만, 설마 그란돌에서 비롯됐을 줄이야…….

"뜻밖이었니? 루시엘 군도 기억할 테지만, 이에니스에서 죄를 저질러 노예가 됐던 자가 있었지?"

"예……."

꽤 많은 자들이 노예가 되긴 했지만, 품행이 나쁜 자들을 제외하고는 이에니스에서 일하고 있다. 노예에서 해방되는 조건도 가볍기에 이미 해방된 자들도 많을 것이다.

안타깝게도 갱생을 바랄 수 없는 자들은 범죄자 노예로서 그란돌로 보내졌을 터……. 설마?!

"실은 블랑주 공국의 어느 귀족이 그 노예들을 대량으로 사들였어. 아마도 단기간에 이에니스를 장악한 루시엘 군을 경계하고서 정보를 캐내려고 했겠지."

"블랑주 공국의 귀족이……."

나는 탁자에 펼쳐져 있는 지도를 내려다봤다.

"그래. 그 귀족은 원래 그란돌에서 다른 정보를 수집하고 있었는데, 그때 루시엘 군이 입국했던 거지."

그 귀족이 수집하던 정보……. 아아, 왠지 불길한 흐름이다. 내가 나디아와 리디아를 힐끗 쳐다보자 두 사람의 얼굴이 굳어졌다.

나는 이 세계에 전생한 블러드의 존재가 머릿속에 스쳤다.

"그 귀족이 원했던 건 이 두 사람입니까?"

"응. 블레이드 폰 카미야 백작가 당주야."

그때 두 사람이 숨을 삼켰다.

"그럼 그 인물이 노예들한테 명령을 내려 제 행동을 감시하거나 정보를 캐냈던 겁니까?"

"그럼 셈이야. 다만 아무리 유능한 수인족일지라도 미궁 안에서는 블로드의 색적 기술에 걸렸을 테니 도시 안에서만 행동을 벌였던 것 같아."

"과연. 하지만 감시를 당했다고는 해도 우리가 그란돌에서 성슈를 공화국으로 돌아간 것 자체는 하나도 이상할 게 없잖아요?"

미궁을 공략하고서 여관에서 장기 체류했던 것도 이상하지 않을 테고, 비밀리에 성 슈를 공화국으로 돌아간 것도 역시나 소문과 연결되지 않는다.

"평소였다면 이상하지 않았겠지. 하지만 루시엘 군은 평소에도 성속성 마법을 자주 발동했어. 그러니 그란돌에서 남의 눈을 피해 네르달로 가는 동안에 성속성 마법을 발동하지 않은 것을 수상쩍게 여겼을지도 모르겠네."

"……그래서 소문을 흘려 교회 본부가 어떻게 나올지 엿보기로 했다?"

"어디까지나 여러 정보를 모아서 분석한 추측에 불과하긴 하지만……. 그나저나 화제를 조금 바꾸겠는데 루시엘 군은 교회 본부에 소속된 자들의 출신지를 알고 있거나, 조사해본 적이 있으려나?"

가르바 씨가 추측이라고 말하긴 했지만, 상당한 확증이 없는한 이런 말을 할 성격이 아니므로 분명 진실이겠지…….

"출신지를 아는 사람은 자주 접촉했던 사람들뿐이죠. 다만 교회 본부로 돌아가면 조사해볼 수는 있을 겁니다."

"안다면 얘기가 빠르겠군. 그럼 또 하나. 블랑주 공국에 관해서 말인데, 인족지상주의가 만연해 있다는 걸 알고 있니?"

"예. 그 사실에 관해 알 기회가 있었고, 두 사람과도 그에 관해 대화를 나눠본 지 얼마 안 됐습니다."

"그래. 아까 그 정보 말인데. 루시엘 군이 교회 본부로 돌아간 뒤에도 성속성 마법을 발동하지 않았다는 사실을 어떻게 안 건지 의아하지 않니?"

"솔직히 머리가 거기까지는 돌아가지 않았는데, 역시……."

"응. 교회 본부에도 인족지상주의 사상을 가진 자들이 있어. 성가시게도 권력자 안에도 있고 말이야."

인족지상주의자이면서 어느 정도 권력이 있는 사람을 꼽아보니 그 이름처럼 크게 웃는 돈가하하 씨가 머릿속에 떠올랐다.

"방금 가르바 씨가 출신지를 물어본 이유는 인족지상주의 사상을 가졌고, 정보를 타국으로 흘리는 잠입자(스파이)를 찾아내기 위해서입니까?"

"그런 셈이야. 나한테도 교회 본부 안에 내통자가 있으니까. 그중 하나는 네르달에서 귀환한 루시엘 군 때문에 소중하게 여기던 검이 부러진 인물이야."

내가 부러뜨린 건 카트린느 씨의 검뿐이다. 그러니 카트린느 씨가 가르바 씨의 내통자라는 이야기인데, 그렇다고 해도 그녀가 교회 본부의 정보를 외부로 유출할 것 같지 않다. 그보다도 소중하게 여기던 검이었다니 어떤 추억이라도 담겨 있나? 명검이라는 소리를 분명 듣긴 했는데, 미안하게 됐네…….

"카트린느 씨가 내통자……. 그 카트린느 씨가 교회 본부의 정보를 누설하리라고는 상상이 안 갑니다."

"물론. 서약을 맺었기에 그녀는 교회 본부의 정보를 누설하지 않아. 하지만 서약으로 제한하지 않은 개인정보 쯤은 얻어낼 수 있지. 긴급한 경우에는 모험가 길드에 의뢰한 적도 있을 정도고 말이야."

꼼수가 여러모로 있다는 것만은 알았다. 그렇게 되면 모든 것이 수상쩍게 보인다. 그러나 나는 권력이 있는 그 사람이 성 슈를 교회의 권위를 실추시킬 수도 있는 짓을 벌였을 것 같지 않았다.

"……카트린느 씨와 언제부터 정보를 교환했던 겁니까?"

"그녀가 기사단장에 취임한 뒤였지. 뭐, 시작은 교회 본부에서 루시엘 군이 고립되지 않도록 봐달라는 블로드의 부탁을 전해주면서부터였지만."

"이봐, 군이 그걸 말해줄 필요는 없잖아!"

"아니, 아니. 루시엘 군이 의심하면 곤란하니까."

나는 줄곧 뒤에서 보호를 받고 있었던 거구나…….

"가르바 씨, 감사합니다. 스승님도……."

가르바 씨는 여전히 실실 웃고 있었지만, 스승님은 부끄러웠는지 나에게서 고개를 돌렸다.

"얘기를 되돌릴게. 소문의 출처는 교회 내부를 뒤흔들려고 했던 블랑주 공국의 일부 귀족이었어. 그리고 소문을 듣고 편승한 사람은 루시엘 군한테 원한이 있는 전 악덕 치유사와 달콤한 즙을 빨고 있던 자들. 그리고 교회 본부가 잘못 대응한 바람에 소문의 신빙성을 되레 키워주고 말았다는 게 내가 조사한 결과야."

"과연, 알 것 같습니다. 일단 흑막이 교회 본부 관계자가 아니었다는 소리를 들으니 안도했습니다."

그러나 내 말을 듣고서 가르바 씨에게서 늘 보이던 온화한 웃음이 사라졌다.

"성 슈를 교회 본부를 조사하다가 교회 본부에도 어둠이 존재하는 걸 알았어."

"어둠……? 집행부를 말하는 겁니까?"

"그래. 그녀는 집행부의 어둠을 필사적으로 찾았던 것 같던데, 생각했던 것 이상으로 시커먼 일에도 손을 댄 것 같아. 그리고 안타깝게도 그녀는 집행부의 협박을 받아 그 지휘하에 있는 것 같아."

"기사단이 집행부의 지령대로 움직이기는 하지만, 카트린느 씨 본인을 부린다고요? 애당초 카트린느 씨라면 무력만으로 집행부를 압도할 수 있지 않나요?"

"그녀가 지켜야 할 게 많아서 그래. 그게 다 약점이 되는 거지. 집행부에는 전직 신관기사대장과 현역 기사도 있어서 전력이 상당하니 섣불리 움직일 수가 없었던 모양이야."

카트린느 씨의 약점이라니, 교황님을 말하는 걸까? 아니면 관계자인가……. 그러나 교황님을 해치는 것은 서약 때문에 불가능할 터. 이 역시 빠져나갈 수 있는 편법이 있는 걸까? 그나저나 전직 신관기사대장이라면…… 부르투스…….

나는 머리를 흔들고서 방금 들은 정보를 정리하여 머릿속에 집어넣었다.

"카트린느 씨라면 분명 괜찮을 겁니다. 교황님께서 제일 신용하는 사람이니까."

"그랬으면 좋겠네. 하지만 교회 본부의 어둠이라고 할 만큼, 집행부는 허위 보고를 이용해서 적잖게 교회 관계자나 적대자를 투옥, 암살했대. 또 자금을 모으는 데 여념이 없다고 들었어."

아마 집행부 입장에서 나는 광고 간판이자 불량 채권도 될 수 있는 존재겠지.

"그나저나 소문을 퍼뜨렸던 사람을 붙잡았다고요?"

"그 녀석은 이미 이 세상에 없다."

내 물음에 대답한 사람은 가르바 씨가 아니라 스승님이었다.

스승님이 눈을 감고서 그때 광경을 떠올리듯 말하기 시작했다.

"루시엘에 관한 소문이 퍼지고 있음을 가르바가 사전에 정보를 포착했다. 그래서 도시가 혼란에 빠지지 않도록 루시엘을 폄훼하는 소문을 입에 담는 자가 나타나면 우리한테 바로 연락하라고 당부해뒀지. 그리고 소문을 퍼뜨리려는 녀석들이 딱 나타났지."

"그래서 배후 관계를 확인하려고 붙잡아다가 심문했던 거죠?"

"그래. 물체X를 먹이고, 기절하면 다시 깨워서 또 물체X를 먹였다. 그걸 몇 번쯤 반복했더니 예상보다 더 빨리 굴복하더군."

스승님과 그루가 씨이니 사디스틱한 심문은 하지 않았으리라 짐작했는데, 역시나 부드럽게 심문을 벌인 모양이네.

"개인차는 있지만 물체X는 내성이 없으면 괴로우니까요."

"맞아. 그래서 전원을 심문하여 얻어낸 정보와 가르바가 포착한 정보를 대조해봤더니 어떤 사실이 판명됐다. 하지만 그건 일단 넘어가겠다. 어쨌든 붙잡힌 녀석들은 소문을 퍼뜨리도록 고용된 평범한 인족들이었다."

얼마를 받았는지는 모르겠지만, 필시 위험성과 비교해 턱없이 적은 보수를 받았겠지. 무심코 동정심이 생기고 말았다.

"고용됐다고 했으니 당연히 자신들을 고용한 고용주도 알고 있겠네요?"

"그래. 입을 열게 한 뒤에 가르바한테 바로 이 건을 조사하게 했더니 블랑주 공국의 어느 귀족과 연관되어 있다는 사실이 밝혀졌다."

"……그렇군요. 각지에 소문을 퍼뜨려서 성 슈를 교회뿐만 아니라 성 슈를 공화국의 존재의의를 뒤흔들려는 속셈이었을지도 모르겠군요."

"거기까지는 모르겠구나. 붙잡힌 그 인족들은 유력한 정보를 실토했고, 반성도 하는 눈치라서 석방했는데……."

전생으로 치면 사법 거래 같은 건가.

"뭐, 소문을 퍼뜨렸다는 이유로 처벌을 내린다면 그거야말로 문제가 될 수 있을 테니까요."

"맞아, 소문쯤은 누구나 퍼뜨리니까. 이번에도 헛소문을 날조한 자한테서 얘기를 들었을 뿐이니."

어느새 심문이 단순히 이야기를 들은 것으로 바뀐 거지? 그게 스승님의 상식인가 보다.

"그래서 그 사람들이 이 세상에서 사라진 이유는?"

"난 주마다 한두 번, 모험가들을 따라다니며 단련하는데……."

스승님이 그렇게 말문을 열자 가르바 씨가 스승님을 노려보고서 항의했다.

"이게 바로 우리 길드 마스터다? 믿어지니? 서류 작업은 완벽하게 끝내두고 있다고 해도, 긴급 의뢰는 그루가한테 죄다 떠넘기고 있다? 루시엘 군도 무책임하다고 생각하지?"

아아, 필시 수행하는 데 온정신이 팔린 거겠지.

"에잇, 가르바! 말허리 끊어먹지 마라! 얘기를 되돌리겠다. 며칠 전에 그란돌과의 경계에 있는, 원래대로 되돌아간 광산 기슭 숲에서 전투 훈련을 하고 있었는데, 갑자기 노성과 함께 날붙이들이 맞부딪치는 소리가 들렸지. 가서 봤더니 우리 신인 모험가들이 도적인지 용병인지 모를 녀석들한테 습격을 당했지 뭐냐."

"즉, 그 습격자 중에 소문을 흘렸던 자들이 있었던 거군요?"

"그래. 도적질로 신세를 망친 자는 목이 베이거나, 범죄 노예로서 타국에 팔려나갈 신세이니 마음을 독하게 먹고서 그 인족들을 비롯하여 모조리 처리하기로 했다."

며칠 전에 벌어진 일이라고 했으니 스승님은 그때 다친 것으로 보인다. 하지만 도적이나 용병 중에 스승님에게 그정도 상처를 남길 인물이 있을 리는 없는데…….

그래도 스승님에게 중상을 입힌 자가 있었다는 건 사실이다. 납득은 되지 않지만, 스승님보다 강자가 있었고, 요행히 목숨을 건진 것이다.

그렇게 생각하니 내 마음속에서 찝찝한 감정이 치솟았다.

"그럼 스승님이 일개 도적한테 패배했다는 말입니까?"

"그럴 리가 있겠나. 당연히 변수가 있었지. 나도 설마 도적 몇 명이 느닷없이 마족으로 변신할 줄은 꿈에도 몰랐다. 죽을 각오로 싸우는 것 말고는 달리 수단이 없었지……."

"뭐라고요?!"

나는 경악한 나머지 입을 반쯤 벌리고서 굳어버렸다. 그리고 지도를 내려다봤다.

멜라토니에서 동쪽으로 나아가면 광산이 있고, 그곳에서 남쪽으로 이동하면 블랑주 공국과 이어지는 숲이 나온다. 그리고 소환……. 이미 불길한 상상이 내 머리를 지배하기 시작했다.

일마시아 제국뿐만 아니라 블랑주 공국에서도 마족을 토벌하기 위해 성기사대를 파견해달라고 요청한 것으로 안다.

설마 성기사대와 마족을 싸우게 하여 성기사의 역량을 측정하려고 했던 걸까…….

"뭐, 마족이라고는 해도 그렇게까지 강한 것 같지는 않았다. 하지만 우리도 신체를 제어하는 감각이 만전이 아닌 상태에서 필사의 공격을 여러 번 받았고, 끝내는 놈이 자폭하는 바람에 결국 그 지경이 됐지."

스승님이 마족의 강함을 담담히 말해나갔다. 그런데 필사의 공격을 받았다……? 그것도 몇 번이나?

"그럼 다른 모험가들은요?"

"다들 상태가 말이 아니었지만, 수적 우세를 살려서 간신히 무찔렀다. 빠르게 쓰러뜨리지 못해서 그만큼 피해가 커지긴 했지만, 그 녀석들이 모험가를 포기해야 할 만큼 심각하게 다치거나, 무엇보다 목숨을 잃지는 않았으니 그것만으로도 다행이지."

스승님이 조금 자랑스럽게 말했다. 그러나 나는 마음이 복잡해졌다.

상황이 조금이라도 달라졌다면 스승님이 이곳에 없었을지도 모른다. 그건 생각하고 싶지도 않았다.

"뭐, 중상을 입은 사람은 오직 나뿐이었거든. 덕분에 모험가들이 포션을 있는 대로 들이붓고 멜라토니까지 호송해줘서 목숨만은 간신히 건질 수가 있었지. 하지만 그 사건 이후로는 이 방을 나가는 것조차 금지됐어."

"……용케도 살아남으셨네요."

"아무렴. 역시나 루시엘이 소중한 것과 맞바꿔서 구해준 목숨이니까. 포기할 수는 없지."

그렇게 생각한다면 조금 자중을 해줬으면 좋겠건만. 그러나 이번 건은 스승님에게도 갑작스러운 사건이었다. 이 자리에서 외쳐본들 자기만족에 불과하다.

나는 심호흡을 한 번 하고서 말을 이었다.

"그 인족들이 원래도 인간이었다면, 역시나 사람을 마족으로 변신시키는 방법이 있는 걸까요? 뭔가 수상쩍은 점이나 특징은 없었던가요?"

"그 녀석들이 뭘 어떻게 한 건 없었다. 그저 마력이 급격하게 높아지더니 몸에서 사악한 기운을 뿜어내며 순식간에 모습이 바뀌었지. 솔직히 깜짝 놀랐다."

나 역시 이번처럼 인족에서 마족으로 변한 자들을 쓰러뜨린 적이 있긴 하지만, 그때는 일마시아 제국이 수상쩍다고 생각했다.

네르달에서는 위즈덤 경이 일마시아 제국에서 마석을 인체에 박아 넣어 마족으로 바꾸는 연구를 벌이고 있다는 소리를 했다.

그런데 스승님이 싸웠던 마족과 마찬가지로 우리가 싸웠던 것도 인간에서 마족으로 변한 유형이다. 그리고 그 마을에는 일마시아 제국이 아닌 블랑주 공국의 그림자가 느껴졌다…….

만약에 내 직감이 맞는다면 블랑주 공국은…… 제국보다도 성가실지도 모르겠다.

"스승님, 그 밖에 달리 마음에 걸렸던 점은 없습니까? 예를 들어 마석이나 마도구, 약을 마셨다거나…….'

"단서가 될지는 모르겠지만, 그란돌에서 싸웠던 노예상을 기억하고 있나?"

"예, 물론입니다."

같은 전생자를 어떻게 잊어버릴 수 있을까.

"그 남자와 처음으로 싸웠을 때, 마지막에 마석을 대가로 지불하여 무언가를 소환하려고 했었잖아?"

"예. 검붉게 빛나는 마법진이 출현했죠…….'

"이번에는 마법진은 보이지 않았다. 하지만 검붉은 빛이 터져

나왔지. 사악한 기운에 금세 가려지긴 했지만."

블러드가 처음으로 거점으로 삼았던 곳이 블랑주 공국이었으니 이토록 수상한 나라도 없겠지.

"……마족을 만들어내고 있는 세력은 일마시아 제국이 아니라 블랑주 공국일 가능성이 크군요."

"성급하게 단정 짓지 마. 그 건에 관해서도 가르바가 조사하는 중이다."

"블랑주 공국은 인족지상주의가 만연해 있고, 권력을 쥔 자일수록 비밀주의자가 많기에 얻을 수 있는 정보가 적어."

"가르바 씨도 얻지 못하는 정보가 있습니까?"

"그야 있지. 그런데 마족과 관련하여 조사하던 중, 이번에는 출몰 정보뿐만이 아니라 기억 장애를 앓은 자가 많다는 사실을 알아냈다. 그 부분에서부터 조사해보기로 했지."

"그럼!"

"실은 블랑주 공국에서뿐만 아니라 일마시아 제국에서도 기억 장애 환자가 있었어."

"일마시아 제국……."

라이오넬 일행을 쳐다보니 별일 아니라는 듯 고개를 끄덕였다. 나는 괜찮다고 판단하고서 이야기를 계속 듣기로 했다.

"제국에는 현재도 전귀 장군이 있음을 알고 있지?"

"예."

네르달에서 위즈덤 경에게 마석을 박아 넣었던 가짜 전귀다.

"그 남자의 이름은 크라우드. 여러 마법을 구사할 수 있는 마법 검사로, 예전에는 그란돌 모험가 길드에 등록된 모험가였던 모양이야."

"신상 정보도 알아낸 겁니까?"

"으~음, 아쉽지만 이름과 약간의 정보뿐이야. 모험가 길드에 등록했을 때는 검도, 마법도 쓰지 못한 것 같던데, 서서히 강해진 모양이야. 어느 시점에 변신 마법을 익혔고 그 이후에 그란돌을 떠난 것 같아."

왠지 전생자 같다는 느낌이 드는데, 착각이려나…….

"이후에 일마시아 제국으로 이동하여 유명해졌다는 소립니까?"

"유명하진 않아. 그리고 지금은 제국에 있긴 하지만, 순서가 달라. 처음에는 블랑주 공국에서 범죄로 손을 더럽혔고, 도망치듯 루브르크 왕국으로 이동하여 용병으로서 전쟁에 나갔지. 그리고 현재는 일마시아 제국에서 전귀 행세를 하며 활동하고 있는 것 같아."

"거기까지 캐냈다니. 가르바 씨, 너무 대단한 거 아닙니까?"

수많은 모험가를 조사했겠지. 더욱이 조력자가 얼마나 많을지 무서워서 못 물어보겠다…….

"루시엘 군이라면 제자로 삼아줄게."

"이봐, 그 녀석의 스승은 오직 나뿐이라고 했잖나. 얼른 이야기나 계속해."

"예예. 일마시아 제국에서는 현재 마족화 연구가 진행되고 있는 모양이니 결론을 말하면 양쪽 모두 수상해. 혹은 배후가 연결되어 있다고 봐."

"블랑주 공국과 일마시아 제국이라……."

내가 봤던 기억 장애자는 어둠의 정령, 드워프 왕국에서 만났던 어둠의 힘이 깃들어 있는 리자리아, 마을 사람을 제물로 바쳐서 기이한 의식을 치렀을 때 의식을 빼앗았던 마족이다.

리자리아가 일마시아 제국에서 기억 장애 현상을 일으켰다면 블랑주 공국이 마족화를 일으킨 흑막이 되는 셈이다. 그러나 반대의 경우도 있을 수 있다는 게 문제지.

약속한 장소에 나타나지 않고 사라져버린 리자리아. 까맣게 잊고 있었는데, 그녀 역시 일마시아 제국에서 벌였던 연구의 희생자였지…….

"그래서 결론을 말하자면 루시엘 군에 관한 소문과 마족과 관련한 사건은 블랑주 공국이 제일 수상해. 다만 블랑주 공국도 일치단결한 상황이 아니라, 최근에 과격파와 온건파의 대립이 격렬해진 모양이야."

"그렇군요……. 현자가 됐다는 사실이 퍼진다면 원래대로 잠잠해질 줄 알았는데, 이번 사건은 간단히 수습할 수가 없겠군요."

"그래. 이번 사건을 통해 루시엘도 교회 관계자들의 뜻이 하나가 아님을 느꼈겠지? 현자라는 사실이 퍼진다면 계속해서 교회의 광고 간판으로서 활약하게 되겠지. 하지만 너라는 존재를 위협으로 여기고서 배제하려고 움직이는 나라도 있을 거야. 물론 직접적인 수단이 아니라, 각지에 마족 소동을 일으켜 혼란한 틈에 암살을 노리겠지."

"그래서 제게 교회를 어떻게 하고 싶은지 물어봤던 거군요."

집행부가 자력으로 타국의 내통자를 배제할 수 있다면 교회 본부는 건전한 모습으로 되돌아갈 수 있겠지. 그러나 현재 내통자가 있기에 직접적으로 공격을 받지 않았다고도 할 수 있다.

"우리한테도 나름의 생각이 있지만, 내부 정보를 파악하고 있지 않으니, 우리는 교회에 관해 판단을 내릴 수가 없거든."

"생각해볼게요. 다만 집행부와 한번 진득하게 대화를 나눠볼 필요가 있을 것 같습니다."

"그리 생각한다면 그리하도록 해. 우린 협력을 아끼지 않으마. 자, 일단 얘기는 여기까지 하기로 하지. 루시엘, 오늘은 어디서 묵을 거지?"

"어디서 묵을 거라뇨?"

"네 방은 그대로 나뒀다만?"

"아직도 그대로군요. 그럼 그 방을 빌리도록 하겠습니다."

"오냐, 알겠다. 그럼 연회에 끼고 싶은 사람은 끼고, 방에 가고 싶은 자는 그렇게 해."

스승님이 그렇게 말하고서 회의를 해산했다.

명백히 정보 과다다. 오늘만은 아무 생각하지 말고 천천히 자기로 하자.

"그저 평범하고도 평온한 생활을 바라건만 어째서 이리도 어려운 거지……."

탄식처럼 중얼거린 그 말은 연회를 즐기는 모험가들의 시끌벅적한 소리에 지워졌다.

정겨운 방에 들어가 천사의 베개를 꺼내 침대에 드러누우려고 했더니 문을 두드리는 소리가 들렸다.

"스승님인가? 예, 들어오세요~."

문을 열자 나나엘라 씨와 모니카 씨가 있었다.

""루시엘 군, 안녕.""

"엇? 아, 예. 안녕하세요. 오늘은 모습이 보이지 않아서 휴일인 줄 알았어요."

내가 말하자 두 사람이 서로를 보며 웃었다.

"난 루시엘 군이 내일 멜라토니를 방문한다고 들어서 오늘 쉬었어."

"그리고 전 야근이었어요. 루시엘 군이 오거든 서로 연락하자고 약속했어요."

스승님이 배려해줬구나 싶었다. 나나엘라 씨와 모니카 씨의 얼굴을 보니 반가워서 입꼬리가 저절로 올라갔다.

"만나러 와줘서 고맙습니다. 지난번에는 대화를 나눌 시간이 별로 없었으니까요."

"여러 소문이 난무했지만, 루시엘 군이라면 설령 소문이 사실일지라도 극복할 수 있을 거라고 믿었어."

"하지만 우리도 걱정은 했습니다. 그래도 멜라토니에서 소문을 믿은 사람은 별로 없었어요."

소문이 사실일지라도⋯⋯라. 두 사람 모두 스승님이 다시 젊어진 것이 나와 관계가 있음을 알고 있으므로 소문의 신빙성을 알고 있었겠지.

"만약에 소문대로 성속성 마법을 잃어버렸다면 어떻게 됐을까요?"

"루시엘 군이라면 S급 모험가를 목표로 삼았을 것 같아."

"혹은 약사 길드에서 회복 계열 아이템을 개발했을까요?"

"하지만."

"그렇죠."

""루시엘 군이라면 포기할 리가 없다고 생각했어(했습니다).""

두 사람이 망설이지 않고 그렇게 말했다.

두 사람이 진심이라는 것이 말뿐만 아니라 표정으로도 전해졌다. 무심코 눈물이 나올 뻔했다.

"두 사람 모두 감사합니다. 그러고 보니 스승님의 부상은⋯⋯."

그 뒤에 시간이 허락하는 만큼 두 사람과 대화를 나누며 밤을 보냈다.

11 목표와 축

전날 잠을 못 자서 그런지, 아니면 마음 편안한 멜라토니 모험가 길드로 돌아와서인지, 그것도 아니면 천사의 베개 덕분인지 몹시 개운하게 눈을 떴다. 그리고 이 방에서 생활했던 시절의 아침 루틴인 마력 조작 훈련을 자연스레 시작했다.

그 당시에는 기상 직후에 이렇게 마력 조작 훈련을 하면서 성 속성 마법을 확실히 발동할 수 있도록 반복하여 연습했었지.

일단 목숨이 가벼운 세계라서 전투 기술을 향상하는 데도 필사적이었기에 힘들었지만, 굉장히 충실하고도 즐거웠던 기억만 남아 있다.

성도로 간 뒤에는 착각에 빠져 미궁을 답파하는 것을 목표로 삼았고, 결국에는 성취해냈다.

내가 치유사들의 치료 가이드라인과 법안을 만든 이유는 치유사가 몹시 미움을 받는 현실을 바꾸고 싶었기 때문이다. 또한 치료비가 적정하다고 생각하지 않았기 때문이다.

이에니스에 가서 치유사 길드를 재건하여 운영하면 자유롭고도 느긋하게 살 수 있을 줄 알았건만, 어째선지 이에니스 자체를 재건하게 됐고 결국에는 학교와 지하 공장을 운영하는 루시엘 상회까지 세우게 됐다.

흘러가는 흐름에 몸을 맡겼다고는 해도 언제나 내 앞에는 목표가 있었고, 그것을 달성하기 위해서 움직여왔다. 그러나 나를 미워하는 제삼자들도 서서히 늘어나고 말았다.

물론 그 덕분에 여러 가지를 얻을 수 있었고, 다양한 사람들과 만날 수도 있었으니 후회는 전혀 없다.

그래서 이 세계에 전생하게 해줘서 굉장히 감사하고 있다.

이제 곧 이 세계에 온 지 만 9년이 된다. 시간이 꽤 빨리 흐른 것 같다.

그나저나 설마 용과 만나고, 정령과 만나고, 용이나 사신과 싸우는 인생이 기다리고 있을 줄은 몰랐는데…….

자, 앞으로 어떻게 하고 싶은지 정리하고서 생각해보자.

이에니스를 부흥시키고서 개선한 게 약 반년 전.

그 시절에는 발키리 성기사대와의 관계로 질투하는 사람은 있었지만, 아직 적대하는 사람은 없었을 거다.

그란돌에서 성도로 돌아오는 동안에 성속성 마법을 발동하지 않았다고는 해도, 역시나 그 소문은 굳이 신빙성을 따질 필요도 없는 수준이었다.

그런 바탕에서 생각해보면 내가 공중 도시국가 네르달에서 보냈던 3개월 동안에 집행부는 소문에 관한 새로운 정보를 얻었든지, 혹은 내 존재가 교회에 악영향을 끼치리라 판단했다는 뜻이다.

만약에 내가 힘을 되찾지 못하고, 소문이 사실임이 판명됐다면 집행부는 나를 단죄하려고 했을까?

그 뒤로도 여러모로 생각했지만, 결국은 정보가 너무 적어서 집행부가 어째서 판단을 바꿨는지 모르겠다.

다만 제국, 공국, 교회 본부 집행부에는 저마다 목적이 있고, 나를 경계하고 있다는 사실만을 알았을 뿐이다.

"아침부터 머리를 너무 썼군……."

훈련장에서 몸을 조금 푼 뒤에 그루가 씨가 만들어준 아침밥을 먹고서 재충전을 하자.

마력 조작을 멈추고서 문을 열었더니 스승님이 그 앞에 있었다.

더욱이 완전무장 상태라서 말을 걸기가 조금 거북했다.

"스승님, 좋은 아침입니다. 상당히 빠르네요."

"오, 루시엘. 드디어 일어났나. 그럼 당장 시작하자."

"예?"

일단 인사를 하자 스승님이 기쁘게 웃으면서 예상했던 말을 꺼냈다.

"그리운 아침 훈련이다. 날이 무딘 무기를 쓸 테니 안심해라."

"아침부터요? 날이 무딘 무기를 쓰다니 별일이네요."

"나도 아침부터 피 냄새를 맡고 싶지는 않다. 게다가 예전과 달리 힘 조절도 못 하니 위험하지."

뭐, 즉사하지 않는 한 치료할 수 있으니 안전하려나.

"아침 운동으로 딱 좋긴 하겠네요."

"어차피 어제부터 이러쿵저러쿵 고민했지? 그럴 때는 좋은 생각이 떠오르지 않기 마련이지. 몸을 움직여라. 휴식에는 그게 제격이야."

"……스승님, 전 일반인인지라 전투를 한다고 해서 휴식이 되는 게 아닙니다."

"에잇, 겨우 서류 작업에서 해방됐다. 제자라면 스승과 어울려 줘라."

스승님은 분명 잠을 자지 않았겠지.

스승님을 그토록 몰아세운 가르바 씨와 그루가 씨가 실은 최강인 게 아닐까? 그런 생각을 하면서 승낙하고서 훈련장에 들어갔다.

"알겠습니다. 저도 초심으로 돌아가 훈련장을 달려볼까 생각하던 차이니 오늘을 함께 하도록 하겠습니다."

"오늘은 신체 강화 없이 붙어본다. 그렇게 현재 기본 실력을 알아보겠다."

스테이터스에 차이가 나니 나에게 승산이 있긴 하지만 이제 절대로 방심하지 않겠다.

"스승님, 오늘은 이기도록 하겠습니다."

"호오. 그렇게 쉽게 이길 수 있을 것 같나?"

스승님은 그렇게 말하고서 날이 무딘 한손검과 소형 방패를 건넸다.

나는 그것들을 넘겨받고서 당장 전투태세에 들어갔다. 정말로 옛날로 돌아간 것 같았다.

"시작하시죠."

스승님은 특별히 기술을 쓰지는 않았는데도 검에서 강력함이 느껴졌다.

"루시엘, 난 태어난 뒤로 줄곧 전투에 몸을 담아온지라 이렇게 하지 않으면 잘 전할 수 없을 것 같다."

뭐지? 이 상황은 마치…….

"뭐, 뭡니까?"

"루시엘은 목표나 지향하는 게 있나?"

"예? 목표 말입니까?"

"그래. 교회 건은 별개로 치더라도 넌 무언가 목표가 생기면 일사불란하게 달성해왔다. 이번 현자 건도 그랬을 테고."

"평온하게 살다가 늙는 게 목표이긴 했는데, 지금은 어떻게 될지 저도 모르겠네요."

그런 걸 생각할 여유가 없어서였는지 왠지 웃음이 치밀었다.

"눈앞의 목표만 따라가면 자신이 생각했던 이상에서 점점 멀어지고 만다. 물론 환경에 따라 목표를 조금씩 수정하는 건 좋지만, 한 번쯤 중장기 목표를 세워보는 게 어떠냐?"

"중장기 목표 말입니까?"

분명 전생 때 5년 후, 10년 후의 모습을 상상하여 그렇게 될 수 있도록 노력한 적은 있었다.

그러나 이 세계는 한 치 앞도 잘 안 보이는 곳이라, 장래의 모습을 상상하여 목표를 세우기에는 난도가 상당히 높다.

"그래, 나처럼 평생 제자한테 패배하지 않는 걸 목표로 삼는다든가!"

스승님이 휘두른 철검이 휘어지더니 내가 든 방패를 우회하여 내 옆구리를 쳤다.

"아얏."

"크크크. 어차피 나나 이 도시에 사는 주민들은 네 편이야. 그러니 두려워하지 말고 네가 좋아하는 길을 나아가라."

스승님은 그렇게 말하고서 훈련장 계단을 올라갔다.

"아아, 아파라……."

그나저나 목표라.

스승님이 말했듯이 현재 나에게 무언가 새로운 목표가 필요한지도 모르겠네.

좋아. 교회 내통자의 속셈을 알아낼 때까지 궁리해보기로 하자.

나에게 가장 편한 선택지는 이에니스에 틀어박히는 것이다. 그러나 안타깝게도 마족이 전보다 더 빈번하게 출몰하는 세상을 두고 볼 수가 없다.

그땐 스승님과 라이오넬을 데리고서 그란돌의 '모략의 미궁'에 들어가 레벨을 올려서 마족과 싸울 수 있는 전력을 갖추도록 하자.

뭐 일단 지금은 그루가 씨가 해준 맛있는 아침밥을 먹은 뒤 모두의 이야기를 듣고서 향후 방침을 정해야겠지?

거기까지 생각하고서 나는 스승님의 뒤를 쫓았다.

모험가 길드 식당은 어제 그 연회가 거짓말인 것처럼 말끔히 치워져 있었다. 그러나 여전히 여러 냄새가 뒤섞여 있었다.

그루가 씨가 식당에 들어온 나를 발견하고는 인사보다 먼저 도움을 청했다.

"루시엘, 식사하기 전에 이 냄새 좀 어떻게 해줘. 숨이 막힌다."

"그루가 씨, 좋은 아침입니다. 알겠습니다."

정화 마법을 식당 전체에 발동하자 냄새가 사라졌다. 이내 그루가 씨가 만들어준 요리에서 풍기는 맛있는 냄새가 식당을 가득 채웠다.

"오옷! 역시 루시엘이 있으니 편하군. 그 능력만으로도 보물 같은 존재야."

그루가 씨가 코마개를 빼면서 말했다.

"뭣하면 그루가 씨도 배워보시죠?"

"난 수인이라서 마법에 별로 적합하지 않다는 잘 알 텐데?"

"뭐, 성속성 마법 스킬을 Ⅵ까지 올리지 않으면 발동할 수가 없으니 현실미가 좀 떨어지네요."

"그래. 가능했다면 마법을 구사해보고 싶었지."

수인이라도 마법을 발동할 줄 아는 자가 의외로 많다.

다만 수인족은 마력량이 적은 경향이 있어서 어렸을 적부터 훈련으로 마력을 늘리지 않으면 레벨이 오르더라도 성장률이 저조하다. 그래서 마법 직업으로는 대성하기가 어려울 듯하다.

"마법을 만능으로 부리는 수인족이 있다면 굉장할 것 같군요."

"이에니스 학교에서는 마법을 가르치나?"

"아, 글쎄요. 학교 커리큘럼은 교장이 된 나리아한테 떠넘겼거든요. 하지만 재능이 있을 것 같은 아이도 있었으니 아마 가르칠걸요?"

"잘 가르쳐줘."

"예, 그럴 생각입니다."

이따가 라이오넬 일행에게 물어보면 학교 사정도 알 수 있을지도 모르겠다.

여러 중요한 내용을 물어보지 않은 걸 어이없어하면서 오랜만에 수첩을 꺼내서 해야 할 일을 목록으로 작성하기로 했다.

그루가 씨는 내 모습을 보고서 키득키득 웃으며 자리에 앉으라고 권했다.

"좋아, 그럼 우선 아침밥부터. 일단 앉아라."

"아, 예. 그러고 보니 스승님은 먼저 계단을 올라가셨는데 아직안 온 모양이군요?"

"그 녀석은 루시엘이랑 싸워서 만족했으니, 아마 자기 방에서눈을 붙이고 있을 거다."

그루가 씨가 쓴웃음을 지으면서 그렇게 알려줬다.

역시 스승님은 밤을 새운 모양이다.

스트레스를 발산하면 졸음이 몰려오다니. 스승님의 삶의 방식에는 완급이 있구나.

스승님에게도 인생의 어려움이 있겠지만, 그걸 전혀 내색하지않으니 정말로 존경스럽다.

내가 바로 맞은편 카운터석에 앉자 그루가 씨가 요리들을 잇달아 내왔다. 상당한 양을 먹었다.

"모험가로서든 현자로서든 어차피 오늘은 대련을 잔뜩 하게 될 테니 든든히 먹어둬."

"그러고 보니 모험가들에게 대련을 부탁받았었죠……."

대인전은 별로 하고 싶지 않지만, 해야 한다면 지고 싶진 않다. 그러나 싸우고 싶지 않은 게 솔직한 속내다.

"루시엘이 상대라면 이길 수 있다고 생각하는 바보 녀석들이 많아. 특히 신인이나 중급 모험가들이 널 얕보고 있다."

"스승님과의 대련은 피하면서 제게는 대련을 신청했던 게 얕잡아봤기 때문이었군요. 만약에 무참하게 패배한다면 스승님한테 무슨 말을 들을지 모르겠네요. 든든히 먹어둘게요."

"좋아, 그럼 추가."

샐러드와 고기 요리를 음미하고 있으니 그루가 씨가 물체X를 쓴 요리를 내놨다.

"……설마 이걸 만들려고 코마개를 했던 겁니까?"

"맞아. 지저분한 사내들의 냄새에는 익숙하지만, 역시 물체X는 익숙해지질 않더라."

"그루가 씨도 확고하네요."

"좋아하는 일을 하고 있을 뿐이야."

나와 그루가 씨가 소리를 내어 웃었다.

그루가 씨나 스승님은 한정된 시간 속에서 의외로 하고 싶은 일들을 하고 있구나.

이 세계에 온 뒤로 취미라 부를 만한 것이 없었다. 그게 부럽기도 하다.

"저도 스승님이나 그루가 씨처럼 나름의 스트레스 발산법을 찾고 싶어요."

"저마다 적성이 있겠지만, 역시 자기가 좋아하는 걸 하는 게 최고야. 종전대로 마법을 구사하거나, 훈련을 해도 괜찮을 것 같다만."

그루가 씨가 그렇게 말하고서 주방으로 사라졌다.

"그건 취미가 아니라 생존하기 위한 기술을 필사적으로 익혔던 것뿐이에요⋯⋯."

사람들이 내가 훈련을 좋아하는 줄 아는 것 같다. 점점 의욕이 떨어진다.

그 뒤에는 아무도 없는 식당에서 그루가 씨의 음식을 맛있게 먹은 뒤 기합을 넣고서 물체X가 섞인 지독한 신작 요리를 해치웠다.

때마침 라이오넬 및 수행원들이 모두 인사를 하러 와줬다.

"루시엘 님, 좋은 아침입니다."

"아아, 다들 좋은 아침. 그리고 어젠 정말로 미안했어."

나는 고개를 숙이고서 사과했다.

"루시엘 님, 어서 고개를 드십시오."

"라이오넬, 모두가 이리로 달려와 준 건 진심으로 고마워. 그래서 원래는 성도에서 헤어진 뒤 어떻게 보냈는지, 그리고 모두의 상황이나 예정을 확인하려고 했는데, 그 얘길 듣고서 머릿속이 가득 차버렸어. 스승님도 그걸 알아서 회의를 해산한 거겠지. 원래는 해산한 뒤에 이리로 불러낸 사람으로서 내가 먼저 모두와 대화를 나눴어야 했는데 그러질 못했어. 사람으로서 의리 없는 짓을 해버렸으니 사과하고 싶어."

"루시엘 님, 저희도 어제 얘길 듣고서 생각할 거리가 많았으니 괘념치 마시지요."

라이오넬의 말을 듣고서 다들 고개를 끄덕였다. 더 거론해봤자 어색해질 뿐이다. 일단 한담부터 시작했다.

"다들 식사는?"

"숙소에서 이미 먹었습니다."

"그래? 그 뒤로 여러 일이 있긴 했지만, 나 혼자서는 결정할 수 없는 사안들이 많은지라 모두의 의견도 들어보고 싶은데, 도와줄 수 있겠어?"

"의견 말입니까?"

라이오넬이 고개를 갸웃거리며 물었다. 그러나 저마다 어제 이야기를 듣고서 생각한 바가 있었을 것이다.

그래서 다양한 생각을 들어보고 싶다는 뜻을 솔직히 전하기로 했다.

"향후 방침을 정하기 위해서 여러 의견을 들어보고 싶어. 이제 다들 노예가 아니니 자신이 느낀 것이나 생각을 솔직히 말해준다면 좋겠어. 응? 폴라, 왜 그래? 의견이 있어?"

도중에 폴라가 다가와 내 눈앞에서 손을 들었다.

"루시엘, 어제 멜라토니에 도착하면 마석을 주겠다고 했어."

표정에 거의 변화가 없지만, 자세히 보니 폴라가 허리춤에 손을 대고서 미묘하게 도끼눈으로 째려보고 있었다. 그 모습을 보니 왠지 마음이 굉장히 흐뭇했다.

멜라토니에서 마석을 주기로 했던 약속을 어겨서 화가 났나 보다.

"아, 미안. 어제 바쁘게 움직이다 보니 까맣게 잊었어. 지금 마법 가방 갖고 있어?"

"그럼 어쩔 수 없지."

폴라가 내 사과를 받아주긴 했는데 느닷없이 끌어안았다.

"폴라?"

"기운이 없어 보여서……. 마석 늘 고마워."

아마 폴라도 걱정해준 모양이다. 나는 폴라의 머리를 부드럽게 쓰다듬었다.

"나야말로, 고마워."

"응…… 마법 가방은 라이오넬의 마법 주머니 안에 들어 있어."

"그래? 라이오넬, 먼저 폴라한테 마석을 넘겨주고 싶으니 마법 가방을 꺼내줄 수 없을까?"

"예. 폴라와 리시안뿐만 아니라 드란 공도 마석이 필요하겠지요."

"그렇겠군."

라이오넬이 마법 주머니 안에 담긴 마법 가방을 여럿 꺼내서 근처 탁자 위에 올려놓았다.

리시안도 폴라 옆으로 다가와 마석을 받을 준비를 시작했다.

"그럼 꺼낼 테니까 잘 챙겨."

나는 마법 주머니에서 마석을 꺼내 빈 탁자 위에 올려놓았다.

드란이 왜 대화에 끼지 않는지 의아해서 시선을 돌려보니 창백한 얼굴로 탁자 구석에 앉아 있는 모습이 눈에 들어왔다.

어차피 숙취 때문이었겠지. 나는 퓨리피케이션과 리커버를 발동했다.

"크으~ 살았다. 머리가 깨질 듯이 아파서 죽는 줄 알았네."

드란이 머리를 긁적이며 폴라와 리시안을 거들기 시작했다.

"예전에도 말했지만, 몸을 좀 생각하는 편이 어때?"

"드워프한테는 눈앞에 술이 있으면 마시는 게 상식이라오. 뭐, 루시엘 공이 있으면 앞으로 이 지옥 같은 고통을 맛볼 일이 없을 테니, 마음껏 마셔야겠구먼. 와핫핫."

타국에서는 지금 한창 나를 경계하고 있건만, 그루가 씨나 드란은 나를 편리한 사람으로 취급해주고 있다는 사실이 우스워서 무심코 웃고 말았다.

이런 사소한 대화조차도 즐겁게 느껴지는 것은 동료라는 증거라고 해야 할까, 인연일지도 모르겠군.

말이 나온 김에 세 사람에게도 어떻게 하고 싶은지 들어두기로 했다.

"세 사람은 앞으로 어떻게 하고 싶다든가, 희망 사항이 있나?"

"우린 기술자이지. 앞으로도 최고의 환경에서 세계 최고의 기술자를 목표로 할 것이야. 그게 록포드든, 이에니스든 다른 장소이든 간에. 그러니 앞으로도 고용주를 기대하겠소."

"드란……."

드란다운 격려에 가슴이 뜨거워졌다.

"이 마석은 그란돌에서 얻었다고 들었어."

"그런데?"

"이만한 양과 질을 갖춘 마석을 안정적으로 공급받을 수 있다면 그란돌에서 생활하는 것도 나쁘지 않아."

"맞아요. 록포드에서는 마석을 지닌 마물이 거의 출현하지 않고, 출현하더라도 하늘을 나는 마물뿐이거든요. 이에니스에도 미개의 숲에서 출몰하는 오크나 오우거가 고작이니까 질이 좋은 마석을 구할 수가 없죠."

"마석을 확보하려면 루시엘과 함께 있는 게 제일 좋아."

폴라와 리시안에게는 자신들의 연구나 개발을 위한 자원을 확보하는 게 최우선이겠지. 의외로 나보다 당찬 것 같은데…….

"드란이 필요한 건?"

"무기나 갑옷을 제작하려면 양질의 광석이 필요하지만, 당분간은 비행정을 정비하느라 바쁘니 괘념치 마시오."

아, 그런가. 양질의 광석은 록포드나 드워프 왕국 주변에서 구할 수 있지만, 비행정이 있으면 지금처럼 시간은 걸리지 않으려나?

"고마워. 아, 그나저나 전에 성도 마도구점을 방문했다가 들은 얘긴데, 거기 점주는 폴라와 리시안처럼 마도구를 제작하는 기술자였어. 재미난 작품을 제작하고 있어서 루시엘 상회에 오라고 권유할지 망설이고 있는데 어떨까?"

전생자이긴 하지만 위험한 인물은 아닌 것 같고, 두 사람에게도 지구의 발상이 도움이 될 것 같았다.

"천재는 이 세상에 그리 많지 않아."

"그래요. 저도 폴라와 만나기 전까지 저만한 기술을 지닌 자는 없다고 생각했는걸요. 뭐, 록포드 기술자들한테는 늘 놀라고 있지만……."

이건 거부한다는 뜻인가?

"그녀가 재밌을 것 같은 물건들을 팔고 있길래 같이 개발을 하면 여러모로 새로운 발견을 할 수 있지 않을까 싶었는데."

내가 말하자 이내 폴라가 이해됐다는 듯 고개를 끄덕였다.

"확실히 발상력은 있긴 했어."

"맞아요. 디자인 센스도 있었어요."

리시안과 폴라도 리나를 인정하고 있는 듯하다.

""조수라면 좋아(좋아요).""

마도구 장인으로서는 아직 멀었다는 판단이겠지. 다만 그녀는 가게를 운영하고 있기에 마도구 장인일 뿐만 아니라 경영자다.

그래서 개발하는 데 시간을 들일 수가 없고, 질이 떨어지는 마석으로 마도구를 제작하고 있을 가능성이 크다. 반대로 말하면 마석 질이 좋다면 굉장한 마도구를 제작할 수 있을지도 모른다.

그래서 나는 그녀가 두 사람의 라이벌이 될 것 같았다.

"그럼 권유해볼게."

내가 말하자 폴라와 리시안이 고개를 끄덕였다. 마석들을 모두 챙긴 뒤에 라이오넬 일행 뒤로 물러났다.

변함없이 저 두 사람에게는 정말로 마도구 개발이 최우선이다.

"루시엘 공, 우린 비행정에 장착할 마도포 준비도 해야 하니 이번에는 따라가도록 함세."

"조종도 해야 하니 물론 부탁할게."

드란이 고개를 끄덕이고서 뒤로 물러나는 모습을 보면서 루시엘 상회의 기술개발부는 정말로 든든하구나 싶었다.

"그럼 나디아랑 리디아의 의견을 들어볼까."

그러자 두 사람의 입에서 예상치 못한 말이 튀어나왔다.

12 아름답게 떠나기 위해 해둘 일

나디아와 리디아가 왠지 결심을 굳힌 표정을 짓고 있는 듯 보였다.

그리고 두 사람은 서로를 보고 고개를 끄덕인 뒤 나디아가 나직이 입을 열기 시작했다.

"루시엘 님, 저희는 일단 블랑주 공국으로 돌아갈까 합니다."

"으음, 상당히 뜬금없네⋯⋯."

"죄송합니다. 하지만 루시엘 님께 민폐를 끼친 원흉이 카미야 경이라면 저희가 해결해야만 합니다."

아마도 어제 이야기를 듣고서 상당히 고민했던 모양이다.

"그래서, 만나서 대화라도 할 생각인가? 왜 날 감시하고 소문을 흘렸냐고? 아니면, 이젠 너희 찾는 걸 포기하라고 말하려고? 아, 마족화 연구를 중지하라는 말도 해야겠네?"

아마 두 사람은 아까 말한 대로 더 이상 우리에게 민폐를 끼치고 싶지 않겠지.

"모험가가 됐을 때 공국과는 더는 얽히지 않겠다고 결심하며 살아왔습니다⋯⋯. 하지만 이대로는 공국이 멸망할 거예요⋯⋯. 정말 마족화 연구를 하고 있다면 만류하고 싶습니다."

나디아 옆에서 리디아도 고개를 크게 끄덕였다.

"마음은 알겠어. 그럼 뭔가 작전이나 수단은 있어?"

귀족 신분을 버리고 모험가가 된 두 사람에게 고위 귀족을 굴복시킬 만한 작전이나 수단이 있을 것 같지 않았다.

"없습니다……. 하지만 공멸하는 한이 있어도 저지할 각오입니다."

역시 아무 대책이 없나. 나디아가 애써 강한 척하고 있음을 떨리는 목소리로 알 수 있었다.

나에게 더 의지해주면 좋을 텐데……. 나는 그렇게 말하려고 했지만, 두 사람을 설득하려면 다른 말이 필요하다는 것을 느꼈다.

"마족화 연구를 벌이고 있는 최유력 후보 국가는 블랑주 공국이야. 그렇게 위험한 곳에 가도록 내가 허락할 줄 알았어?"

"하지만 루시엘 님을 노린 것도 저희 때문입니다."

"어젯밤에 스승님과 가르바 씨가 이에니스의 일로 날 경계하는 거라고 했잖아. 조금 냉정해지도록 해. 정령이나 전생룡의 은혜를 받아 강해진 뒤에 가더라도 늦지 않으리라는 생각은 안 해봤어?"

"나디아와 리디아가 왜 그리 조바심을 내는지는 모르겠지만, 루시엘 님의 말씀이 맞다. 우선 공국에 관한 정보를 모으는 게 최선이야. 그리고 만약에 제국과 공국 중 어느 쪽이 정보를 조작하여 상대국이 마족화 연구와 관련이 있다고 속인 거라면 어쩔 거냐. 타국과의 사이에서 불필요한 균열만 발생할 뿐이야. 두 사람이 루시엘 님의 수행원이 됐다는 정보는 적대자들도 알고 있을 거다. 두 사람이라면 그저 초조해서 벌인 성급한 행동이 루시엘 님에게 어떤 영향을 끼칠지 이해할 수 있겠지?"

내 말만으로는 두 사람을 설득하는 게 어려웠을지도 모르겠다. 그러나 라이오넬이 수석 수행원으로서 설득하자 마지못해 납득하는 모양이었다.

““예…….””

이로써 두 사람이 냉정을 조금 되찾았으면 좋겠는데…….

그러나 두 사람이 그토록 초조해할 만큼 카미야 경을 두려워하고 있다는 게 마음에 걸린다.

실은 제국과 공국 중 어느 쪽을 우선할지 선뜻 결정하지 못하고 있었는데, 두 사람의 상태로 보아 공국으로 데려갈 수는 없겠다.

“일단 블랑주 공국을 계속 조사해달라고 가르바 씨한테 부탁할게. 그러니 정보가 들어올 때까지 섣불리 행동하지 말고 먼저 의논해줬으면 좋겠어.”

““감사합니다.””

두 사람이 도움을 받아서 나에게 고마워하고 있듯이 나 역시 네르달에서 두 사람의 도움을 받았다.

그러니 나를 더 의지해줬으면 좋겠지만, 자매이기에 타인과 의논하지 못하는 걸지도 모른다.

나는 마음을 다잡고서 이야기를 계속 진행했다.

“그럼 라이오넬, 케티, 케핀은 앞으로 어떻게 행동했으면 좋을지…….”

“루시엘 님, 저희는 이미 제국을 떠난 몸……. 하지만 반드시 결판을 내고 싶은 상대가 있다는 것 역시 솔직한 심정입니다.”

"그건 일마시아 제국이 아니라 현재 전귀 장군인 척 행세하고 있는 크라우드를 말하는 거야?"

"예. 전 믿었던 부하가 배신한 거라고 줄곧 생각했습니다. 또한 어렸을 적부터 충성을 맹세했던 황제가 제 말에 귀를 기울여주지 않았지요. 그래서 이 세상 모든 것들로부터 배신당한 절망을 경험했습니다. 하지만 빚을 갚아줘야 할 상대가 있음을 알았기에……."

"그렇구나. 되도록 제국 군인으로 복귀하지 않길 바라는데?"

"핫핫하. 새삼스레 제국에 돌아갈 생각은 더더욱 없습니다. 루시엘 님과 함께 있으면 비교조차 할 수 없는 귀중한 체험을 할 수 있고, 또한 이에니스에서 제 자식도 태어날 테니까요."

라이오넬은 떠나지 말라는 내 바람을 들어줬다. 그 사실에 진심으로 안도했다.

"얘기를 되돌리겠는데, 라이오넬이 착각했던 것처럼, 나 역시 제국을 착각했는지도 몰라."

"대체 무슨 말씀이신지?"

"어젯밤부터 줄곧 생각했는데, 어쩌면 제국은 내게 흥미가 없는지도 모르겠어. 가는 곳곳마다 제국의 모략과 충돌해왔지만, 정작 내게 술수를 부린 적은 한 번도 없었어."

내가 말하자 모두의 머리 위에 '?'가 떠올랐다.

"이에니스에서도, 드워프 왕국에서도 제국과 서로 다퉜다냐."

"그렇습니다. 전투를 직접 벌인 적은 없었습니다만, 루시엘 님은 분명 제국과 인연이 있었습니다."

케티와 케핀이 어이없어하며 제국의 음모와 싸웠던 적을 설명하기 시작했다. 그러나 내가 말하고 싶었던 건 다른 부분이었다.

"확실히 인연은 있어. 하지만 내가 제국의 계획을 어그러뜨렸기 때문에 시작된 거였어."

"무슨 소리다냥?"

"알기 쉽게 설명을 부탁드립니다."

케티와 케핀을 비롯하여 모두가 설명을 바라듯 일제히 나를 쳐다봤다.

"제국은 계략을 꾸미며 이에니스와 드워프 왕국의 이익을 빼앗으려고 했어. 그걸 내가 우연히 망쳐버렸지. 드워프 왕국에는 갈 예정이 없었는데도 일부러 계략을 망치러 간 것처럼 보이잖아?"

다시 말해 제국이 나에게 계략을 꾸민 게 아니라 그들의 계략에 내가 개입한 꼴이다.

"그래서 제국은 루시엘 님한테 흥미를 갖고 있지 않다?"

"그렇다고 봐. 그 증거로 제국은 한 번도 보복하지 않았으니까."

이에니스에서는 제국 사람을 노예 상인으로서 잠복시켜 호랑이 수인족 샤자로 하여금 혼란에 빠뜨리려고 했다.

드워프 왕국에서는 드워프 왕자의 욕망이 폭주하도록 유도하여 거대 개미를 키워서 드워프 왕국을 무너뜨리려고 했다.

그러나 그 계략은 내가 가기 전에 이미 실행 중이었다. 나를 노렸던 게 아니다.

"듣고 보니 확실히 그렇다냥."

"그렇군요. 여태껏 루시엘 님을 직접 노렸던 계획은 없었던 것 같군요."

내가 무슨 말을 하고 싶은지 케티와 케핀에게도 전해진 듯했다.

그러나 계획을 이토록 망쳐왔으니 원한을 샀더라도 이상하지는 않겠지만.

그러나 라이오넬만은 떨떠름한 표정이었다.

"라이오넬, 뭔가 의문이 있는 듯한 얼굴인데?"

"아, 아뇨. 한 가지 마음에 걸리는 점이 있습니다."

"마음에 걸리는 점?"

"예. 루시엘 님은 마족과 처음 싸웠던 곳을 기억합니까?"

"마족과 싸웠던 곳? 성도와 멜라토니 사이에 있는 마을인 것으로 아는데……."

"아닙니다. 드워프 왕국입니다."

"앗! 드워프 왕자 말이구나."

"예. 그자는 마석을 직접 먹어서 강대한 힘을 얻었다고 했습니다. 드워프 왕국을 드나들던 노예 상인이 일러준 게 틀림없겠지요."

마족화한 모습을 본 것은 확실히 그때가 처음이었지. 우리와 스승님이 싸웠던 마족은 갑자기 변신했기에 그쪽 인상밖에 남지 않았다.

"그 노예 상인이 제국과 연관이 있었던가?"

"그건 틀림없겠지요."

"만약에 마족이 출현한다면 현 상태로도 물리칠 수 있을 것 같아?"

"루시엘 님의 방어 마법과 회복 마법이 있으면 손쉽습니다."

라이오넬이 하얀 이를 내보이며 용맹하게 웃었다.

나는 그 이야기를 듣고서 네르달에서 만났던 위즈덤 경의 이야기를 알려줬다.

"라이오넬과 드란은 기억할지도 모르겠는데, 실은 네르달에서 이에니스의 노예 상인 밑에 있었던 루브르크 왕국의 전 귀족 청년과 만날 기회가 있었어."

"그자가 살아 있었던 겁니까?"

"그래. 제국에서 죽을 뻔했지만, 그 덕분에 노예 신분에서 해방됐대. 그보다도 그는 제국에서 인체실험을 받았고 마석을 체내에 삽입 당했어. 아마도 마족화 연구였겠지. 그리고 그걸 주도한 인물이 가짜 라이오넬인 것 같아."

"마석을 삽입하다니 그야말로 광기의 극치군요."

"맞아. 그 사람도……. 아 그 사람 이름은 맥심 폰 위즈덤. 지금은 루브르크 왕국의 남작이래. 그와는 네르달에서 재회했는데 만났을 때 몸에서 사악한 기운이 나와서 깜짝 놀랐어."

"그 상태로 살아 있다니 약간 믿기 어렵습니다만, 그 남자한테서 뭔가 물어봤습니까?"

"어. 일마시아 제국은 마족한테 대항하기 위한 수단으로서 마석에서 힘을 뽑아내는 연구를 시작했다고 해. 위즈덤 경 때는 실패한 모양이지만, 드워프 왕국에서는 성공……했다고 해도 될지 모르겠지만, 마족화에는 성공한 건가?"

"루시엘 님은 마족화를 해제할 수도 있을까요?"

라이오넬이 놀란 얼굴로 이쪽을 쳐다봤다. 그 말을 듣고서 모두의 시선이 나에게로 쏠렸다.

그런 게 가능할 리가……. 아니, 완전히 마족으로 변한 게 아니라면 가능성이 있을지도 모르겠다.

"가능성은 있을 것 같지만 마족화된 시점에서 정화로 작용할지 회복으로 작용할지는 도박이네. 마석을 삽입당한 상대라면 해제는 불가능하다고 봐."

"그럼 마족화된 자를 붙잡아서 루시엘 님이 마족으로 변한 자를 원래대로 되돌릴 수 있는지 시험해보도록 하지요."

"마족이 우리 입맛대로 눈앞에 딱 나타날 리가 없겠지만, 나타난다면 시도해볼게."

그렇다면 연구가 진행되지 않은 제국으로 가야만 하겠지. 그전에 나는 성 슈를 교회 본부에서 결판을 내야만 한다…….

"서두를 필요가 없다면 저희는 수행을 더 계속하고 싶습니다. 지키고 싶은 자들을 지킬 수 있을 만한 힘을 되찾고 싶습니다."

"찬성이다냥. 모략의 미궁을 공략한 이후로는 강한 마물과 싸워보지 못했다냥. 그 마을에서 싸웠던 수준의 마족이 또 나타난다면 고전할 가능성도 있다냥."

"확실히 그렇겠죠."

케티와 케핀이 라이오넬의 의견에 동의했다. 그러나 두 사람의 레벨은 마족과 싸웠던 그때보다 2배 이상이니 높으니 고전은 하지 않을 것 같다.

수행하려면 모략의 미궁에 들어가는 게 가장 빠르겠지.

제국과 공국에 관해 생각하려 해도 역시나 정보가 적다. 역시나 그란돌에서 다 함께 레벨을 올리는 편이 좋겠다. 현자가 됐다는 소문이 널리 퍼질 즈음에 성도로 귀환하여 집행부와 결판을 내도록 하자.

머릿속으로 그렇게 정했을 때였다. 가르바 씨가 조금 다급하게 다가왔다.

"가르바 씨, 그리 당황하다니 무슨 일이 있었습니까?"

"루시엘 군, 교회 본부에서 매우 좋지 않은 일이 일어난 것 같아."

지금껏 가르바 씨가 당황한 모습을 본 적이 없었기에 놀랐다. 큰일이라 해봐야 나를 체포하라는 명령이 내려졌다는 것 정도밖에 당장 떠오르지 않는데. 대체 무슨 일이 있었던 거지?

"무슨 일이 있었는지 설명해줄 수 있을까요?"

"그래야지. 실은 카트린느가 정기 연락을 해왔는데, 루시엘 군이 멜라토니를 방문했다면 바로 돌아오길 바란다고만 했어. 그 자체도 수상하고, 카트린느가 루시엘 군을 성도로 부르는 이유를 설명하지 않은 것도 부자연스러워. 그러니 함정일 가능성이 있어."

함정일 가능성이 있는데도 가르바 씨가 이 내용을 전해준 것은 카트린느 씨에게 위험이 닥쳤을 가능성이 커서겠지. 그리고 나에게 도움을 요청하지 않는 이유는 분명 나를 위험에 노출시키고 싶지 않아서겠지. 다만 이번 경우에는 애당초 전제가 틀렸다.

"함정이든 아니든 카트린느 씨한테는 신세를 크게 졌고, 애당초 이번 건은 제가 발단입니다. 이렇게 든든한 동료들과도 합류했으니 성도로 귀환하여 이번 사건을 매듭지을까 합니다."

"괜찮겠니? 루시엘 군이 현자가 됐다고 선언하면서 인족지상주의 사상을 가진 내통자가 폭주했거나, 혹은 집행부가 교회에서 도망친 루시엘 군을 체포하기 위해서 이런 짓을 꾸민 것 같아. 기사단과 전투가 벌어질 가능성도 있어. 루시엘 군의 처지가 나빠질지도 몰라……."

가르바도 씨도 그렇지만, 지금껏 내가 신세를 크게 졌던 사람들은 어째선지 나에게 의지하는 것을 주저하네. 애당초 내가 이 사건의 당사자이니 나에게 책임이 있건만…….

자, 이 연락이 함정이라고 가정한다면 카트린느 씨나 교황님에게 위험이 닥쳤을 가능성이 크다. 아무리 생각해도 당장 교회 본부로 가는 편이 좋겠다.

"솔직히 현자가 됐다는 사실을 널리 퍼뜨린 뒤에 교회 본부로 귀환할 생각이었습니다. 하지만 절 도와줬던 사람들한테 위험이 닥쳤을 가능성이 있는데도 두 손을 놓고 방관만 하는 박정한 인간은 되고 싶지 않습니다. 애당초 저 때문에 위험에 노출됐으니 제가 책임을 지는 게 도리겠죠."

"루시엘 군······."

"드란, 내 힘으로도 비행정을 날릴 수 있을까?"

"마석에서 마력을 추출하든가, 마력을 직접 주입하여 연료를 채우면 비행정을 날릴 수가 있게 된다네. 얼마 전에 받았던 마석이 있으니 성도야 금방이지."

폴라와 리시안이 얼마 전에 넘겼던 마석이 든 마법 가방을 소중히 끌어안고 있는 모습을 보니 불쌍해서 차마 거둬들일 수가 없다.

성도까지라면 내 마력만으로도 갈 수 있을까? 여차하면 마법 주머니에 마력 회복 포션을 쓰면 되니 성도까지 갈 수는 있겠지. 다만 나 혼자서 교회 본부로 가는 건 역시나······.

"모두, 골치 아픈 일에 끌어들여도 될까?"

라이오넬 일행은 곧바로 웃으며 고개를 끄덕여줬다. 그러자 가르바 씨가 뒤에서 나를 끌어안았다.

"오옷, 고마워. 루시엘 군."

"아, 아뇨, 근데 가르바 씨. 대련을 기대하고 있을 스승님한테 설명 좀 부탁드릴게요."

뒤에서 끌어안아서 놀라긴 했지만, 그보다도 스승님에게 설명해 두지 않으면 토라질 수도 있으니까. '재밌을 것 같은 사건이 벌어졌는데 왜 내게 말을 안 걸었나?' 하고 불평할 게 불 보듯 뻔하다.

"알고 있어. 당장 준비하고, 설득도 하고 올게."

가르바 씨가 그렇게 말하고서 식당에서 나갔다.

케티가 뒤를 돌아보면서 한 마디 중얼거렸다.

"어쩌면 저거 반했는지도 모르겠다냥."

가르바 씨가 카트린느 씨에게? 분명 그럴 수도 있겠다. 가르바 씨처럼 포용력이 있는 사람이라면 카트린느 씨도 의지할 수 있을 테니 잘 어울릴지도 모른다.

그런 생각을 막연히 하고서 모두에게 감사를 표한 뒤에 방침을 세웠다.

역시 교회 본부에 소속되어 있는 이상 신념을 확실히 관철할 필요가 있다. 물론 부조리와 맞서게 될지도 모르겠지만, 그렇게 되지는 않으리라 믿고 싶다.

그러나 인족지상주의자가 교회 본부의 몰락을 정말로 꾀하고 있다면 집행부 내부에도 마족화한 자가 있더라도 이상하지는 않겠지.

레인스타 경이 펼쳤다고 전해지는, 교회 본부를 뒤덮고 있는 결계는 이미 기능하고 있지 않으니까…….

"이제부터 교회 본부로 가서 이번 소문 사건을 매듭지을 거야. 그리고 아까 대화를 나누면서 생각했는데, 별일 없다면 모략의 미궁에서 레벨을 올리려고 해."

"저희는 루시엘 님의 수행원이니 명령을 내려주시면 됩니다."

라이오넬이 그렇게 말하자 모두 동의하듯 고개를 끄덕였다.

"고마워. 하지만 명령이 아니라 부탁하고 싶어."

든든한 동료가 있다는 것은 정말이지 굉장하다. 모두에게 감사를 표했다.

 그나저나 교회 본부에서 무슨 일이 벌어지고 있는지 모르겠다. 교황님과 지인들이 무사하길 바랐다.

13 비행, 그리고 하늘 여행

멜라토니 모험가 길드에서 출발한 우리는 그대로 멜라토니의 문을 빠져나갔다. 가도를 300m쯤 걸었을 즈음에 가도에서 벗어나 초원으로 발을 내디뎠다.

라이오넬이 마법 주머니에서 비행정을 꺼냈다. 보는 입장에서는 마치 비행정이 튀어나온 것처럼 느껴졌다.

이렇게 큰 물체가 용케도 들어가는구나.

나는 마법 주머니의 놀라움에 새삼 감동했다. 그러나 떠들썩거리는 목소리에 그 감동이 지워졌다.

"오옷! 이거 굉장하군. 정말로 하늘을 나는 건가? 드란 공은 천재구만."

"흠. 재료를 마련해준 사람은 루시엘 공이네. 그를 키워낸 블로드 공한테도 공훈이 있는 셈 아닌가?"

스승님이 신바람을 내면서 드란에게 찬사를 보냈다. 드란도 멋쩍어하면서 나를 키워낸 스승님을 칭찬했다. 두 사람이 제대로 의기투합했다.

그나저나⋯⋯.

"스승님, 정말로 따라올 겁니까?"

스승님은 서류 작업으로 밤을 새웠다. 그리고 나와 아침 훈련을 하고서 눈을 조금 붙이다가 가르바 씨의 보고를 받고서 눈을 떴다.

그리고 내가 성도로 돌아간다는 말을 듣고 꽤 마뜩잖아했지만, 말이 아니라 비행정을 타고 돌아간다는 사실을 알자마자 '나도 무조건 간다' 하고 강권을 발동했다.

그런데 어젯밤에 가르바 씨와 그루가 씨가 지겹도록 들볶았을 텐데도 스승님은 질리지도 않나 보네.

차라리 그루가 씨가 멜라토니 모험가 길드장이 되면 좋을 텐데…… 그렇게 생각하는 사람은 나 혼자만이 아니겠지.

"오우. 그루가한테 확실히 전해뒀으니 괜찮다."

"정말로 승낙했습니까?"

"전하고 왔으니 괜찮아. 게다가 가르바가 당황하는 모습은 자주 볼 수 없는 진귀한 장면이니 따라갈 이유로 충분하지."

스승님이 빙긋 웃자 뒤에서 싸늘하게 웃는 실루엣이 출현했다.

"악취미로군, 블로드. 그렇게 한가하다면 이제 수행하러 떠나면서 서류 작업을 이쪽으로 떠밀어도 도와주지 않을 거야."

그래, 가르바 씨다.

아침 해가 떠 있어서 이토록 환한데도 대화를 나누던 도중까지 가르바 씨의 모습을 눈치채지 못했다.

"……언제 내 뒤를 잡은 거냐?"

"네가 신나게 까불고 있을 때지, 블로드. 이번에 그루가한테 미안한 짓을 저질렀네."

"성도에서 선물이라도 사가면 되겠지."

스승님이 아무렇지도 않게 가르바 씨에게 말했다.

가르바 씨도 스승님의 그 명쾌한 사고방식에 웃을 수밖에 없었다.

저 두 사람에게 말을 걸었다가는 긁어 부스럼을 만들 것 같아서 나는 드란에게 비행정에 관한 궁금증을 물어보기로 했다.

"어제 하늘을 나는 모습을 봤을 때는 제어도 확실히 되는 것 같던데, 비행 중에 흔들림은 느껴지지 않나?"

"이 비행정에는 바람의 장벽이 전개되어 있네. 그러니 흔들림을 거의 느낄 수 없지. 하나 비행하는 마물한테는 무방비일세. 여차하면 비행정을 그 자리에 세우고서 쓰러뜨리러 나갈 수밖에 없다는 게 문제야."

드란의 입에서 꽤 중대한 문제점이 나왔다. 그 말인즉슨 유일하게 하늘을 날 수 있는 내가 적임자라는 뜻? 나는 굳이 언급하지 않고 생각에 잠겼다.

스승님과 라이오넬의 레벨이 떨어지지 않았다면 참격을 날려서 어떻게든 처리할 테지만, 지금은 설령 떨어지더라도 죽지 않는 나 말고는 달리 선택지가 없겠지……. 아니, 발상을 전환해보자.

"이 비행정 자체에 방어 마법을 걸어두면 도망칠 수 있지 않을까?"

"으음. 평범한 마물이라면 가능할지도 모르겠네만, 비룡(와이번)이 출현한다면 어떻게 될지 장담을 못하겠구면."

"비룡이라면 내가 갈 테지만, 나머지 마물들은 부탁할게."

용(龍)이 아니라 용종(竜種) 마물이라면 딱히 문제없다.

내 머릿속에 그런 확신이 들었다.

다만 되도록 싸우고 싶지 않다는 게 속내다.

편법으로 물체X를 살포하여 뚫고 지나가는 수도 있지만, 그건 인간으로서 해서는 안 될 것 같다.

자칫 비행정 주변을 지나가던 사람들의 코나 눈을 무차별적으로 파괴해버릴 가능성도 있고, 이상한 식물이 자라날 위험성도 고려해야 한다.

역시 물체X를 살포하는 방법은 내 마음속에 담아두기로 했다.

비행정이 쓰러지지 않을지 라이오넬 및 수행원들이 안전을 확인한 뒤 드란에게 신호를 보냈다.

"그럼 바로 안으로 안내함세."

드란을 선두로 우리는 비행정으로 다가갔다. 그러자 인체 감지 센서라도 달려 있는지 원형 리프트가 내려왔다.

"이거 마도 엘리베이터의 원리를 적용한 거지?"

"그렇다네. 모르는 새 폴라와 리시안이 개조를 해버려서 처음 봤을 땐 놀랐다네."

꽤 고성능이지만 있으면 분명 편리한 기능이다. 화를 내려야 낼 수가 없었겠지.

한 번에 대여섯 명을 여유롭게 올리고 내릴 수 있는 것 같다. 이번에는 먼저 올라가기로 했다.

리프트를 타고 올라간 뒤 나는 비행정 내부 넓이에 놀랐다.

내부가 밖에서 봤던 것 이상으로, 아니 이상하리만치 넓게 느껴졌다.

"이거 혹시."

"공간 확장!"

내 중얼거림에 대답한 사람은 젠체하는 표정을 짓고 있는 폴라였다.

그러나 그 얼굴을 흐뭇하게 바라보기 전에 나는 살짝 혼란스러워졌다.

아까 전까지만 해도 함께 있었던 스승님과 드란의 모습이 없어졌다. 그 대신에 폴라, 리시안, 나디아, 리디아가 리프트에 타고 있었다.

"어라, 스승님이랑 드란은?"

"소유주인 루시엘을 빼고는 레이디 퍼스트. 할아버지랑 아찌는 두 번째."

스승님을 아찌라고 부르다니. 폴라의 그런 면이 솔직히 굉장하다고 생각한다.

그런데 언제 바뀐 거지? 비행정에 신경을 쓰다 보니 전혀 눈치채지 못했다.

드워프는 신기한 종족이니 신경 쓰면 패배하는 것이라고 자신에게 타이르면서 내부에 관해 물어보기로 했다.

"공간 확장을 익혔다고 해도 이건 마차 수준이 아닌데? 대체 얼

217

마나 넓은 거야?"

"가로세로로 5배 확장했으니 상당히 넓어."

밖에서 봤을 때 전장은 약 10m, 폭은 7m쯤 되리라 여겼는데, 이 공간은 대략 1,750㎡쯤 된다.

이건 모험가 길드 훈련장보다도 넓다.

"너무 넓어!"

겉모습은 소형 비행정인데 내부가 점보 비행기급으로 탈바꿈한 것이나 다름없다.

내가 딴죽을 걸자 폴라가 순간 놀랐지만, 젠체하는 표정은 거두지 않았다.

"미안. 조금 놀랐어. 그 밖에도 고성능 기능이나 추천할 만한 기능이 있어?"

마음을 다잡고서 물어보니 폴라와 리시안이 경쟁하듯 내부를 안내해줬다.

우선 개인실마다 더블베드와 화장대는 물론이고, 놀랍게도 유닛 배스도 완비되어 있었다.

그런 개인실이 열 개나 있다. 식당, 창고, 어째선지 해체 공간과 그리고 폴라와 리시안의 마도구 공방도 설치되어 있었다.

"……이게 필요한가?"

"당연."

"앞으로 마도포도 여기서 설계를 할 거고요. 우선 간이 마도포부터 개발할 예정이에요."

"그렇구나……."

더는 말할 기분이 들지 않았다.

한바탕 안내를 받은 뒤 드디어 조종실로 이동하기로 했다.

조종실 입구는 자동문이었다. 여기에도 쓸데없이 고성능 기술이 적용되어 있다. 그러나 이미 놀랄 기운이 남아 있지 않았다.

스승님과 일행들이 이미 조종실에 있었다. 각자 자유롭게 자리에 앉아 있었다.

"늦었다, 루시엘."

"루시엘 군, 되도록 서둘러주면 좋겠어."

스승님은 비행을 고대하고 있는 것 같고, 가르바 씨는 한시라도 빨리 성도로 가고 싶겠지.

"죄송합니다. 그럼 성도로 가볼까. 드란, 부탁해."

"루시엘 공, 그전에 이쪽으로 와주게나. 조종하기 전에 개인 인증을 설정해두겠네."

"어……. 응? 내가 조종해도 돼?"

"이 비행정은 루시엘 공의 소유물이니 개인 인증을 해두는 거네. 조종법도 어렵지 않으니 조종하고 싶다면 내 알려줌세."

드란이 별일 아니라는 듯 말했다. 그러나 추락이라도 했다가는 모두 목숨을 잃고 만다.

그렇게 생각하니 불안해서 배길 수가 없었다.

"이번에는 개인 인증만."

"알겠네. 개인 인증 설정을 하겠네. 이 수정에 마력을 흘려주게."

드란이 시키는 대로 원기둥 위에 박혀 있는 반구형 수정에 손을 올려두고서 마력을 흘렸다.

그러자 수정이 발광했다가 이내 빛이 사라졌다.

"실패?"

"아니, 그걸로 끝이야. 마력을 다시 한번 불어넣을게나."

시키는 대로 마력을 불어넣으니 비행정이 기동했다. 그와 동시에 여태껏 본 적이 없었던 풍경이 시야에 확 들어왔다.

방금까지 벽이었던 부분이 어느새 강화 유리로 바뀌었다. 전방 80도 정도를 한눈에 둘러볼 수 있게 됐다.

대단히 파격적인 기술력에 감탄하고 있으니 드란이 나를 보고 으스대며 설명을 시작했다.

"수정에 손을 대면 저장된 마력양이 나오네. 그 수정을 통해서도 마력을 보충할 수 있고, 핵이 있는 기술고에서도 가능한 구조를 채용했지."

"이건 드란의 힘뿐만 아니라 록포드 기술자들의 힘도 담겨 있는 건가?"

"물론일세. 루시엘 공 덕분에 록포드가 개미한테 먹히지 않았으니까. 다들 최선을 다해 노력해줬다네."

"록포드 기술자들은 하나같이 우수했지."

레인스타 경이 만든 록포드와 네르달은 분명 성과를 거두고 있다.

교회만이 그의 의도에서 벗어나고 만 것은 교황님을 보좌할 사람이 없어졌고, 교황님의 도주로를 만들어두지 않았던 게 원인일지도 모르겠다.

머릿속에 그런 막연한 생각이 떠올랐다.

"그리고 조종법이네만, 부상(浮上)과 착지 모두 조작법은 동일하네. 부상 중일 때 수정을 가볍게 누르면 착지를 하고, 반대로 착지 중일 때는 부상을 한다네. 그리고 전방으로만 이동할 수 있고 속도는 5단계로 설정되어 있네. 원하는 방향으로 손을 미끄러뜨리면 그리로 날아가고, 속도 단계를 올릴 수 있지. 반대 방향으로 미끄러뜨리면 속도가 떨어지네."

"그렇군. 확실히 간단하네."

"성 슈를 공화국에는 산이 거의 없네만, 만약에 전방에 산 같은 장애물이 나왔을 때는 왼쪽에 있는 레버를 당기면 더 높이 떠올라 산도 넘을 수 있지. 넘은 뒤에 레버를 원래대로 되돌리면 저공비행일세."

자동차 메뉴얼 조작과 동일하다. 조작은 간단하지만 익숙해지기까지 긴장할 것 같다.

"공중 정지도 가능하니 이 비행정의 마력이 다 떨어지기 전에 쓰러뜨렸으면 좋겠네."

드란이 진지한 얼굴로 힘주어 말했다.

"……드란, 마도포 개발을 기대할게."

"큭큭큭. 맡겨두게나. 그리고 시간이 날 때 이 비행정에 이름을 붙여주게."

"그래야지. 생각해둘게."

나는 모두가 있는 쪽으로 몸을 돌리고서 말했다.

"다들, 오래 기다렸지. 이제부터 성도로 갈게. 첫 비행이니 흔들릴지도 모르겠지만, 잘 부탁해."

심호흡을 한 번 하고서 나는 수정을 눌렀다.

바깥 풍경이 서서히 올라가기 시작했다. 기체가 붕 떠오르는 게 느껴졌다.

놀라울 정도로 소리와 진동이 없었다.

그리고 일정 고도에서 멈췄다.

두근거리는 심장 소리를 들으면서 수정에 올려둔 손을 앞쪽으로 옮겼다.

"비행정, 성도를 향해 발진!"

그런 말이 무심코 나와버렸다. 그러나 비행정은 괘념치 않고 그 이름에 부끄럽지 않은 비행을 시작했다.

비행정은 눈대중으로 헤아려봤을 때 고도 백 미터를 유지하며 성도를 향해 비행하고 있었다.

더욱이 속도는 5단계 중 최고. 그렇다, MAX 스피드다.

왜 이렇게 됐는지 설명하려면 이야기를 두 시간 전으로 되돌려야 한다.

비행을 개시했을 때는 아주 매끄럽게 발진해서 놀랐다. 하늘을 나는 이 탈것에 감동했다.

"굉장해, 드란."

"큭큭큭. 익숙해지거든 속도를 올려도 되네."

드란이 그렇게 말하고서 빈자리로 이동했다.

눈높이가 바뀌자 숲이나 산도 다르게 보였다. 모든 게 신선하게 보이는 것 같은 기분이었다.

비행정은 1단계 모드를 유지한 채 비행했다. 말을 타고 가볍게 달리는 속도와 비슷한 듯했다.

시속 30km 정도? 역시나 느린 것 같아서 가도에 사람이나 마차가 없는지 확인한 뒤에 수정에 올린 손을 앞쪽으로 미끄러뜨렸다.

그러자 포레 누와르가 마차를 끌고 달리는 때와 필적하는 속도로 단숨에 가속했다.

아마 한 단계씩 올릴 때마다 30km씩 가속하는 것 같다.

바람을 가르지 않으니 그 속도가 잘 실감 나지 않았다. 오토바이를 타다가 자동차를 탄 느낌 같네.

그런 생각을 하다가 아직도 무심코 전생과 비교하는 스스로가 우스웠다. 긴장감이 서서히 풀려갔다.

"드란 일행이 이에니스를 출발했을 때는 몇 단…… 몇 속이었지?"

몇 단이라고 물어보려니 왠지 발음하기가 어려워서 몇 속으로 고쳐서 말해봤다.

"그땐 3속이었네."

드란이 거리낌 없이 3속이라고 대답해줬다.

포레 누와르가 나를 태우고서 전속력으로 달렸을 때와 비슷하거나 그 이상의 속도겠지.

나는 조금 두근거리며 3속으로 올리기로 했다.

"알겠어. 그럼 3속으로 올릴게."

그렇게 나는 3속으로 올렸다. 지금까지는 순조롭게 조종법을 익혀나갔다. 그런데 이다음부터는 속도를 올려야 할 필요성이 떠올랐다.

우선은 익숙해졌다.

멜라토니에서 성도로 가는 길에는 100m가 넘는 장애물이 없다. 또한 속도를 내더라도, 옆바람을 맞더라도 비행정은 흔들림 없이 비행했다.

마치 막 포장된 고속도로를 일직선으로 쭉 주행하고 있는 것 같은 감각이었다. 비행하고 있으니 졸음운전을 걱정할 필요도 없다.

드란의 이야기에 따르면 제트 엔진처럼 공기를 연소하여 분출하는 구조가 아니기에 버드 스트라이크도 걱정할 필요가 없단다.

그러니 비행 중에 조심해야 할 것은 마물밖에 없어서 나도 여유가 생겼다.

다음은 시간이다.

가르바 씨의 예측에 따르면 집행부에서 나름의 함정을 설치할 경우는 상응하는 시간이 걸린다고 한다. 내가 네르달에서 귀환했을 때 당시 상황을 설명해줬더니 집행부의 뜻이 휘하에 있는 기사들에게 제대로 전달되지 않을뿐더러 통제도 잘되지 않는 상태라고 판단했다. 길을 서두르면 선수를 잡아서 상대의 계책을 무력화할 가능성도 커진단다.

그리고 마지막으로…… 스승님이다.

평소였다면 보기 드물게 다급해하는 가르바 씨를 달래거나 놀렸어야 했을 스승님이 묘하게 얌전했다.

방금까지만 해도 그토록 신바람을 냈는데 마치 남의 집에 온 고양이처럼…….

아마 수면 부족 때문이거나, 빠르게 흘러가는 바깥 풍경을 보다가 멀미가 난 모양이다. 더욱이 회복 마법을 걸어줘도 금세 속이 거북해지고 만다. 결국 스승님은 '되도록 빨리 성도로……. 우읍' 하고 말하고서 객실로 사라지고 말았다. 그리하여 성도로 가는 길을 최대한 서두르게 됐다.

참고로 스승님이 객실로 들어간 것으로 시작으로 폴라와 리시안이 마도구를 제작하겠다며 나갔다. 그리고 라이오넬 및 수행원들은 요 3개월 동안 있었던 일과 블랑주 공국의 정보를 듣기 위해서 나디아와 리디아를 데리고서 식당으로 가버렸다.

그래서 현재 조종실에는 나와, 만약을 위해 남아준 드란, 가르바 씨만이 있었다.

비행에 익숙해지고 서둘러야 할 이유가 겹치면서 속도를 단계대로 올리지 않고 단숨에 최대치까지 올렸다.

처음에는 그 속도가 빠르게 느껴졌지만, 서서히 익숙해지기 시작했다. 그즈음에 어제 새벽에 들렀던 마을을 어느새 지나쳐버렸다.

속도로 보아 몇 시간 뒤에는 성도에 도착하겠지.

역시나 진행 방향에서 눈을 뗄 수는 없지만, 여유가 생기면서 아까 전부터 뒤에서 뭔가 하는 드란에게 말을 걸어보기로 했다.

"드란, 아까부터 뭘 하는 거야?"

"옛날에 루시엘 공이 언급했던 마력을 탐지하는 마도구를 시험하고 있네."

그거 드워프 왕국으로 가면서 말했던 그거지?

"그게 리시안이 말했던 마도구인가?"

"아니, 이건 그저 시작품일세. 정밀도도 낮아서 거의 써먹을 수가 없는 물건이지."

"시작품……. 아아, 설치하려고 해도 크기를 조정할 필요가 있을 것 같네. 그나저나 이 비행정 내부를 공간 확장한 폴라도 그렇고, 그 두 사람은 굉장히 열심히 하네."

"그렇지. 친구이자 라이벌이자 협력자이기도 하지. 루시엘 공한테는 정말로 감사하고 있네."

"나 역시 드란과 모두한테 감사하고 있어."

"그런가."

그렇게 중얼거린 드란의 목소리에 웃음이 배어있는 듯 느껴졌다.

나와 드란의 대화에 영향을 받는지 가르바 씨에게 걸려 있는 중얼거리는 저주가 가벼워진 듯 느껴졌다.

그 뒤로 두 시간쯤 조종을 계속하니 드디어 성도가 보이기 시작했다. 그리고 드란에게 배웠던 대로 거리에 맞춰 서서히 속도를 줄여나갔다.

"가르바 씨, 스승님을 깨워주겠습니까?"

"알겠어."

가르바 씨가 그렇게 말하고서 잰걸음으로 조종실을 나갔다.

"후우. 이렇게나 가까우니 모험가들한테 발견될 가능성이 있고, 자칫 잘못하면 교회 본부를 습격하러 온 줄 오해할 것 같은데……."

내가 한숨을 내쉬고서 비행정을 어디에 착륙시킬지 고민했다.

"뭘 고민하나. 이대로 교회 본부까지 가면 되지."

"아니, 그랬다가는 습격하러 왔다고 오해하고서 공격을 할 것 같아서."

"광석을 벨 수 있는 자들이 없다면야 공격을 받아봤자 아무렇지도 않다네."

어라? 드란이 어째선지 호전적으로 느껴지는데 기분 탓일까?

"지금은 비행정에 마력이 충분하지만, 비상시 탈출도 상정해야 하니 성도 밖에 착륙할까 했는데……."

"루시엘. 교회에서 내려."

드란에게 내 생각을 말하려고 했을 때, 뒤에서 목소리가 들려왔다.

"……스승님, 이제 괜찮습니까?"

뒤에 스승님을 비롯한 모두가 다 모여 있었다.

"오. 오랜만에 날뛸 생각을 했더니 바로 나아버렸다."

스승님은 원래대로 회복한 모양이다. 이대로 교회 본부에 착륙하려면 적어도 교황님께 연락을 해둬야만 할 것 같은 느낌이 자꾸 든다.

"스승님, 대훈련장이라면 비행정을 착륙시킬 수 있을 테지만, 자칫 기사단한테 포위될 가능성도 있습니다."

"딱히 나쁜 짓을 하러 온 것도 아니잖나? 그럼 당당하게 들어가면 되지. 그때 교회 놈들이 공격해온다면 일단 모두를 제압한 뒤에 명령을 내린 놈까지 사로잡으면 되잖나?"

"소수 인원을 공격했다가 되레 반격당한다면 너무 창피해서 외부에 말조차 꺼내지 못할 테니 괜찮지 않을는지요?"

성 슈를 교회는 내부의 치부를 내보이지 않을 테니 라이오넬의 생각이 이치에 맞긴 하지. 그나저나 머릿속이 근육으로 가득 찬 것 같은 엄청 황당한 생각인데, 어째서 틀렸다고 느껴지질 않는지 참 신기하다.

"뭐, 명령을 내린 녀석은 내게 맡겨줘."

웃고 있는 가르바 씨의 눈에서 살기가 느껴졌다.

"죽이면 안 돼요. 교황님께 처분을 맡겨야 하니까."

"괜찮아. 살아 있는 게 얼마나 괴로운지 깨닫게 해줄 뿐이니까.

후훗."

가르바 씨가 몹시 사악하게 웃었다. 시선을 돌려 비행정에서 내린 뒤에 어떻게 행동할지 생각했다.

"……가령 교회 본부 대훈련장에 착륙한다고 친다면 곧바로 마법 주머니에 집어넣어야 할 겁니다. 그때 드란이나 폴라, 리시안이 기사단과 싸울 수 있을까요?"

"좀 어렵지. 마물이라면 전력으로 싸우겠지만, 죽여서는 안 된다면 전력을 다할 수 없으니 방어밖에 못 하겠지."

세 사람은 모략의 미궁에 동행하지 않았으니 레벨이 여전히 낮겠지.

"나디아랑 리디아는 드란을 비롯해 세 사람을 지켜줄 수 있겠어?"

"기사단이 얼마나 강할지 모르니 장담할 수는 없습니다만, 전생용님의 힘을 빌린다면 문제가 없지 않을까……."

"저도 정령님의 힘을 빌려서 최선을 다하겠습니다."

그러고 보니 두 사람은 기사단과 싸워본 적이 없었구나.

"정말로 전투가 벌어진다면 우선은 에어리어 배리어를 펼치고, 다쳤을 때는 회복 마법으로 지원하겠습니다. 전투는 되도록 하고 싶지 않습니다. 게다가 이번에 꼭 확인해야 할 것도 있으니 그때까지는 결코 먼저 공격하지 않기로 약속해주세요."

"뭔가 있구나?"

"예. 어쩌면 기사단이 아닌 존재와 전투를 벌일 가능성이 있습니다. 그땐 스승님과 모두한테 의지하도록 하겠습니다. 아, 가르바 씨는 카트린느 씨를 찾으러 가도 상관없습니다."

"고마워."

"아뇨, 이번 사건은 저에 관한 소문에서 비롯된 것이니……."

내가 웃으며 그렇게 말하자 때마침 비행정이 성도 상공에 이르렀다.

비행정에서 아래를 들여다보니 주민들이 놀란 듯 보……이지만, 어떨지 잘 모르겠다. 어쨌든 가만히 서서 이쪽을 올려다보고 있다. 곧 소란이 벌어질 것 같다.

그대로 비행정을 교회 본부 뒤에 있는 대훈련장으로 이동시킨 뒤에 호버링 상태로 전환했다. 기사들이 대훈련장으로 모여들고 있음을 확인했다.

"역시나 포위되고 말았지만, 이대로 착륙할게요."

그러나 내 말에 응해준 사람은 없었다.

내가 의아해하며 뒤를 돌아보니 방금까지 있었던 스승님과 일행의 모습이 어디에도 없었다.

"엇, 다들 전투할 생각으로 가득한가?"

조금 적적하긴 했지만, 첫 착륙이므로 신중하고도 안전하게 조종했다. 그리하여 아무도 깔리지 않도록 무사히 착륙하는 데 성공했다.

"하아~ 쉴 틈이 없네. 근데 이거 어떻게 정지시키지?"

수정에서 손을 뗐는데도 좀처럼 정지하질 않아서 조마조마하고 있으니 약 10초에 걸쳐 기능이 서서히 꺼져갔다.

"자동으로 정지하나? 다행이네. 자, 가볼까."

교회 본부에서 이번 사건을 매듭짓기 위해서 나는 조종실을 뒤로했다.

14 선긋기

앞서 나간 모두를 쫓아 리프트까지 왔더니 마침 드란 일행이 내려가려던 참이었다.

"잠깐. 나도 같이 가자."

"오! 루시엘 공을 깜빡했군."

"루시엘, 늦어."

"루시엘 씨, 서둘러요."

드란, 폴라, 리시안이 각자 말을 걸어줬다. 그러나 세 사람 모두 미묘하게 잔인하다. 나는 그렇게 생각하면서 바로 리프트에 올라탔다.

리프트가 내려가니 기사들이 모여 있었다. 그런데 왠지 상태가 조금 이상하다.

모두 비행정을 보고 당황한 것이야 평범하다고 할 수 있겠지.

다만 스승님이나 라이오넬을 아는 기사들은 당혹스러워하며 검을 내렸고, 모르는 기사들은 이미 검을 뽑고서 전투태세를 취하고 있었다.

내 모습을 보고서 전투태세를 푸는 자가 있을 줄 알았는데, 대치한 채로 아무도 풀질 않아서 위화감이 들었다.

"스승님, 라이오넬, 먼저 공격하면 안 돼요? 어라, 가르바 씨는?"

그렇게 물으면서 주변을 둘러보다가 기사들 안에서 가르바 씨와 바로 그 옆에 있는 카트린느 씨를 발견했다.

다만 카트린느 씨는 기사들을 이끌고서 발키리 성기사대와 대치하고 있는 듯 보였다. 대체 무슨 상황이야?

"아마 기사단장이 궁지에 몰린 것 같아 도와주러 가봤더니 그 본인이 기사단을 이끄는 상황인 것 같다."

"그럼 저들이 노리는 게 발키리 성기사대란 말입니까?"

하지만 카트린느 씨가 발키리 성기사대와 대치하다니 믿기가 어렵다. 무슨 사정이라도 있나?

"그런 것 같습니다. 어쩌면 루시엘 님을 통제할 인질로 삼고자 체포 명령이 떨어졌는지도 모르겠군요."

"그렇구나……. 그거 유효한 수단이네. 물론 저들을 이미 사로잡았다면 가능한 얘기이지만. 라이오넬, 비행정을 마법 주머니에 수납해주겠어?"

"예."

라이오넬이 곧바로 비행정을 마법 주머니에 넣은 뒤 화염 대검과 대형 방패를 꺼냈다.

그 모습을 보고서 카트린느 씨와 발키리 성기사대를 향해 걸어갔다.

뭐, 나 혼자였다면 멈춰 세우거나 덤벼들었을지도 모르겠지만, 훈련 때 호되게 혼쭐을 냈던 라이오넬과 케티, 케핀의 모습을 봤으니 전의를 상실할 만도 한가.

나는 기사단을 이끄는 카트린느 씨에게 말을 걸었다.

"카트린느 씨가 부탁한 대로 돌아왔습니다만, 이게 대체 무슨 상황인지 설명해줄 수 있을까요?"

"그래야지. 근데 참 빨리 왔구나. 그것도 잔뜩 데리고서."

"아무리 현자가 되고, 강해졌다고 해도 기본적으로 겁이 많은 성격인지라……."

"확실히 소심한 면이 있긴 하지."

살짝 웃는 카트린느 씨에게서 눈길을 돌려 주변을 확인했다. 발키리 성기사대와 기사 중에 부상자가 있었다.

나는 손가락을 튕겨서 기사들을 포함한 발키리 성기사대를 에워싸듯 여러 마법진을 출현시켜 에어리어 미들 힐을 단숨에 발동했다.

참고로 실은 주문을 읊으면서 마법진 영창을 서서히 진행하고 있었다. 손가락을 튕긴 건 그저 연출이지만, 아마도 이런 연출이 중요하겠지.

현자가 엄청난 직업임을 인식시킨다면 내 안전도 확보할 수 있겠지.

기사 중에는 마력을 감지할 수 있는 자도 있을 테지만, 스승님이나 라이오넬에게 의식이 집중돼서 아무도 눈치채지 못했을 것이다.

자, 상황을 확인했으니 누가 적대자인지 선을 긋도록 하자.

내가 느닷없이 회복 마법을 발동하여 부상을 치료해서인지 사람들이 술렁거리기 시작했다.

"그럼 카트린느 기사단장님은 어째서 루미나 씨를 비롯한 발키리 성기사대를 포위하고 있는 건가요?"

내가 입을 열자 거짓말처럼 술렁거림이 잦아들고 정적이 찾아왔다.

아무도 이 화제를 언급하고 싶지 않겠지.

"그럴만한 일이 있었어. 그래도 이만한 전력을 이끌고서 왔으면 이제 괜찮겠지. 미안하지만 서약을 해제할 수 있을까?"

카트린느 씨가 그렇게 말하고서 검을 칼집에 넣었다. 적대할 뜻이 없는 거겠지.

그런데 느닷없이 서약을 해제해달라니 심상치가 않네. 대체 무슨 서약이었을까? 뭐, 그건 나중 문제지만.

애당초 퓨리피케이션으로 서약을 해제할 수 있을까? 나는 반신반의하면서 카트린느 씨에게 발동해봤다.

"서약은 저주가 아니라서 풀 수 있을지 모르겠지만……."

"집행부 안에 인족지상주의자가 있어. ……좋아, 서약도 무사히 풀린 것 같아. 고마워."

"아닙니다. 그래서 무슨 일이죠?"

"미안, 설명하기 전에…… 성 슈를 공화국을 수호하는 기사들이여. S급 치유사 루시엘 님의 소문이 유언비어임이 명백해졌다. 집행부 안에 교회를 무너뜨리려는 세력이 있는 것 같다. 우리 기사단은 이제부터 교회의 고름을 짜내기 위해 행동한다."

"""예!"""

카트린느 씨가 호령하자 기사 중 절반이 검을 칼집에 집어넣었다. 그러나 그에 따르지 않은 자들도 절반이 있다.

그 광경을 보면서 나는 루미나 씨에게 말을 걸었다.

"루미나 씨, 무사히 재회할 수 있어서 다행입니다."

"루시엘 군…… 왜 돌아온 거야……."

"실은 현자가 됐다는 소식이 널리 퍼지면 돌아오려고 했습니다. 하지만 가르바 씨가 정보제공자인 카트린느 씨의 이변을 감지했기에 저도 걱정이 돼서 동료들을 데리고 돌아가기로 했습니다. 그나저나 무슨 일이 있었던 겁니까?"

"우리 발키리 성기사대가 루시엘 군이 도망칠 수 있도록 도왔다는 밀고가 들어와서 체포 명령이 떨어졌다. 카트린느 단장님은 루시엘 군을 놓친 책임을 지고 발키리 성기사대를 체포하라고 명받았고."

교황님을 해할 수가 없기에 나를 불러들일 수단이 발키리 성기사대를 인질로 잡는 것뿐이었고, 그들을 체포할 수 있는 실력자 역시 카트린느 씨밖에 없었다는 건가.

"그것도 집행부에서 내린 명령입니까?"

"아마 그렇겠지. 그들 말고는 단장님을 움직일 수 있는 건 교황님밖에 없으니까."

"루미나 씨는 집행부의 존재를 알고 계셨습니까?"

"자세히는 모르지만, 부정을 저지르는 교회 관계자나 치유사 등을 단속하는 부서로서 인원수가 꽤 많다고 들었다."

"그렇다면 아군과 적군의 선을 어떻게 그을지 잠시 생각해봐야겠군요."

"선이라니? 설마⋯⋯."

"예. 내통자가 있는 것 같아요. 이제 찾아내야죠."

나는 루미나 씨에게 말하고서 미소를 지으며 기사들에게 말을 걸었다.

"카트린느 씨. 저도 기사들에게 한마디 해도 될까요?"

"그래."

"감사합니다. 자, 교회 본부의 정예 여러분, 그저께는 혼란스럽게 해서 미안합니다. 현자임을 증명했더니 체포 대상이 된 S급 치유사입니다."

모두의 얼굴을 보면서 말을 해나갔다. 대부분 내 이야기를 주의 깊게 들어주는 듯했다. 그러나 몇몇 기사들에게서 살기가 새어 나오는 게 느껴졌다.

뭐, 스승님과 수행원들이 나를 지키는 진형을 구축했기에 손을 댈 수 없음을 깨닫고서 행동에 나서지 못한 듯했다.

"의외라고 느낄지도 모르겠지만, 저는 집행부를 딱히 적대하지 않습니다. 하지만 이 교회 본부 안에 숨어 타국과 내통하는 자는 이야기가 다르지요. 그자는 저를 끌어내리려고 획책하고 있는 것 같습니다."

내가 선언하자 기사들은 물론이고, 루미나 씨와 발키리 성기사대도 아연실색했다.

뭐, 집행부를 적대하지 않는다는 말에 놀란 건지, 아니면 교회 본부에 내통자가 있다는 말에 놀란 건지는 모르겠지만…….

"아쉽게도 그자들은 집행부에 있을 가능성이 큽니다. 저는 이제부터 내통자를 찾아낼 겁니다. 처분은 교황님께서 정하실 겁니다. 괜한 부상자가 생기지 않도록, 기사분들은 이곳에서 대기해 주시길 부탁합니다."

"루시엘 군, 진심이야?"

줄곧 입을 다물고 있었던 카트린느 씨가 드디어 입을 열었다.

"예, 진심입니다. 카트린느 씨는 집행부로 안내를 부탁——."

키이이이잉.

카트린느 씨에게 집행부 위치를 물어보려던 중에 크고 날카로운 소리가 대훈련장에 울렸다.

내 사각에서 날아든 투척용 단검을 스승님이 튕겨내는 소리였다.

단검에는 독이 발려있는 것 같았다.

어떤 강력한 독도 나에게는 통하지 않건만…….

"집행부의 적은 아무리 S급 치유사일지라도 놓칠 수는 없어, 루시엘 군."

단검이 날아온 방향으로 시선을 돌리니 부르투스 씨가 웃으면서 그렇게 말했다.

"부르투스 씨, 오랜만입니다. 당신이 내통자가 아니길 바랐는데……."

설마 이토록 예상대로 흘러갈 줄이야. 정말로 마족으로 변할지도 모르겠다. 나는 스승님과 일행의 위치를 파악한 뒤 언제 전투가 시작되더라도 대응할 수 있도록 방어 마법을 신속하게 준비했다.

"훗, 뻔뻔스럽군. 카트린느도 교황님이나 모험가 길드에 정보를 흘리는 내통자이건만, 우리만 배신자라고 하는 건가?"

"설마요. 누가 했든 내부 정보를 유출하는 건 배신행위이지요. 교황님께 허가를 받았다면 조금 이야기가 달라지겠지만요."

내가 속내를 밝히자 부르투스 씨는 낯빛 하나 바뀌지 않고 고개를 몇 번 끄덕였다.

"카트린느가 교황님께 허가를 받았다?"

"그것까지는 저도 모르겠군요. 하지만 악의적으로 내부 정보를 흘린 사람이 배신자인 건 분명하지 않을까요?"

"그렇군. 그렇다면 루시엘 군은 집행부의 역할이 뭔지 알려나?"

"아뇨, 집행부가 있다는 사실을 안 게 불과 그저께라서……. 다만 인원이 부족하다는 건 알겠습니다. 소문의 신빙성을 확인도 하지 않고 날 끌어내리고자 큰 망신을 주려고 했고, 나와 친한 사람들과 지인들을 아무 이유도 없이 다치게 했으니까요."

내가 무심코 말이 많아지는 이유는 나를 믿어준 사람들을 다치게 했기 때문이겠지.

"루시엘 군을 끌어내리려고 했다? 우린 루시엘 군의 소문을 없애기 위해서 전력을 다했는데?"

부르투스 씨가 슬픈 듯 연기를 했다.

방금 칼을 던진 건 잊어버린 건가. 어이가 없군.

"교회에 블랑주 공국의 내통자가 있다는 것. 그자들이 집행부의 권력을 믿고서 정보를 자기 입맛대로 해석하고 강권을 남용하여 사리사욕을 채우고 있다는 것. 마지막으로 인족지상주의를 내세우며 치유사 길드를 산하에 두고 있는 교회의 창설 의지를 저버렸다는 것. 모두 확인했습니다. 그래서 이렇게 돌아왔죠."

"과연, 과연. 사람마다 견해가 다른 건 어쩔 수 없지. 역시 수인족 따위를 이끄는 자를 교회의 상징으로 삼은 것부터가 실수였어."

부르투스 씨가 그렇게 말하자 일부 기사들이 그의 주변을 지키듯 원형 진형을 구축했다.

"루시엘 군, 조심해. 전성기의 부르투스는 나보다 훨씬 강했어."

"네? 저분은 부상으로 신관기사에서 은퇴한 거 아니었습니까?"

"그런 줄 알았는데……."

과연. 어째선지 치유가 됐나 보다. 카트린느 씨보다 강했다면 경계를 해야만 하겠지.

"카트린느. 우리의 숭고한 뜻을 이해하지 못하고 늑대 수인 따위한테 호감을 품다니 멍청한 녀석. 그리고 루시엘 군, 네게는 개인적으로 미안하다고 생각한다."

그는 이미 인족지상주의자임을 숨길 생각이 없는 듯했다.

"느닷없이 뭘 사과하는 겁니까?"

"스무 살을 갓 넘긴 풋내기를 변변히 교육하지도 않고 S급 치유사로 삼아 방치하지 않았나."

"아, 그런 뜻이군요. 전 도리어 방치해줘서 고마울 지경이었는데."

"오호."

"덕분에 서로의 발목을 잡지 않는 세계에서 여러 가지를 체험할 수 있었고, 인맥을 쌓아 자연스레 성장할 수 있었습니다. 일부 교회 관계자 중에는 욕망에 굴복하여 노력을 잊어버린 사람이 있는 모양이지만……."

"정말로 하고 싶은 말을 거리낌 없이 할 줄 알게 됐군……. 입은 재앙의 근원이라는 걸 알려줘야겠어. 아군을 믿고 허세를 부리는 건가?"

"예. 전 겁이 많거든요. 신뢰하는 아군이 있어서 대범해졌는지도 모릅니다."

"솔직하군. 하지만 루시엘 군, 결국에는 결과가 따르지 않으면 의지 따윈 아무런 가치도 없어. 이 말을 마지막 교훈으로 삼고 그만 저세상으로 가라."

부르투스 씨의 푸른 눈동자가 순간 검붉게 빛나더니 우리 뒤에 있던 몇몇 기사들이 발키리 성기사대를 습격했다.

저 검붉은 빛을 보니 사신과 블러드의 소환, 마족 등 불쾌한 기억밖에 떠오르지 않았다.

불의의 기습을 받긴 했지만, 실전 경험이 풍부한 발키리 성기사대가 어떻게든 공격을 막아내고서 반격을 개시했다.

그나저나 그 빛이 마족화의 전조인가. 사신의 사악한 기운을 불제(祓除)하기 위해 새롭게 고안한 그걸 시험할 좋은 기회로군.

기사들이 우리에게도 공격을 가할 테지만, 스승님과 일행이 잘 막아주리라 믿고서 나는 준비에 들어갔다.

"그 고마운 금언(金言)을 들려준 대가로 새로운 마법을 보여주 도록 하죠."

【성스러운 치유의 손이여, 만물의 근원인 대지의 숨결이여, 악 마로 타락한 존재를, 부정해진 존재를, 모든 걸 집어삼키는 정화 의 파도로써 불제하라, 퓨리피케이션 웨이브.】

새로운 마법의 주문을 외우자 나를 중심으로 푸르께한 빛이 파 문처럼 여러 겹이나 퍼져나갔다.

이 마법은 네르달에 있었을 때 만약에 사신이 마족들을 이끌고 서 출현했을 때를 상정하여 마족의 포위에 대처하기 위해 고안 했다.

물론 생추어리 서클도 마족을 상대로 강력한 힘을 보여주지만, 공격 범위가 좁다. 굳이 따지자면 소수 마족을 대상으로 한 마법 이다.

더욱이 이번에는 마족화된 자들을 원래대로 되돌릴 수 있는지 도 시도해보고 싶다.

그런데 이때 예기치 않은 사태에 맞닥뜨렸다.

퓨리피케이션 웨이브를 발동하자 뒤에서 여성들이 괴로워하는 소리가 들려왔다.

뒤를 돌아보니 루시 씨와 엘리자베스 씨가 무릎을 꿇고서 몸을 부들부들 떨고 있었다.

만약에 아무 생각도 없이 생추어리 서클을 발동했다면 큰일 날 뻔했다.

"저 두 사람은 인족지상주의자 혹은 블랑주 공국이나 일마시아 제국과 인연이 있습니까?"

"엘리자베스는 블랑주 공국 출신이지만 루시는 성 슈를 공화국 출신이야. 게다가 인족지상주의자일 리가……. 그보다도 왜 저 둘이 저토록 괴로워하는지 아나?"

내가 발동한 마법 때문이라는 건 루미나 씨도 알고 있을 테지만, 그 원인을 모르겠지.

나도 확증이 없지만 대강 짐작이 간다.

"아마도 마족화, 혹은 그에 가까운 상태이기 때문일 겁니다. 집행부, 또는 교회 관계자 중에 저 두 사람과 친한 자가 있을까요?"

"마족화라고! 우리 발키리 성기사대는 늘 함께 지내는데 어째서 두 사람만……."

루미나 씨가 이토록 이성을 잃다니 두 사람을 얼마나 진심으로 신뢰하는지 알 수 있다.

나는 주변 상황을 다시 확인했다. 기사들 몇몇이 괴로워하고 있었고, 나머지 기사는 사태를 이해하지 못해 혼란에 빠져있었다. 스승님과 일행은 일단 그들을 지켜보고만 있었다.

괴로워하는 자 중에 부르투스 씨와 세 기사만이 가까스로 서 있었다. 몸에서 사악한 기운이 나오고 있는 것으로 보아 퓨리피케이션 웨이브의 위력으로 사악한 기운이 빠지고 있는지도 모르겠다.

몸에서 사악한 기운이 새어 나오지 않는 기사들은 루시 씨와 엘리자베스 씨처럼 고통을 견디지 못하고 쓰러졌다.

"루미나 씨, 아마 두 사람을 구할 방법이 있을 겁니다. 하지만 내통자가 아니라는 증거가 필요합니다."

"절대로 그럴 리가 없어."

"그렇다면 서약을 부탁합니다. 서약 내용은 교황님과 루미나 씨에게 불이익을 끼치지 않을 것으로만 해도 됩니다. 벌칙은 거짓말하면 졸음이 쏟아진다 등, 알기 쉽게 해주세요."

"······알겠다."

루미나 씨가 순간 괴로운 표정을 지었다. 줄곧 함께 있었던 동료가 의심을 받으니 어쩔 수 없겠지.

그러나 사람은 몇 년 보지 않은 사이에 확 바뀌는 경우가 있고, 가까운 사이이기에 깨닫지 못할 수도 있다.

나도 두 사람이 배신했다는 걸 믿고 싶지 않다. 그러나 두 사람이 마족화됐다는 사실이 있으므로 정에 휩쓸리지 않도록 루마니 씨에게 의사를 명확히 밝혔다. 물론 두 사람이 결백하길 바라면서.

"루시, 엘리자베스, 루시엘 군의 이야기를 들었겠지? 너희들이 집행부 소속도 아니고, 내통자도 아님을 서약해다오. 벌칙은 성

기사 직업을 동결하는 것."

뭐?! 내가 요청했던 것보다 대단히 무거운 벌칙을 루미나 씨가 강요했다.

이것은 두 사람을 신뢰한다는 방증이겠지.

생각해보면 발키리 성기사대의 인원은 처음 만났던 5년 전부터 줄곧 바뀌지 않았다.

추가 인원도 없거니와 줄어든 인원도 없다. 그들의 결속은 단단하겠지.

"매, 맹세할게요."

"저도 맹세합니다."

루미나 씨의 신뢰를 저버리지 않도록 루시 씨와 엘리자베스 씨가 바로 서약에 응했다.

그러자 두 사람의 몸이 순간 빛났다. 이로써 서약은 완료……됐지만, 루미나 씨가 커다란 실수를 범했다.

"루미나 씨, 그렇게 서약하면 거짓말을 하더라도 스테이터스를 감정할 수 없기에 동결됐는지 알 수가 없습니다. 당장 눈으로 확인할 방법이 없어요."

"앗?!"

"뭐, 각오를 봤으니 결백을 믿겠습니다."

나는 쓴웃음을 지으며 네르달에서 위즈덤 경을 치료했던 방식으로 두 사람에게 마법을 추가로 발동했다.

"……확인 안 해도 되겠나?"

루미나 씨가 걱정하며 나를 쳐다봤다. 그러나 두 사람이 곧바로 대답을 해줬고, 더욱이 루시 씨는 몰라도 엘리자베스 씨는 거짓말을 할 때 어째선지 얼굴을 꼭 붉힌다.

대화를 나누다가 자연스레 깨달은 사실이다. 그리고 그녀와 친한 사란 씨도 알려줬다.

루미나 씨에게는 결백을 믿게 된 근거를 굳이 알려줄 필요가 없기에 웃으면서 치료를 개시했다.

"루미나 씨와 두 사람의 신뢰 관계를 이미 확인했어요. 게다가 저기에 고통스러워하면서도 뭔가 말하고 싶어 하는 사람도 있으니 두 사람을 치료하고서 추궁하도록 하죠."

"큭큭큭, 소용없어. 제아무리 S급 치유사라 해도 마족의 인자를 주입한 자를 인간으로 되돌릴 수 있을 리가 없어."

치료를 시작하자 내 목소리를 들었는지 부르투스 씨……, 이제 존대할 필요도 없나? 부르투스가 헛수고라며 비웃었다.

마족의 인자라……. 그것이 마족으로 변하게 만드는 원인이라면 모조리 없애야만 하겠군.

부르투스 씨는 상당한 정보를 알고 있는 것 같으니 추궁해보면 높은 확률로 집행부 내부의 내통자를 밝혀낼 수 있으리라 확신했다.

"큭, 루시엘 군은 두 사람을 치료하는 데 전력을 다해줘. 내가 부르투스 님을……, 아니 부르투스를 쓰러뜨리러 가지."

내가 그런 생각을 하고 있으니 루미나 씨가 부르투스의 말을 들고서 분노에 몸을 떨었다. 당장에라도 베어버리러 달려갈 것 같은 기세였다.

"……괜찮습니까?"

"난 이래 봬도 꽤 강하다고."

실력 이야기가 아니고 포박해야 한다는 걸 아는지 물어보고 싶었던 것인데, 루미나 씨의 상태를 보니 말려봤자 소용없겠지.

어쩔 수 없이 한 번 더 애를 써볼까.

"그럼 치료도 끝났으니 함께 추궁하도록 하죠. 그리고 정보가 필요하니 되도록 반만 죽여주세요."

"아니, 내가 혼자서 쓰러뜨릴……? 지금 뭐라고?"

"치료가 끝났으니 저랑 함께 저 남자를 반쯤 죽여버리죠."

"아니, 치료가 끝났어?"

"예. 둘 다 이제 일어날 수 있죠?"

내가 묻자 두 사람이 몸을 확인하듯 일어섰다.

루미나 씨가 떨리는 목소리로 두 사람의 상태를 물었다.

"루시, 엘리자베스, 괜찮나?"

"예. 아직 통증은 있지만 요 몇 개월 동안 시달렸던 권태감이 거짓말처럼 사라졌어요."

"왠지 족쇄가 풀린 것 같은 기분이에요."

"그런가. 다행이다. 정말로 다행이야."

두 사람이 웃으면서 당장에라도 눈물을 흘릴 것 같은 루미나 씨에게 몸 상태를 전했다.

"기사들이여, 얘기는 다 들었겠지. 기사단장으로서 명령한다. 무릎을 꿇고 있는 자들을 경계하며 포위하거나 포박해라."

그 명령을 받고서 아까 전까지 줄곧 굳어 있었던 기사들이 협동하여 무릎을 꿇은 기사들을 포박하려고 했다. 그런데 나는 무언가 이상함을 느꼈다.

그 이유는 나에게 살기를 보냈던 기사들의 숫자보다 훨씬 많은 인원이 무릎을 꿇고 있기 때문이다.

그리고 루시 씨가 말했던, 몇 개월 동안 시달렸던 권태감이 사라졌다는 말. 그것이 가리키는 것은——.

"카트린느 씨, 두 사람과 마찬가지로 자기도 모르는 새에 마족의 인자가 주입된 사람이 있을 가능성이 있습니다."

"그래. 그래도 루시엘 군이라면 치료할 수 있겠지?"

내가 치료하리라 예상하고서 포박하라고 명령한 모양이다. 역시 상황 판단력이 뛰어나네.

자, 그럼 나도 어서 해야 할 일을 해야겠네.

"어떻습니까? 두 사람도 원래대로 되돌렸고, 관계없는 기사의 몸속에 마족의 인자를 주입했다고 해도 치료할 수 있습니다. 어째서 교회 본부 관계자가 마족의 힘을 끌어들이려고 했는지 모르겠지만 각오해요. 배신자 부르투스!"

"마, 말도 안 돼. 고위 치유사가 열 명 넘게 달라붙었는데도 해주하지 못한 걸 혼자서……!"

"해주를 시도했다고요? ……내가 내거는 조건을 받아들인다면,

인간으로 되돌려줄 수도 있는데요?"

부르투스가 격하게 동요하기 시작했다. 그러나 그것은 그 남자뿐만이 아니었다.

마족화 도중에 포박된 기사 중에도 사람으로 돌아갈 수 있을지도 모른다는 말을 듣고서 마음이 꽤 흔들리는 자가 있는 듯했다.

방금까지 느껴졌던 전의나 살기가 말끔히 사라지고 동요만이 퍼져 있었다.

그렇다면 다짐을 단단히 받기 위해서 내용을 추가해볼까.

"난 이미 치유사가 아니라 현자입니다. 해주할 수 있게 된 건 그 덕분일지도 모릅니다. 하지만 나나 교회를 배신하는 뜻을 품은 자를 치료할 수는 없습니다. 자, 마족화하여 마족으로서 죽든가, 사람으로 돌아가 교황님의 처분을 기다리든가 스스로 결정하세요."

그 순간 대훈련장이 고고고고 흔들렸다.

한창 설득하고 있는데 적이 습격했나? 나는 스승님과 일행에게 눈짓을 보내려다가 지진을 일으킨 범인을 발견했다.

"드란, 폴라, 뭘 하고 있어?"

"아니, 마족이랑 싸울 거라면 최강 골렘으로 상대를 해줄까 해서."

"마족은 사람이 아냐? 그럼 박살 내도 돼?"

폴라가 고개를 갸웃거리며 물으면서도 옛날에 미궁에 출현했던 5m급 골렘을 아득히 뛰어넘는 10m급 골렘을 출현시켰다.

저 골렘에게 밟히면 틀림없이 즉사겠네.

심각한 분위기가 어디론가 사라져버린 느낌이었지만, 마음을 다잡고서 부르투스 일당에게 최후 통보를 하기로 했다.

"자, 사람으로 되돌아가든가, 마족으로서 저 골렘한테 밟히든가 선택하시죠. 현재 기사단은 집행부의 지휘를 받지만, 한시적으로 교황님의 지휘를 받도록 현자의 이름으로 선언합니다. 확실하게 대답하십시오."

이미 카트린느 씨가 기사단장으로서 집행부의 고름을 짜내겠다는 반역의 말을 입에 담았다. 그러나 기사 중에는 집행부의 지휘에서 이탈해도 될지 고민하는 자도 있었다.

자칫 한 걸음이라도 잘못 내디디면 쿠데타로 비칠 수가 있으니까.

그나저나 골렘이 한 걸음 나아갈 때마다 땅 울림이 요란하다. 골렘의 진행 방향에 있는 그들이 가여웠다…….

15 마음의 틈과 표적(폴라 미라클)

골렘이 내뿜는 위압감에 굴복했다고는 생각하고 싶지 않지만, 카트린느 씨의 명령을 듣고서 방금까지 당황하던 기사들이 일제히 움직였다. 마족화가 도중에 멈춘 기사들을 포위했다.

이대로 놔두면 마족화가 멈춘 기사들을 공격해버릴지도 모른다. 그럴 경우에 마족화 미수 기사들이 강화된 상태라면 도리어 반격을 당할 가능성이 있기에 나는 하는 수 없이 지시를 내리기로 했다.

"지금 괴로워하고 있는 기사들은 평상시보다 신체가 강화되어 있을 겁니다. 그러니 함부로 공격하지 마세요."

내가 말하자 기사들이 방패를 앞으로 내밀며 거리를 유지한 채 진형을 가다듬었다.

역시나 적이 명확하게 정해지면 기사단답게 움직이는구나 싶어서 감탄했다. 나는 다시금 부르투스와 세 기사를 향해 말했다.

"그럼 부르투스, 대답은?"

"우리 집행부는 교회의 질서와 인족지상주의를 위해서 목숨을 버릴 각오가 진즉에 되어 있어! 물러설까보냐!!"

부르투스가 들고 있는 검을 휘둘렀다. 역시나 전투를 피할 수 없을 것 같아서 마지막으로 의문을 풀기로 했다.

"그래? 그럼 어쩔 수 없지. 하지만 그전에 이것만은 답을 듣고 싶어. 줄곧 인족지상주의를 부르짖어왔는데 당신들은 이미 절반 이상 마족이니 이미 인족이라고 할 수 없잖아? 그건 어떻게 생각하지?"

"…………."

부르투스는 물론이고 정화 마법에 괴로워하고 있는 기사들도 고통을 잊은 것처럼 혼이 나가버렸다. 정적이 대훈련장을 감쌌다.

어라? 뭐지 이 고요는? 이 느낌은 혹시…….

"……설마 눈치채지 못했나?"

설마 싶으면서도 혹시 몰라서 물어보니 방금까지 나불대던 부르투스를 비롯하여 마족화 미수 기사들의 얼굴이 서서히 일그러졌다. 그리고 초조한 기색을 내보이기 시작했다.

"루시엘, 이 녀석들은 이미 거의 마족이나 마찬가지잖냐? 자폭조차 거리낌 없이 저지르는 녀석들이야. 자비를 베풀 필요는 없다고 생각한다."

"마족은 인족의 최대 적이니 인정을 봐줄 필요가 없습니다."

전투광이면서도 두뇌파인 우리 파티의 투톱이 그들의 동요된 마음에 파고들어 정신을 뒤흔들어줬다. 나는 이쯤에서 마지막 통보를 하기로 했다.

"스승님과 라이오넬이 저렇게 말하니 마지막으로 딱 한 번만 묻겠습니다. 이제 결단하지 않으면 정말로 당신들을 마족으로서 처단할 겁니다."

"우, 우릴 죽이면 정보를 입수할 수가 없을 거다."

내 통보를 듣고서 부르투스가 당황하여 입을 열었다. 어지간히도 혼란스러운지 이미 싸우기 전부터 패배를 전제로 이야기하고 있었다.

설마 말 공격만으로 이토록 데미지를 입힐 줄이야……. 불안을 더더욱 부추겨 볼까?

"그렇지 않아요. 발키리 성기사대를 포박하라는 명령을 부르투스 씨가 내렸을 것 같진 않습니다. 그러니 지금쯤 명령을 내리고서 크게 웃고 있을 돈가하하 씨를 구속하면 일부 정보쯤은 얻어낼 수 있겠죠."

"내, 내가 원해서 한 일이……."

설마 아무리 동요했다고는 해도 블러핑에 이리도 쉽게 걸릴 줄이야……. 역시 돈가하하 씨도 연루되어 있었나…….

어쨌든 부르투스는 혼란스러운 나머지 자신이 패배했다는 것을 전제로 말하고 있음을 전혀 알아차리지 못한 채 자신을 교섭 자리에 올려놨다.

"어라? 자청해서 마족이 된 게 아니었습니까? 그럼 더 빨리 말했어야죠. 아는 정보를 숨기지 않고 모조리 실토한다면 사람으로 돌아갈 수 있어요."

"큭, 무, 무리야. 우린 서약을 했다. 그러니 금칙사항을 어길 수가 없어."

서약을 했다는 건 분명 사실이겠지. 입막음하지 않는 조직이 존재할 리가 없을 테니까.

그러나 금칙사항의 범위를 알 수가 없으니 일일이 신경 쓰면서 질문은 하지 않겠다.

일단 인족으로 돌아갈 수 있다는 당근을 내걸고서 질문을 팍팍 하기로 했다.

"금칙사항을 당신한테 유리하게 설정해뒀을 것 같지는 않군요. 카트린느 씨의 서약을 해제해 보였듯이 마족에서 인족으로 돌아가면 금칙사항까지 확실히 해제하겠습니다."

"그, 그럼 먼저⋯⋯."

부르투스가 허겁지겁 교섭하려고 했다. 그러나 나는 거부하고서 질문을 시작했다.

"우선 루시 씨와 엘리자베스 씨를 어떻게 마족화한 겁니까? 대답하면 먼저 그쪽 기사 셋의 어중간한 마족화를 해제하도록 하죠. 아, 꼭 부르투스 씨가 대답하지 않아도 돼요."

내가 묻자 고통에 겨워하고 있는 기사들이 곧바로 목소리를 높였다.

"두 사람이 다쳐서 원정에서 복귀했을 때 회복 마법을 걸어주면서 동시에 마족화 마석을 분말로 만들어 먹였다고 들었습니다!"

"치유사가 상주하고 있는 치료실에는 의식을 혼탁하게 하는 마법진이 펼쳐져 있습니다!"

"마석을 삽입하지 않고도 마족화가 가능한지 실험을 이미 했답니다."

"우리는 모두 부르투스 님의 지시대로 움직였습니다."

이봐, 이봐, 금칙사항은 어쩌고…….

여러 내용이 더 나올 것 같았지만, 저들의 말이 진실인지 판단해야만 한다.

"그렇군요. 루시 씨, 엘리자베스 씨. 저들의 말에 짐작 가는 바가 있습니까?"

"응, 반년쯤 전인데, 일마시아 제국과 루브루크 왕국 사이에서 소규모 분쟁이 벌어졌고, 성 슈를 공화국 내 도시의 요청을 받고서 파견을 나갔어. 전장에 비룡이 나타나서 열심히 분투했지만 그만 부상을 당하고 말았어."

"원정길에 치유사가 동행하지 않으니 일단 우리의 변변찮은 성속성 마법으로 응급처치를 하고서 성도로 돌아가 치료를 받았어."

"당시 약 같은 걸 처방받았습니까?"

"……기억은 잘 나지 않는데, 그랬던 것 같아."

"그때 출혈이 심해서 루시엘 씨가 왜 우리 부대에 없느냐고 원망스러워했지."

정확하게는 내가 아니라 나만큼 회복 마법을 구사할 수 있는 사람을 말하는 거겠지.

"하핫, S급 치유사가 되지 않았더라면 동행했을지도 모르겠군요. 그 후로 몸 상태가 이상하다는 느낌은 없었습니까?"

"있었어. 마법으로는 병이나 후유증까지 치료할 수 없으니 투약하는 방법밖에 없다고 해서……."

"……반년 전 일이라서 기억이 모호해요."

네르달에 가기 전에 내가 알았더라도 치료해줄 수 없었을 테지만, 그때 이미 투약이라는 명목으로 실험을 자행하고 있었던 건가.

그렇다면 바로 증거도 찾아낼 수 있겠지.

"좋습니다. 대답을 한 세 사람의 마족화 저주를 풀도록 하죠."

나는 루시 씨와 엘리자베스 씨의 이야기를 듣고서 기사들의 진술이 사실일 가능성이 크다고 판단했다. 나는 기사들 쪽으로 몸을 돌리고서 해주를 선언했다.

나는 케티와 케핀에게 눈짓을 보내고서 해주를 시작했다.

한 사람씩 차례대로 마법진 영창으로 치료해 나갔다. 엑스트라 힐의 빛이 잦아들자마자 케티와 케핀이 마족화 미수 기사를 제압하여 포박했다.

그 재빠른 대처에 해주된 기사들은 꼼짝도 못 했다.

아니, 그보다도 신체에서 흘러넘치던 사악한 기운이 사라지면서 정말로 인족으로 되돌아갔음을 실감하여 몸에서 힘이 쭉 빠진 상태일지도 모른다.

"방금도 말했지만, 당신들의 처분은 교황님께 일임합니다. 포박은 하겠지만, 적대 행위를 그만두면 비참한 신세는 면할 수 있을 겁니다."

"본인의 운명은 스스로 결정하겠다는 용감한 자는 덤벼도 상관없다."

"오히려 그만한 기골이 있는 사람이 하나쯤 있겠지?"

전투하고 싶은 스승님과 라이오넬의 말을 듣고서 쓴웃음이 나왔다.

"스승님, 라이오넬. 너무 부추기지 마세요. 그보다도 왜 그렇게 의욕이 충만한 겁니까? 얌전히 계세요. 자, 다음 질문입니다. 어째서 마족화가 완전하지 않았던 겁니까?"

그나저나 스승님과 라이오넬뿐만 아니라 대훈련장에 감돌던 긴장감도 이미 사라졌다.

폴라와 리시안은 교회 일에 흥미가 없는지 골렘을 가지고 놀고 있는 것 같은데……. 나 참, 저 골렘이 폭주한다면 여러모로 골치가 아파질 테니 드란이 지켜보고 있는 사이에 궁금한 걸 모조리 물어봐야…….

"그건 금칙사항에 해당해. 하지만 우리가 힘을 얻은 이유는 딱 하나. 마족, 마왕을 토벌하여 인족이 세계에서 가장 유능한 종족임을 깨우쳐주기 위해서야."

"깨우쳐줘서 뭘 어쩔 셈입니까? 애초에 신체에서 사악한 기운이 나온 시점에서 당신들도 토벌 대상인데요?"

"큭, 난, 우린 다시 한번, 용사를 탄생시킨 그 나라와 함께, 이이익끄아아악!"

갑자기 부르투스의 몸에서 사악한 기운이 뿜어져 나오더니 마족화가 가속했다.

부르투스뿐만이 아니라, 아직 치료하지 않은 기사들도 일제히 괴로워하며 몸에서 사악한 기운을 내뿜으며 빠르게 마족으로 변해갔다.

"부르투스, 너마저 배신하다니! 하지만 난 관대하니 너희들을 용서하지. 그러니 안심하고 이 땅에 혼란을 일으켜라. 카핫핫."

인족지상주의자들의 수장인 돈가하하 씨가 그렇게 말하며 자신을 수호하는 기사들과 함께 모습을 드러냈다.

마족으로 변한 기사들의 몸에서 사악한 기운이 넘쳐흘렀다. 피부색은 푸르렀고 눈동자는 새빨갛게 물들었다. 인간으로서의 지성이 터럭만큼도 남아 있지 않은 듯했다. 마치 이야기 속에 등장하는 광전사(버서커)를 보는 듯했다.

"설마 집행부가 먼저 나올 줄은 생각도 못 했습니다. 때마침 저도 그쪽으로 갈 생각이었거든요."

버서커가 된 그들을 놔두고, 우선 돈가하하 씨와 대화를 나눠보면서 마족화한 자들을 제어하고 있는지 살펴보기로 했다.

"그럴 수야 없지요, 현자 공. 죽음을 목전에 앞둔 사람한테는 잘 대해줘야 마땅하니."

자신이 압도적으로 유리하다고 생각하는지 돈가하하 씨는 웃으며 입을 열었다.

"제가 여기서 죽기라도 할 것처럼 말씀하시네요."

"카하하. 이 상황에서도 강한 척을 하다니, 역시 현자는 대단하군."

마족으로 변한 자는 부르투스를 포함하여 총 11명.

얼마나 강해졌는지는 모르지만, 평범한 기사들은 상대도 되지 않을 것이다.

애초에 동료였던 그들과 단호히 싸울 수 있는 자가 있을지도 의문이다.

"돈가하하 씨야말로 자신만만하군요. 그만큼 자신이 있다면 한 수 배우고자 하는데, 어떻습니까?"

"그 배움을 써먹을 기회가 있을지는 모르겠지만, 좋다. 어쩌면 현자 공도 우리의 동료가 될지도 모르는 일이고."

동료란 건 나를 마족으로 만들거나 노예로 삼겠다는 뜻이다. 이 사태의 범인인 게 확실해졌으니 경의를 표하는 것도 이젠 끝이다.

그나저나 이거 아주 썩어빠진 놈이네. 교황님께서는 저 녀석의 본질을 모르시나? 아니면 알고도 방치하신 건가.

마족으로 변한 사람들은 통제를 받는지, 아직 움직임이 없었다. 나는 조금 더 깊이 캐보기로 했다.

"교회 본부에는 강고한 파마(破魔) 결계가 있습니다. 원래 인간이었다고 해도, 마족화에 걸린 자들은 교회에 들어올 수 없어야 했죠. 어떻게 한 겁니까?"

"큭큭큭, 결계? 그딴 건 옛날에 사라졌다. 대체 교회 중심부에 미궁이 어떻게 생겼을 것 같나?"

돈가하하는 교회에 생긴 미궁을 보고 결계의 효과가 사라졌음을 알아차린 모양이었다.

미궁 자체도 사실 기밀이지만, 교회에 미궁이 생긴 건 약 반세기 전이다. 교회 본부 중진이라면 미궁의 존재를 알고 있어도 이상하지 않다.

"거기까지 알고 있었군요. 그럼 교회 본부의 결계를 복구할 생각은 안 해보셨습니까?"

"결계를 복구? 내가 왜?"

"교회의 부정한 것을 올바르게 고치는 게 집행부의 일 아닙니까? 교회를 위해서라면 S급 치유사도 심판할 만큼 열성적인 줄 알았는데요."

"뭘 잘못 알고 있군. 애초에 난 이 교회와 교황을 원망하며 살아왔다."

방금까지 웃음을 머금고 있던 얼굴이 사납게 변했다. 그의 눈빛에서 강한 증오가 느껴졌다.

"원망? 교회의 중진이 교회와 교황님을 줄곧 원망했다고요? 치료 가이드라인 만드는 걸 도와줄 때는 조금도 내색하지 않았잖습니까?"

"그건 내 오산이었네. 설마 이에니스에서 그렇게 빨리 돌아올 줄은 몰랐거든."

S급 치유사가 거치적거려서 멀리 치워버리고 싶었던 건가?

그렇다면 왜 하필 지금 움직였을까? 뭔가 작전이 있나?

"그럼 제 소문을 널리 퍼뜨리도록 지시를 내린 사람도 당신입니까?"

"그래, 어차피 교회 본부에 교황을 의심하는 분위기를 조성하려던 차였거든. 마침 외부에서 요청이 있었기에 소문을 퍼트렸지. 진위는 아무래도 좋았다."

고작 그런 이유로 모함을 당한 건가……. 역시 교황님이 인정할만한 외교 수완이다.

"그럼 제가 네르달에서 갑자기 돌아온 건 뜻밖이었겠군요?"

"그렇지. 원래는 교황과 담판 먼저 짓고 교회 본부로 소환하여 체포할 생각이었거든."

그럼 마법진을 조작한 것도 집행부의 소행이었겠군. 마법진을 고친 것도 그렇고, 외교 수완도 그렇고, 능력이 상당하다.

대체 교회가 얼마나 싫길래 이렇게까지 한단 말인가?

"왜 그토록 교회와 교황님을 싫어합니까?"

"내가 어렸을 적, 무능한 집행부와 교황의 부주의한 지시에 내 아버지를 잃었기 때문이다."

아무래도 돈가하하에게는 명확한 행동 원리가 있는 듯하다.

하지만 당시 집행부를 알고 있다면, 교황님을 원망하는 건 엉뚱한 짓이라는 것도 알고 있을 터인데…….

"왜 이제 와서 복수하려는 겁니까?"

"복수라……. 확실히 어떤 의미에서는 그럴지도 모르겠군. 왜 지금이냐고 물었지? 내게 계기를 준 건 자네일세."

"계기가 저라고요?"

나는 저 사람에게 무언가를 한 기억이 없는데.

"그대가 미궁을 공략한 후, 교황님께서는 내게 미궁에 남겨졌던 아버지가 편안히 눈을 감았다는 이야기를 해주셨다네. 그리고 이 아버지의 유품을 내게 주셨지. 그 이야기를 들은 순간, 나는 당시 기억이 되살아났다."

"그 지팡이는……."

내가 미궁에서 갖고 돌아온 지팡이다.

"이건 아버지가 갖고 있던 지팡이네. 본전(本殿)이 미궁으로 변하기 전에는 아버지가 그곳을 관리하셨거든."

그때 50층 보스는 노인의 모습이 되어 사라졌다. 그분이 돈가 하하의 아버지라면, 노인의 모습이라고 생각했던 건 내 착각이었나?

"교황님은 확장 공사를 허락하셨을 뿐이지 않습니까. 교황님을 증오하는 건 불합리한 것 아닙니까?"

"그런 일로 이렇게까지 미워할 것 같나? 미궁화가 시작되기 얼마 전, 교황님이 그곳에 중요한 물건을 놓고 왔다는 이야기를 아버지에게 하셨다. 아버지는 그 물건을 찾으러 갔다가 불운하게도 미궁화에 휘말리고 마셨지."

"그래서 줄곧 교황님을 미워한 겁니까?"

"조금 다르군. 교황님께서는 내가 아버지의 자식이라는 사실 하나만으로 교회 본부에 불러들여 후히 대해줬고, 출세도 쭉쭉 시켜주셨네. 당시에는 고마움마저 느꼈고, 증오 따윈 품지 않았어."

"근데 어째서?"

"내가 집행부에 배속된 후에 옛 집행부 기록을 살펴볼 기회가 있었지. 그때 우연히 발견했네. 당시 집행부가 인족지상주의자였던 아버지를 집요하게 신문했던 기록과 교황님께서 말했던 그 중요한 물건이란 것이 뭐였는지에 관한 기록을 말이야."

엄청 불길한 예감이 들었다.

"그게 은혜를 원수로 갚을 정도로 충격적인 내용이었습니까?"

"은혜……? 아니, 교황님은 배상이라고 생각하셨을걸? 그날 아버지께 가져오라고 시킨 중요한 물건이라는 게 고작 교황님이 좋아하는 목걸이였으니까! 교황님한테서도 직접 들었으니 틀림없네. 미궁 공략을 포기하겠다고 선언한 날이었지."

그게 정말로 단순한 목걸이였는지는 알 수 없지만, 그가 아버지를 허무하게 잃었다고 생각할 법한 일이었다.

그토록 중요한 물건이었다면 애초에 몸에 지니고 다녔으면 될 일이니까.

"그걸 알고 난 후부터 교회를 무너뜨리기 위해 암약을 시작한 겁니까?"

"훗, 그랬다면 내 원한은 진작에 어떤 형태로든 결말을 맞이하고서 끝났겠지. 하지만 미궁 공략을 포기하겠다고 선언한 지 얼마 지나지 않아서 교회는 내가 손 쓸 것도 없이 저절로 부패하기 시작했네."

돈가하하가 그 상황을 몹시 한탄하며 고개를 가로저었다.

당시 미궁을 공략하기 위해서 우수한 기사뿐만 아니라 치유사들을 대량으로 투입했다.

그러나 대부분 살아서 돌아오지 못했고, 교회 내부의 세력도가 단번에 변하고 말았다. 그 영향이 지금까지 이어지고 있는 모양이다.

전력을 과잉으로 투입하여 부작용이 일어났고, 그나마 공략도 실패했다. 교황님은 이 일로 발언력을 잃고 장식품으로 전락하셨다.

분명 안타까운 일이지만, 여전히 그가 지금에 와서 행동에 나선 이유는 불명확했다.

"그렇다면 군이 행동에 나설 것 없이 계속 보고 있으면 되는 거 아닌가요? 저는 덕분에 고생이 이만저만이 아니었습니다만?"

"현자 공한테는 감사하고 있소. 내가 구축한 파벌의 분열조차 감내할 만한 가치가 그대한테 있었어. 미궁을 공략했을 뿐만 아니라 악덕 치유사들을 퇴치했고, 순식간에 교회 명성과 권위를 되찾아줬으니까."

"내 힘만으로 이뤄낸 일이 아니에요. 당신도 협력해줬기에 법안과 가이드라인을 공포할 수가 있었다고요."

"우리는 특별히 한 게 없네. 그대가 그 젊음으로 남들은 하지 못했던 난제를 풀어냈기에 그 굉장함이 사람들한테 널리 퍼져나간 거지. 민중은 카리스마를 가진 자에게 약하다네. 압도적인 무언가가 있으면 그것만으로 끌리는 사람들이 많지."

아주 낯간지러운 칭찬인데도 진심임을 알 수 있었다.

그나저나, 교회를 위해서 나를 제거하고 싶었던 게 아니라, 애초에 교회를 부수기 위해서 나를 이용할 생각이었던 건가…….
대단한 계책이다.

"블랑주 공국이나 일마시아 제국과 폭넓게 교류하는 모양이던데, 언제부터 날 방해했던 겁니까?"

"방해? 이거 이상한 말씀을 다 하는군. 방해를 한 건 그대이지. 마족을 소환하여 마을 전체를 통째로 마족화 하려는 계획을 망쳐버렸고, 그대로 그란돌로 가더니 블랑주 공국에 기사단을 파견시키기 위해 저급 미궁에서 강화하고 있던 마족들을 그날 중에 모조리 쓰러뜨렸지. 그 바람에 얼마나 차질을 빚었는지……."

밖에서 일어난 일이건만, 모든 정보를 파악하고 있군. 외부에 협력자가 있지 않은 한 교회에서 나갈 수 없는 그가 이토록 상세한 정보를 파악할 수 있을 리가 없다. 그리고 그 협력자는 바로 블랑주 공국의 카미야 경이겠지.

"그 일들도 모두 당신이 꾸민 거였습니까?"

"그렇다네. 협력자의 도움을 받았지. 하지만 계획을 세울 때마다 그대가 번번이 망쳐놓았지. 그래서 그대를 끌어내리거나, 혹은 교회 본부에서 멀리 치워버리고 했는데, 그것도 잘 안 되더군."

작전을 대체 얼마나 치밀하게 짠 거야……. 그 능력이 아깝다는 생각이 들었다.

"과연. 그래서 교회에 데미지를 주면서 동시에 날 제거할 수 있는 소문을 이용했군요?"

"그대가 치유사 능력을 잃어버렸다는 소문이 퍼지면 민중을 선동하기 쉬워지니까 말이야. 그래서 거짓 정보를 마구 뿌렸다네. 그런데 그대가 민중한테 인기가 있는지, 이것마저도 좀처럼 잘 먹히질 않더군.”

뭐지? 조금 기뻐서 얼굴 근육이 느슨해질 뻔했다.

“그쯤 하면 포기할 법도 하지 않습니까?”

“카하하! 우리 예상을 아득히 뛰어넘는 호적수를 그냥 내버려 두는 건 아깝지 않나.”

저 말투는 마치 나를 표적으로 삼았다는 것처럼 들리는데⋯⋯?!

“그래서 이번에는 발키리 성기사대를 노린 겁니까⋯⋯. 일부로 날 유인하기 위해서.”

“그래. 마족화를 풀어버린 것은 오산이었지만 말일세. 이제 만족했나? 슬슬 그대를 무찌르고 교회 본부를 파괴하여 내 복수를 끝내도록 하지.”

“마지막으로 묻고 싶은 게 하나 더 있습니다. 이 끔찍한 마족화 계획을 세운 건 대체 누굽니까? 당신이 그동안 얼마나 많은 계획을 세워왔는지는 모르겠지만, 아무리 생각해도 당신이 아버지가 잠들어 있는 교회 본부 안으로 마족을 끌어들일 생각을 했을 것 같지 않습니다.”

“머리가 아주 잘 돌아가는군. 아쉽지만 곧 죽을 자에게 모든 걸 알려줄 순 없지. 때마침 이쪽도 준비가 다 끝났으니까!”

“칫!!”

광전사로 변한 11명의 마족화를 몰래 풀고 있었는데, 시간이 부족했다. 하는 수 없이 생추어리 서클을 반전하여 그들을 가두었다.

"오호. 마족이 된 자들을 구하기 위해서 결계를 펼쳤나? 상당히 여유로운 것 같군."

마족으로 변한 전사들이 결계를 공격했지만, 빠져나오지는 못했다.

"여유는 없지만, 그쪽이 쓸 수 있는 패가 줄어든 것 같은데?"

"카하하. 이쪽의 노림수는 이미 완성되었네."

"완성됐다고?"

"아닛?! 루시엘 군, 마력을 모을 수가 없어."

"신체 강화도 발동할 수가 없다. 루시엘, 어쩌지?"

아무래도 루미나 씨와 스승님이 마력을 운용할 수가 없는 모양이다.

돈가하하가 이상하리만치 여유로워서 의아했는데 마력 운용을 방해하는 마법진을 그렸던 건가…….

"봉마…….."

"그래. 강력한 봉마 결계를 펼쳤다네. 그대한테 상태 이상이 통하지 않는다는 걸 알고 있기에 이 작전을 고안했지. 자, 절망을 맛보면서 종언을 맞이하도록."

시련의 미궁 10계층 보스방처럼 마법이 봉인된 것 같다. 상당한 영향이 있을 듯하다.

이것 참, 정말로 나를 열심히 연구한 모양이군.

그나저나, 10계층에 있던 것과 동일한 봉마 결계라면 자력으로 는 마법을 구사할 수가 없을 텐데.

그렇게 생각하고 있으니 돈가하하가 들고 있는 지팡이가 붉게 빛났다. 대훈련장 중심에 검붉은 마법진이 떠올랐다.

넓은 대훈련장에서 마법을 금하는 봉마 결계가 발동할 줄은 예 측하지 못했다. 돈가하하의 계략에 제대로 걸려들어 절체절명의 위기를 맞이했다.

돈가하하가 우리를 비웃으며 검붉은 빛을 발하는 마법진을 형 성해 나갔다.

그 빛은 그란돌에서 대치했던, 전생자 블러드를 방불케 했다.

"현자라고 해봤자 마법을 쓸 수 없다면 일반인이나 다름없지. 현자 공, 그대는 아주 좋은 호적수였소."

돈가하하가 그렇게 말한 직후에 마법진에서 사람 같은 것이 형 성되어갔다. 그러나 형태가 명백히 괴이했다. 날개와 뿔, 그리고 꼬리가 나 있었다.

"이 몸을 소환할 줄이야…… . 음?"

마족이 나온 순간, 훈련장에 서 있던 골렘이 제어를 잃고서 마 족 위로 쓰러지기 시작했다.

모두 갑작스러운 사태에 놀라면서 마족에게서 멀리 도망치기 시작했다.

상황을 모르는 마족은 자신을 보고 모두 무서워서 도망친 거라 고 착각했다. 입꼬리를 올리고서 거들먹거리기 시작했을 즈음에 비로소 쓰러져오는 골렘을 알아차렸다. 그러나 조금 늦었다.

이미 골렘을 피할 수 있는 상황이 아니었다. 그대로 굉음과 함께 골렘에 깔려서 찌부러지고 말았다.

그러자 무슨 영문인지 다시 마력을 운용할 수 있게 됐다. 마법을 사용할 수 있는 수준까지 회복한 모양이다.

"혹시 방금 그 충격으로 봉마 결계도 함께 풀렸나?"

호운 선생님과 패운 선생님도 까무러칠 만한 폴라 미라클이 벌어지고 말았다.

나는 당장 생추어리 서클 안에 갇혀 있던 마족화한 기사들을 인간으로 되돌려 나갔다.

마족화한 이들이 두려운 이유는 스승님조차 궁지에 몰아넣은 자폭 공격 때문이다. 의식을 되찾는다면 자폭할 생각을 하진 않겠지.

"이봐, 기합 좀 넣어. 마족이잖아."

"마력이 남아 있는 한 계속 소환해도 된다."

스승님과 라이오넬이 의미를 할 수 없는 소리를 하고 있다…….

"루시엘, 저 녀석들의 마족화를 풀지 마라."

"마족으로 변해도 이길 수 없다는 현실을 일깨워주도록 하지요."

그토록 싸우고 싶다고 노래를 부르던 스승님과 라이오넬이 마족이 소환되려고 하자 언제든 나와 기사단을 지킬 수 있는 위치로 이동해줬다.

그러나 마족과의 사투를 예상했는지 이 어이없는 결말이 마뜩

잖았나 보다. 욕구의 갈증이라도 느꼈는지 황당하게도 적을 도발하기 시작했다.

역시 그건 아닌 것 같으면서도 두 사람에게는 전투라는 이름의 사탕이 필요하리라 사고를 전환했다.

그때 내 시야에 여러 기사가 들어왔다. 이번 사건으로 저들에게 조금 억하심정이 있다. 그러니 그 대가로서 스승님과 라이오넬에게 바치자는 생각이 번뜩였다.

"스승님, 라이오넬. 적을 부추기면 어떡합니까! 정 싸우고 싶다면 이따가 여기 있는 기사단 전원을 설 수조차 없게 들들 볶아도 상관하지 않을 테니 지금은 분위기 좀 읽어주세요."

"쳇, 뭐 그것도 좋겠지. 루시엘, 약속은 지켜라."

"하는 수 없군요."

두 사람이 마지못해 수락했다. 그러나 아까 전과 달리 표정이 평온을 되찾은 것으로 보아 올바른 대처였던 것 같다.

스승님과 나의 대화를 듣고서 기사들이 경악하고 절망하며 얼굴이 창백해졌다. 그러나 아무도 거부하지 않았다.

정확하게는 마족과 싸우기보다 차라리 목숨을 잃을 걱정은 없는 대련이 낫겠다고 체념한 것일 테지만, 그들은 지옥을 맛보게 되겠지.

그렇게 생각하니 내 스트레스도 조금 가벼워진 듯했다.

마족화한 기사들을 치료하는 작업도 끝났다.

그러나 마족화하고 버서커가 됐던 영향인지 그들은 치료를 끝마치자마자 의식을 잃고서 제자리에 쓰러져버렸다.

"저들은 이미 마족화가 풀렸으니 구속만 해두세요."

내가 지시하자 기사 몇 명이 따라줘서 맡기로 했다. 나는 다시 돈가하하 쪽으로 시선을 돌렸다.

돈가하하는 아직도 아연실색하고 있었다. 지팡이를 든 채로 마족이 소환됐던 위치를 물끄러미 쳐다보며 굳어 있었다.

기사들을 마족화하고 버서커로 만들어서 우리의 시선을 완전히 돌려놓은 뒤에 봉마 결계를 작동했다.

그리고 우위를 완전히 점하고서 고위로 추정되는 마족을 소환했다.

그의 머릿속에는 승리의 방정식이 세워져 있었다. 그 계책은 스스로 도취해도 이상하지 않을 만큼 훌륭했다.

이토록 공을 들여 준비한 계책이 황당한 형태로 부조리하게 파괴됐다. 나는 돈가하하를 조금이나마 동정했다.

거기까지 생각했을 때 황당한 사태를 일으켰던 폴라의 골렘이 다시 움직이기 시작했다.

아마 폴라가 골렘의 제어권을 되찾은 모양이다. 10m급 골렘이 일어서기 위해서 천천히 움직였다.

나를 포함한 모두의 시선이 골렘의 머리가 있었던 곳에 쏠렸다. 움푹 팬 땅에서 마족이 몸을 경련하고 있었다.

놀랍게도 마족은 다 죽어가면서도 생존했다.

"그 상황에서 아직도 살아 있네."

누가 그렇게 중얼거린 소리가 귀에 들어왔다. 나는 정신을 퍼뜩 차리고서 이내 환상검을 쥐었지만, 소환자인 돈가하하가 한발 먼저 움직였다.

"내 마력을 그대의 마력으로 환원하여 모든 것을 멸하노라."

돈가하하가 그렇게 외치자 검붉은 빛이 본인과 마족 사이를 선처럼 이었다. 그리고 마족의 몸이 검붉게 빛나더니 사악한 기운이 치솟았다.

이대로는 고위 마족과 싸우게 될지도 모르겠다. 자칫 교회 전력이 줄어들 우려가 있으므로 미래를 위해서라도 모든 힘을 다해 쓰러뜨릴 수밖에 없다고 결심했다.

"【성룡이여, 사악한 마족을 정화하는 칼날이 되어——】."

쿠웅.

성룡의 힘을 마족에게 방출하기 직전에 아까 예기치 않은 활약을 해준 폴라의 골렘이 먼저 움직였다.

골렘이 일어서려고 두 무릎으로 선 상태에서 멈춰버렸다. 이내 몸이 90도로 꺾이더니 그대로 팔꿈치부터 마족을 향해 쓰러졌다.

멋들어진 엘보 드롭이었다.

사악한 기운이 치솟기는 했으나 아직 거동할 수 있는 상태는 아니었는지 마족은 엘보 드롭을 피하지 못했다. 부활을 앞둔 마족에게 내려진 무자비한 일격이었다.

마족에게 마력을 공급하던 돈가하하는 마력 공급량이 대폭 늘어났기 때문인지 마력이 고갈되어 그 자리에서 쓰러져버렸다.

바로 그때 역할을 완수했다는 듯 폴라의 골렘도 소멸해갔다.

모두가 마족에게 공포를 느꼈고, 모두가 순살 당한 마족을 보고 아연실색했으며, 모두가 골렘의 강력함에 전율했다.

"으아아아아아, 맛있는 부분을 모조리 빼앗겼다."

"마족과 싸울 수 있는 귀중한 체험이……."

두 전투광을 제외하고서…….

그 뒤에 나는 생추어리 서클을 반전하여 전개한 뒤 마족을 살펴봤지만, 이미 숨이 끊어진 상태였다.

그리고 만약을 위해 돈가하하에게 인족으로 되돌리는 마법을 발동했다. 이렇게 일련의 사건들을 일으킨 주범임을 자백한 돈가하하를 구속하는 데 성공했다.

16 선택지

교회의 암부인 집행부에 소속된, 인족지상주의자 돈가하하와 그 보좌인…… 아니, 보좌로 추정되는 부르투스를 산 채로 구속하는 데 성공했다.

당초 목적은 카트린느 씨를 구출하고 보호하는 것이었다. 그러나 그럴 필요가 별로 없었는지도 모르겠다.

개인적으로는 발키리 성기사대를 구할 수 있어서 다행이었다. 일단 목적은 달성했지만, 역시 교회를 지키기 위해서 나를 이용한 게 아니라, 교회를 망치는 데 내가 방해돼서 소문을 퍼뜨렸다는 사실에 뭐라 형언할 수 없는 감정만이 남았다.

자, 목적도 달성했으니 이제 모든 걸 교황님께…… 맡길 수 있다면 얼마나 편할까.

그러나 나에게도 알고 싶은 것과 꼭 알아야만 할 것들이 있으니 어쩔 수 없네…….

돈가하하는 자신이 손쓸 것도 없이 교회가 저절로 부패해 갔다고 말했다.

치유사가 돈의 망자라는 야유를 받던 시절을 잘 알고 있다. 현재도 욕망에 빠져든 교회 관계자가 많다는 걸 안다.

치료 가이드라인과 법안을 공포하는 등 개혁을 시행하여 교회 평판이 좋아졌다. 그러나 그 개혁으로 이득을 본 사람은 S급 치유사 지위를 획득한 나밖에 없었으니 교회가 얼마나 부패했는지 미루어 짐작할 수 있겠지.

그나저나 재무 관리가 난잡한 회사에서 회계를 부정하게 조작하여 자금을 횡령하다가 느닷없이 회사 방침으로 감사가 들어와 그에 반발하는 사원 같은 구도네.

그리고 집행부 안에는 회사 평판이 곧 자신의 평판이라 착각하고서 뜬소문으로 일희일비하며 감정을 제대로 통제하지 못하는 신입사원 같은 자들도 있다. 참 전도다난하네…….

반세기 전에 교회 운영을 담당하던 중핵들이 갑작스레 사라지면서 지금껏 책임을 회피하며 살아오던 보신주의 중간관리자들이 기사대장이나 사제가 되고 말았다. 그래서 교회가 안락한 길을 택하면서 부패한 거겠지. 불 보듯 뻔하다.

그러고는 후세대를 키워내는 것을 포기하고 말았다……. 그 정도까지는 아니더라도 자신의 권위나 권력을 보존하는 선택만 해왔겠지.

그래서 미궁 출현에 낙담하고 책임감을 느낀 교황님의 발언력이 힘이 잃은 것으로 추측해볼 수 있다.

뭐, 진실은 이따가 교황님께 듣게 되겠지.

그나저나 레인스타 경이 이 교회를 창설한 이유는 전생 때처럼 구할 수 있는 목숨을 당연히 구해낼 수 있는 장소가 속히 만들어지길 바랐기 때문이겠지.

전기(轉記)에도 레인스타 경이 동지들을 모아 교회를 설립한 뒤에 목숨을 쉽사리 포기하지 않아도 되는 시설을 세우는 걸 모두의 목표로 삼아서 치유사 길드를 창설했다고 적혀 있으니까.

혼자서는 불가능할지라도 모두가 똘똘 뭉쳐서 같은 방향으로 나아가면 그 어떤 목표일지라도 달성할 수 있다. 분명 충실한 나날이었겠지. 과로로 쓰러질 것 같아도 회복 마법이 있었을 테고……. 창설된 지 오랜 시간이 지나면서 조직의 기능을 유지하기가 어려워졌다. 파멸이 서서히 시작됐겠지.

원래라면 교황님, 혹은 대사교급 인물이 키를 잡아야만 했다.

그러나 그럴 만한 인재가 교회 중추에는 없었다. 설령 있었더라도 구심력을 잃어버려 욕망에 굴복해버린 조직이 개혁하려는 자들을 등용하지 않았겠지.

키를 잃어버린 조직은 연약하다. 그 규모가 거대하면 거대할수록…….

제각기 다른 목표를 갖고서 나아가고 있는 게 현 상황이겠지. 객관적으로 봤을 때 그런 인상밖에 느껴지지 않는다.

다만 대기업은 썩어도 대기업이고, 교회는 썩어도 교회다.

교회가 사라지면 치유사 길드는 존속하기 어려워진다. 그리되면 난처해질 사람이 많겠지.

대체할 수 있는 교회 같은 조직이 또 있다면 그나마 낫다.

그러나 이 세계에는 그러한 조직이 존재하지 않으므로 없애버릴 수도 없다.

교황님께서 아직 성녀로서 사람들을 치유하는 위치에 있었다면,

키를 잡을 수 있을 만한 카리스마가 있는 레인스타 경 같은 인물이 교황을 맡고 있었다면 또 다른 미래가 찾아왔겠지.

뭐, 현실이 아닌 것을 상상해봤자 허무할 뿐인가.

이곳에 있는 기사들은 대부분 내가 사악한 금기를 범하여 신벌을 받았다는 소문을 믿어버렸다.

내 입장에서는 무척이나 밉살스러운 녀석들이지만, 교회를 생각하는 마음만은 진짜일지도 모른다.

자, 나는 심호흡을 한 번 하고서 지금 해야 할 일에 집중하기로 했다.

"스승님과 라이오넬, 수행원들은 돈가하하와 마족화됐던 기사들을 감시해주세요."

"아아, 알겠다."

"알겠습니다."

스승님과 라이오넬이 고개를 끄덕인 뒤 분담하여 돈가하하가 이끌고 온 마족화됐던 기사들을 통제했다.

"루미나 씨와 발키리 성기사대 여러분은 교회 본부에 있는 모든 사람을 이 대훈련장에 모아주세요."

"무슨……. 아니, 알겠다."

루미나 씨뿐만 아니라 나머지 사람들도 그녀를 따라 고개를 끄덕였다.

"가르바 씨는 미안하지만, 집행부 내부 정보를 좀 알아봐 주실래요? 아, 케핀도 가르바 씨를 도와줄 수 있을까?"

"알겠습니다."

"뭘 조사하면 될까?"

"미궁이 있다는 사실이 이미 널리 알려져서 더는 비밀이 아니긴 하지만, 이 교회 본부에는 미궁이 있습니다. 대략 50년 전에 출현한 미궁인데, 공략을 포기했던 시절을 조사해주실 수 있을까요?"

"알겠어. 집행부 위치를 아는 기사를 데리고 가도록 할게."

"잘 부탁드립니다. 자, 기사 여러분들은 여기서 정렬해 주세요. 이제부터 교황님을 이리로 모시고 오겠습니다. 카트린느 씨는 절 따라와 주세요. 나디아와 리디아는 집행부 잔당이 있을 가능성도 있으니 따라와 줘."

"알겠어."

""예.""

사람들에게 지시를 다 내렸을 즈음에 내 눈에 폴라, 드란, 리시안이 들어왔다.

"폴라, 나이스 골렘이었어. 드란이랑 리시안은 마족화 미수자들을 감시해줘."

"마석을 받은 답례."

"난동을 부리는 자, 도주하려는 자가 있거든 폴라와 함께 붙잡아둠세."

"알겠어요."

"부탁합니다."

세 사람이 고개를 끄덕이고서 기사들 쪽으로 시선을 옮겼다.

나는 쓴웃음을 지으며 교황님의 방으로 걸어 나갔다. 교황님의 방으로 가던 도중에 카트린느 씨가 감사를 표했다.

"루시엘 군, 이번 사건도 네 덕분에 살았어. 고마워."

"아뇨, 가르바 씨의 부탁을 들어줬을 뿐입니다. 게다가 돈가하하의 표적은 저였던 모양이니 오히려 카트린느 씨가 휘말린 셈이죠."

"언젠가 교회를 혼란에 빠뜨릴 예정이었으니 최소한의 피해로 해결돼서 다행이야."

"정말로 해결해야 할 일들이 산더미처럼 쌓여 있는데요……."

"그러게……. 그나저나 루시엘 군은 점점 성장해가네. 성속성 마법은 전부터 타의 추종을 불허했지만, 지금은 무력도 나보다 강해. 어쩌면 루미나보다도……. 그치?"

그리고 보니 가르바 씨의 정보에 따르면 내가 부러뜨린 그 검은 카트린느 씨가 소중히 여기던 물건이었다. 사과하는 걸 깜빡했다.

"그나저나 애지중지하던 검을 부러뜨려서 죄송합니다. 그땐 그게 최선이라고 생각해서……."

"됐어. 결과적으로 집행부의 추궁도 받지 않았고, 소중하게 여기던 검을 부러뜨렸기 때문에 내가 루시엘 군과 적대했다고 다들 착각 했으니까."

말은 그렇게 하면서도 눈은 웃고 있지 않다. 가르바 씨를 통해서 어떻게든 벌충을 해야만 하겠군…….

"그, 그럼 다행이지만……."

"그나저나 교황님을 대훈련장으로 모셔서 뭘 어쩔 셈이야?"

"교황의 자리에 그대로 계실지, 아니면 사의를 표명하실지 교황님께서 스스로 진퇴를 결정하시도록 할 생각입니다."

"잠깐만. 교황님께 그 자리에서 내려오시라고 말할 셈이야?! 난 절대로 그럴 수 없어!"

나는 교황님께 모든 결정을 맡기겠다고 널리 말했는데……. 그나저나 교황님을 향한 카트린느 씨의 충성심은 의심할 여지가 없네. 설마 앞을 가로막고서 전투조차 불사하겠다는 각오로 나를 멈춰 세우다니.

따라온 나디아와 리디아는 나와 카트린느 씨가 어떻게 나올지 몰라서 움직이지 못하는 모양이다.

"말해두겠지만 이대로는 교회는 변하지 않아요. 교황님께서 강력한 의지를 표명하지 않으시면 교회는 곧 또다시 부패하여 언젠가 멸망의 길에 이르게 되겠죠. 이 조직이 그 어떤 숭고한 이념으로 세워졌든 간에 풍화되어버리면 교의 따윈 없는 거나 마찬가지이니까요."

그렇게 말하고서 카트린느 씨 옆을 지나가려고 했더니 또다시 길을 막아섰다.

"교황님께서 얼마나 이 교회를, 사람들을 생각하는지 너도 알고 있잖아. 그런데 교황님을 부정하겠다는 거야?"

"부정하는 게 아니라 맹신하지 않을 뿐입니다. 분명 교황님께서는 마음씨가 고우셔서 교회를 남보다 더 생각하고 계시겠죠. 그건 저도 압니다. 하지만 교황님께서 모두의 행복을 얼마나 기원하시든 그 생각을 이어받아서 퍼뜨려줄 사람이 과연 지금 교회 본부에 있을까요?"

명확한 미래 전망이나 대책이 없는 이상, 마음만으로는 아무것도 해결할 수 없는 법이다.

카트린느 씨도 사실은 지금 이대로는 교회의 미래가 위태롭다고 생각하고 있을 터이다. 그렇기에 이번에는 나를 만류하지 않았겠지.

카트린느 씨가 이토록 교황님을 연연해하는 이유를 모르겠지만, 나도 교황님의 도움을 받은 처지이니 조금이라도 은혜를 갚고 싶다.

다만 교황님을 교황 자리에서 내려오게 하는 게 그렇게 간단할까? 하고 대화를 나누고 있는 시점에 이미 여러 가지가 잘못됐다고 생각하지만, 마음속에만 담아두기로 했다.

교황님의 방에 도착하자 안에서 에스티아가 나타나 맞이해줬다.

"루시엘 님, 교회로 귀환하셨군요."

아마 어둠의 정령이 아니라 평범한 에스티아인 듯하다.

"그래. 에스티아한테 부담을 안겨서 미안했어."

"아뇨. 저도 교황님을 좋아하고, 어둠이랑 함께 힘을 사용하는 법도 배웠으니까요."

에스티아가 미소를 머금으며 보고해줬다. 상당히 밝아진 것 같아 안심했다.

"기대하고 있어."

"음, 노력하겠습니다. 아, 어서 안으로."

우리는 에스티아가 권하는 대로 교황님의 방으로 들어갔다.

교황님의 방은 말끔히 정리되어 있었다. 그러나 교황님 외에는 로자 씨와 에스티아밖에 없었다.

아마도 시녀를 아직 안에 들이지 않은 듯했다.

"교황님, 귀환했습니다."

"루시엘, 우선 건강해 보여서 다행이구나."

"시녀분들은 아직 들이지 않으신 겁니까?"

"시녀들은 지금쯤 로자를 대신하고 있느니라. 이번에는 카트린느도 함께 왔느냐."

"예. 거두절미하고 말하자면 카트린느 씨가 위험에 처한 것 같아서 구하러 돌아온 겁니다."

"무슨 소리더냐?!"

"루시엘 군!!"

교황님과 카트린느 씨가 이 한 마디에 목소리를 높였다. 그러나 이번에 사실을 들려준 데에는 어엿한 이유가 있다.

교황님께 신뢰하는 자들이 위험에 처했다는 사실을 알리면 어떻게 행동하실지 알고 싶었다.

"카트린느 씨, 교황님께 거짓말을 할 바에야 차라리 여기에 안

왔을 겁니다."

"카트린느가 여기에 있다는 건 이미 위험을 회피했다고 봐도 되겠느냐?"

"예. 다만 이제부터 얘기가 조금 길어질 것 같습니다. 그전에 교황님, 지난번에 제가 현자가 됐다는 사실을 모든 치유사 길드와 외부에 나가 있는 기사대에 통보해달라고 부탁드렸던 건은 어떻게 됐습니까?"

"교황님께서는 연락할 수 있는 치유사 길드에 연락하셨고, 교회 본부에 있는 치유사나 시녀들한테는 내가 식당에서 퍼뜨려뒀어."

로자 씨도 거들어준 것 같다. 그러나 위험한 상황에 노출시킨 것 같아 미안하다.

"감사합니다. 그래서 아까 그 건 말입니다만, 실은 멜라토니에서 여러 정보를 듣고서 교회 본부에 타국 내통자가 있다는 사실을 알게 됐습니다."

"뭐라고!"

"카트린느 씨도 무슨 정보인지는 모르겠지만 제 은인한테 정보를 흘려준 덕분에 이번에 교회가 피해를 입지 않았습니다."

"카트린느, 그거 말이냐?"

"예."

역시나 그 정보를 외부에 흘려도 될지 교황님께 허가를 받았던 모양이다.

그렇다면 지금은 언급하지 않아도 되겠지.

"그 은인이 알려준 정보로 교회 본부 내에 타국 내통자가 있음을 알게 됐고, 유언비어를 퍼뜨리라고 지시한 흑막도 알게 됐습니다."

"그건 대체 누구냐?"

"그전에 교황님께서 교회 내부가 혼란스러워지지 않도록 집행부 내통자를 찾아내지 말라는 듯이 말씀하셨지만, 사태가 긴급해서 집행부 내통자를 대훈련장에 포박해뒀습니다."

"그, 그게 누구더냐."

흑막보다도 내통자를 포박했다는 소리를 듣고서 더 동요했다. 믿고 싶지 않아서였는지 아니면……

"집행부를 지휘했던 돈가하하, 전직 신관기사대장이자 보좌역인 부르투스 이하 인족지상주의 사상을 가진 기사들입니다."

"돈가하하가…… 틀림없는 사실이렷다?"

도무지 믿기지 않는다는 표정이었다. 그러나 돈가하하가 자기 입으로 직접 말한 사실을 그대로 교황님께 전했다.

"예. 돈가하하는 제가 교회 본부에서 사라졌기에 발키리 성기사대를 인질로 삼으려고 했습니다. 또한 그들을 포박하기 전에 전투가 벌어졌는데, 집행부 기사들을 마족으로 변화시키는 사악한 술법도 사용했습니다."

"마족화……라고? 타국 이야기가 아니라 이 교회의 이야기가 맞더냐?"

교황님이 충격을 받은 나머지 쓰러질 뻔하자 로자 씨가 받쳐

줬다.

"예. 실은 일마시아 제국이나 블랑주 공국에서 마족화시키는 사악한 술법을 사용하고 있는 것 같습니다. 설마 교회 본부 내에서 마족화한 기사와 싸우게 될 줄은 생각도 못 했습니다만……."

"이게 무슨 일이더냐……."

"혹시 몰라서 전해둡니다만, 마족화한 자들은 대부분 이미 사람으로 되돌아갔습니다."

"역시 루시엘이구나. 그러나……."

교황님께서 무언가를 필사적으로 생각하기 시작했다. 그러나 교황님이 사고의 소용돌이 속으로 빠져들기 전에 본론으로 들어갔다.

"교황님께서 저와 함께 대훈련장으로 가셔야 할듯싶습니다. 이번 사건을 어떻게 처분할지 교황님께서 직접 선포하셔야 합니다. 저는 교황님이 어떤 결정을 내리시든 따를 것입니다. 그들을 은사(恩赦) 하시더라도 반대하지 않을 것입니다."

"루시엘 군?!"

카트린느 씨가 놀라며 목소리를 높였다. 그러나 내 생각은 변함없다. 아까 전 조언도 받아들였을 뿐 납득한 게 아니다.

"교황님께서 교회를 얼마나 소중히 여기시는지 압니다. 레인스타 경이 창설한 곳이며, 교황님께도 각별할 테니까요."

"루시엘……."

"하지만 이번 사건은 교황님께서 힘을 행사하지 않으셨기에 욕망에 빠진 자들이 파고들 틈을 주어 일어난 일이라고 감히 생각합니다."

"……."

교황님께서 어질다는 건 나도 잘 알고 있다. 그러나 나쁜 짓을 저지른 사람에게 잘못을 일깨워주고 반성을 촉구하지 않는다면 성장이나 반성은커녕 오히려 조장하는 꼴이다.

"어지신 마음씨와 배려심은 훌륭하다고 생각합니다. 저도 교황님의 그 마음씨에 지금까지 몇 번이나 도움을 받았습니다. 하지만 어진 마음과 여린 마음은 다른…… 모양입니다."

스승님이나 라이오넬에게 들었던 말을 떠올리면서 내 나름의 언어로 교황님께 전했다.

"어진 마음과 여린 마음이라?"

"예. 예를 들어 어린애가 나쁜 짓을 저질렀습니다. 그 아이의 부모는 어떻게 해야 할 것 같습니까?"

"그야 혼을 내야겠지."

"그렇습니다. 하지만 그건 아이가 미워서 혼을 내는 것입니까?"

"아니다. 악행임을 일깨워주지 않으면 그 아이는 장래에 악행이 나쁘다고 생각하지 않게 되느니라."

"맞습니다. 그게 바로 자식의 미래를 생각하는 부모의 어진 마음입니다. 하지만 여린 마음은 악행을 저질렀더라도 혼을 내지 않고, 언젠가 깨달으리라 관용을 베풉니다. 그리하면 아이가 어찌 되겠습니까."

"······무엇이 나쁜 것인지 인식하지 못하겠구나."

"교황님께서는 혼이 났던 경험이 있습니까?"

"혼이 난 적······. 먼 옛날에 여러 번 있었지만, 괴로운 기억은 아니었느니라."

교황님이 왠지 쓸쓸하게 웃으면서 대답해줬다.

"사람은 때로 길을 잘못 들 수도 있습니다. 정말 중요한 건 잘못을 바로잡고 같은 실수를 하지 않도록 하는 것입니다. 현재 교회 본부가 일그러진 이유는 잘못을 바로잡지 않고 계속 방치했기 때문입니다."

"그래서 본녀가 돈가하하 일당한테 직접 처분을 내리라는 것이냐?"

교황님께서 부들부들 떨기 시작했다.

"예. 결정을 다른 이에게 맡기면 편할 수는 있지만, 영원히 그럴 수는 없는 일입니다. 교황님께서 결단을 내리시지 않으면 언젠가 교회는 붕괴할 수도 있습니다. 도저히 혼자서 결정할 수가 없다면 누군가와 의논을 하십시오. 그러나 선택은 교황님께서 하셔야 합니다. 그 선택의 무게를 지는 것이, 지금껏 그들을 방치한 잘못에 대해 속죄하는 길입니다."

슈욱, 하는 소리가 들렸다. 카트린느 씨가 칼집에서 검을 반쯤 뽑았을 때 나디아가 만류했다. 그리고 리디아가 카트린느 씨에게 지팡이를 겨눴다.

"루시엘 군, 철회해."

카트린느 씨는 속죄라는 단어를 철회하라고 말한 거겠지. 그러나 나는 철회할 생각이 없다.

나는 카트린느 씨를 무시하고 교황님께 말했다.

"교황님께서 선택하셔야 합니다. 교회가 처음 창설됐을 때처럼 숭고한 이념을 드높이 내세울 것인지, 아니면 이대로 교회가 조용히 썩어가는 것을 방관하실 것인지! ——교황님의 뜻을 들려주십시오."

나는 고개를 깊이 숙였다.

17 극약과 사죄, 그리고 심경 변화?

우리는 대훈련장으로 돌아왔다. 기사들과 치유사들이 가지런히 정렬하여 기다리고 있었다.

그리고 선두에는 스승님 및 수행원들과 발키리 성기사대, 이번에 소동을 일으킨 돈가하하를 비롯하여 마족이 됐거나 마족화가 도중에 그쳤던 기사들이 구속되어 있었다.

아마 버서커로 변했던 기사들도 의식을 되찾았는지 마찬가지로 구속되어 있었다.

내가 정말로 교황님을 대훈련장으로 모시고 나오자 기사들이 일제히 놀란 표정을 지었다. 그러나 그대로 교황님과 나를 조용히 주목했다.

"지금부터, 교황님께서 이번 소동에 관한 처분을 전하실 것입니다! 교황님, 말씀하시지요."

교황님께서 내 앞으로 나오더니 늠름한 얼굴로 돈가하하 앞까지 나아갔다. 그러고는 그에게 말을 말했다.

"돈가하하여, 교회는 그대에게 원망스러운 곳이 되었느냐?"

"아닙니다, 교황님. 교회는 이전에도, 그리고 이후로도 쭉 저의 집일 것입니다. 또한 교회에 있는 자들은 제 가족일 것입니다."

교황님의 갑작스러운 질문에 돈가하하는 살짝 놀란 듯했으나, 이내 자세를 고치고 천천히 대답했다.

이 질문은 교황님이 내게 거신 조건이었다.

'처분을 내리기 전에 돈가하하와 대화를 나눠보고 싶구나…….'

'그들 앞에서 처분을 내리신다면, 그 이외는 교황님의 뜻대로 하셔도 상관없습니다.'

약소한 교환 조건이다. 그러나 교황님의 목소리는 작으면서도 강한 의지가 담겨 있었다. 나는 모든 것을 맡기기로 했다.

……그나저나 이 지경이 되어서도 교회가 집과 가족이라고 단언하는가.

돈가하하의 얼굴은 몹시 평온했다. 거짓말을 하는 것처럼 보이지는 않았다.

교회와 교황님을 증오한다고 떠들며 파괴하려고 했던 것과는 전혀 딴판이었다.

"본녀도 그리 생각하느니라. 하면 그대는 어찌하여 유언비어를 단속하기는커녕 내통자가 되어 사악한 술법으로 손을 더럽히면서까지 마족을 교회 본부에 들인 것이냐?"

"현자 루시엘에게는 미안하지만, 소문이 퍼져 신뢰도가 높아질수록 저는 교회의 미래를 걱정하지 않을 수가 없었습니다. 그렇기에 이런 일을 벌인 것입니다."

"소문대로 루시엘이 성속성 마법을 다룰 수가 없게 됐다면, 그대의 걱정대로 교회 안팎으로 헤아릴 수 없는 영향을 끼치게 되겠지. 하나 설령 그런 사태가 벌어지더라도 다 함께 협력하면 극복할 수 있었을 터."

"그건 불가능하옵니다. 이 교회는 이미 많은 부분이 썩어버렸습니다. 그렇기에 더욱 이 이상 썩기 전에 모든 걸 파괴해야 했습니다."

돈가하하가 이쪽을 보고 사죄를 하고서 다시 교황님 쪽을 돌아봤다. 그러고는 교회를 파괴할 작정이었다고 확실히 말했다.

이미 복구할 수 없을 정도로 교회 내부가 썩었다는 돈가하하의 발언에 나는 놀라움을 감출 수 없었다.

교회를 배후에서 좌지우지하고 있다고 야유받는 집행부가 교회를 부패하게 했을 터다. 그런데 그가 하는 말을 들으면 마치 집행부가 아닌 다른 것이 교회를 썩게 했다고 들렸다.

최근에 교회는 평판이나 권위를 착실하게 다시 쌓고 있고, 집행부 이외에 교회를 부패하게 하는 요인도 딱히 떠오르지 않는다. 나는 그가 무슨 말을 하려는지 진의를 알 수가 없었다.

"그게 무슨 소리더냐. 본녀는 교회가 서서히 권위를 되찾고 있다고 들었느니라."

교황님도 동일한 의문을 품었는지 돈가하하에게 다시 물었다.

"아닙니다. 교회의 평판은 그다지 변하지 않았습니다. 물론 치료 가이드라인과 법안 공포, 이에니스 치유사 길드 재건이 이뤄지면서 교회 권위와 명성이 높아졌고, 민중이 치유사를 싫어하지 않게 되기는 했지요."

"치유사들의 평가가 올라간다면 앞으로 교회의 평판 또한 좋아지는 것이 아니더냐?"

교황님께서 내가 궁금했던 걸 그대로 물어주셨다.

그러나 그의 입에서 나온 대답은 상상했던 것과 달랐다.

"아닙니다. 정확히는 치유사가 인정받은 것이 아니라, 현자 루시엘이 세간에 인정받은 겁니다. 마찬가지로, 성 슈를 공화국을 지키는 기사단에서도 평가가 오른 건 발키리 성기사대뿐입니다. 이것이 뭘 의미한다고 생각하십니까?"

"그럴 리 없느니라. 그대가 민중이 치유사를 미워하지 않게 됐다고 하지 않았느냐?"

"능력이 부족하더라도 민중을 도우려 했던 치유사들에 한한 이야기입니다. 이타심보다 욕망에 굴복했던 자들은 여전히 신랄한 험담을 듣고 있습니다. 저희 또한, 지금까지 가이드라인을 내놓지 않았던 걸 이유로 무능하다고 비난받고 있습니다."

"무능하다니, 그게 무슨 말이더냐? 자세히 말해보아라."

교황님이 돈가하하에게 더욱 상세히 물었다.

"최근 수십 년 동안 치유사들을 올바르게 지도하지 않았고, 악덕 치유사가 늘어만 가는데 방치했으며, 마물이 늘어났을 때도 기사단 전력을 아끼려 했던 것이 원인입니다."

"그건……."

"예, 그것 모두 교회 내부에 나타난 미궁에 대응하느라 어쩔 수 없었던 선택이었지요. 하지만 그 사실을 모르는 민중들한테는 전혀 관계가 없는 일입니다."

"하나, 루시엘이 S급 치유사가 되어 민중의 신뢰를 서서히 되찾고 있지 않더냐?"

"예, 그렇지요. 그가 없었으면 교회나 치유사들을 향한 악감정은 바꿀 수 없었습니다. 결국 그는 극약이 되었지만요."

나는 S급 치유사가 된 이후로 교회에 민폐가 될 만한 행동을 한 기억이 없기에 나를 극약이라고 부르는 돈가하하의 말에 귀를 기울였다.

"……루시엘이 뭔가를 했더냐?"

"가이드라인을 만들 때 말씀드리지 않았습니까. 루시엘은 극약이 될지도 모른다고……."

돈가하하는 눈을 감고 고개를 가로저으며 추상적으로 대답했다.

"하나 가이드라인과 법안을 작성하는 데 그대도 관여하지 않았더냐."

"예. 하지만 그 이상의 명성이 현자 루시엘에게 집중되는 건 바람직하지 않았습니다. 물론 그는 영웅이라 부를 만한 인물입니다. 교회 본부를 떠나 순식간에 이에니스 치유사 길드를 재건하는 과정에서 미궁을 공략하고 용살자가 됐으며 그 뒤에는 이에니스를 평정했습니다. 커다란 과업을 두 개나 달성했지요."

순전히 사건에 휘말려 어쩌다 보니 달성한 것인데 외부에서는 그런 식으로 보고 있었구나. 참 신기하다.

그러나 살아남기 위해서 노력했는데 그게 잘못일까…….

"분명 루시엘은 공훈을 세웠다. 그렇다고 해서 루시엘 이외가 무능하다고 비난하는 건 궤변이 아니더냐."

"예. 하지만 그걸 판단하는 건 교회 내부 사정을 모르는 이들입니다. 빼어난 공훈은 주변 사람들의 노력에 그늘을 드리우는 법이니까요."

그 말을 들으면서 전생 때 탑 비지니스맨이었던 상사의 말이 떠올랐다.

"그늘이라니?"

"여기 있는 자 중에도 루시엘만 평가받아서 불만을 품고 있는 자가 적지 않겠지요. 악덕 치유사들 또한 자신과 루시엘을 비교하면서 푸념과 불만을 늘어놓으며 서로의 발목을 잡기에만 급급하다고 들었습니다. 여기 있는 기사들과 발카리 성기사대의 관계도 마찬가지라고 할 수 있습니다."

"그건 통솔을 맡은 자…… 본녀가 맡을 안건이 아니더냐."

"기사단은 집행부 산하에 있으니 제 일입니다. 엑소시스트 관련은 그란하르트가 담당하고 있고요."

돈가하하는 내게 인족지상주의 사상을 품고서 교회를 무너뜨리기 위해 행동했다고 말했었다. 그런데 지금 하는 말은 기사와 치유사들의 팽배해진 불만을 빼내고, 교회 본부의 고름을 짜내기 위해 행동한 것처럼 들렸다.

"언제부터 이런 계획을 꾸몄는지 전부 말하거라."

"현자 루시엘이 성속성 마법을 잃어버렸다는 소문이 흘러나오기 3개월 전이었습니다. 뭐, 약 반년 전에 현자 루시엘 일행이 마을에 소환된 마족을 토벌했을 때부터 이것저것 진행하고는 있었습니다만…….”

교황님께서 믿기지 않는다는 표정으로 입을 반쯤 벌리고서 굳어버렸다.

“만약에 루시엘이 정말로 마법을 쓰지 못하는 상태였다면 어쩔 셈이었느냐?”

“처형하겠다는 공고를 내고서 돕는 자가 나오지 않는다면 그대로 교회의 주춧돌로 삼기 위해 처형했겠지요.”

교황님께서 화제를 조금 돌렸지만, 무자비하고 무정한 말이 기다리고 있었다.

각오를 했다고는 해도 역시나 그런 계획이 있었음을 들으니 마음이 조금 싱숭생숭했다.

돈가하하는 담담히 사실만을 말하고 있다. 교황님께 원망을 토로하거나, 무슨 행동을 벌이려는 낌새가 없어서 의아했다.

“……이렇게 된 건 본녀 때문인가?”

“큭큭큭. 옛날부터 자책하는 걸 좋아하시는군요. 그런 성격으로는 마족과의 전투에서 살아남을 수 없습니다.”

“마족이라고?!”

“어이쿠, 말을 너무 많이 했군요. 그럼 교황님, 슬슬 처분을 내리시지요. 그 여린 마음으로 줄곧 교회를 부패시켜온 교황님께서 제게 처분을 내릴 수가 있다면 말이죠. 카하하.”

돈가하하가 크게 웃고서 교황님을 올려다봤다.

이 교회에 오랫동안 몸을 담으며 중책을 맡아왔던 돈가하하가 죄를 깨끗하게 인정했다. 처형되길 바라고 있는 듯 느껴졌다.

내 생각에는 의뢰를 받아서 한 일이라고는 해도 악의적인 소문을 흘리고, 부하인 기사들을 마족으로 만들었으며, 진짜 마족까지 직접 소환했으니 처형하는 게 타당할 것 같다.

그러나 한편으로는 그의 우려와 교회를 위해서 행동을 벌였다는 것도 거짓말은 아닌 것 같았다.

그는 교회를 집, 교회 관계자를 가족이라고 단언했다. 그러니 질투, 시기, 왜곡이 만연한 교회 내부를 더는 보고 싶지 않았을지도 모른다.

그는 내가 그만한 공훈을 세울 수 있었던 이유가 신벌을 받을 만한 무언가를 했기 때문이라고 호도(糊塗)함으로써 부하들의 시선을 잠시나마 자신과 같은 방향으로 돌려서 교회의 통제권을 거머쥐려고 했을지도 모른다.

계획이 틀어진 이유는 예상보다 마족화가 완료되는 데 걸리는 시간이 길었고, 또한 나를 믿어주는 사람들이 많았기 때문인지도 모른다.

전생하기 전, 빼어난 영업 실적을 거둔 상사가 있었다.

그 상사는 주로 대형 단골 거래처를 통해 매상을 올려왔다. 그런데 그 거래처가 갑자기 망하면서 영업 실적이 급격하게 떨어졌고, 아래에서 세는 게 더 빠른 순위까지 추락하고 말았다.

그러자 사람들이 뒤에서 그 상사를 험담하기 시작했다.

'역시 그 기업이 없으면 저 사람은 별 볼 일 없어.'

'나도 그런 기업만 붙잡으면…….'

그렇게 자신들이 거둔 실적을 정당화하며 안위(安慰)를 얻고 싶었겠지.

그러나 상사는 3개월 동안 간난신고를 겪은 뒤에 다시 정상에 화려하게 복귀했다. 그로부터 반년 뒤에는 그를 험담했던 자들이 회사에서 사라졌다.

그러던 어느 날, 그 상사와 술을 마시러 갔을 때 나는 어떻게 하면 멘탈을 강하게 유지할 수 있는지 비결을 물었다.

"영업 탑에 복귀하신 걸 축하드립니다. 덕분에 제 실적은 또 그늘에 가려지게 됐지만요."

"오냐. 남들의 성과를 초라하게 보이도록 만들어서 이번 분기 인센티브도 모조리 챙길 거다."

"뭐, 저도 슬슬 승진이 눈앞에 보이니 혹하지 않고 열심히 노력하겠습니다. 그리고 내버려 두면 실적이 또 떨어질지도 모르고요."

"큭큭큭. 이야~, 너 좋은 녀석이구나. 뒤에서 까지 않고 대놓고 독설을 내뱉다니."

"어라? 빼어난 실적을 거두셨으면서도 소문을 신경 쓰시는 겁니까?"

"일단 나도 사람이니까. 뭐, 줄곧 그 기업에만 의지했던 것도 사실이고 말이야. 고객을 관리하고, 소개 영업을 하고, 중지했던 교섭도 진행하고, 당시 신세를 졌던 기업들을 돌아다니다 보니 어느새 3개월이나 지났어. 그렇게 바삐 보내왔지만 어디에 있든 불쾌한 소문이 귀에 들어오더라."

"남들이랑 하는 게 별반 다른 것 같지 않은데도 뛰어난 실적을 거두셨으니까요. 뭐, 다른 사람이랑 결정적으로 다른 부분이 있겠죠."

"난 지는 걸 싫어해. 한 번 진 뒤에 왜 졌는지 세밀하게 분석하여 다음 기회에 활용했을 뿐이야."

"그거 굉장하네요. 소문 이야기가 나와서 말인데, 빼어난 성적이 주변에 미치는 영향 같은 걸 생각해 본 적이 있습니까?"

"넌 아직도 눈치 보며 사냐? 그런 걸 신경 쓰고 다니면 머리 빠져. 그딴 건 개도 안 먹는다고. 주변을 신경 쓰고 있으면 실적은 떨어지기 마련이야. 자신의 귀중한 시간을 낭비하는 거지. 인생을 살다 보면 산도 나오고, 계곡도 나오고 하는 거라고. 노력할 수 있을 때 노력해서 성과를 내는 게 중요한 거야."

"그건…… 그렇군요."

그런 대화들을 나눴던 기억이 떠올랐다.

내가 그동안 해왔던 행동을 돌이켜보니 상사의 처지와 연결된 것 같아 한숨이 나왔다.

노력할 수 있을 때 노력한다……. 내가 처분을 내리는 위치에 있었다면 어떻게 처분을 내렸을까. 그리고 교황님은…….

처벌하든 말든 간에 마족화 관련 정보를 모조리 불게 한 뒤에 블랑주 공국에서 조종했던 흑막의 이름을 알아내야만 한다.

그러지 않으면 이번 사건이 해결되더라도 또 언젠가 휘말릴 것 같은 예감이 들었다.

교황님께서 비애에 젖은 표정으로 돈가하하를 쳐다봤다. 돈가하하는 교황님으로부터 처벌을 받을 각오를 하고 있었다.

그러나 교황님과 돈가하하의 대화를 지금껏 묵묵히 듣고 있었던 부르투스 일당이 처형만은 피하려는 듯 정상참작을 호소했다.

"교황님, 저희는 교회에 '힘을 얻는 비술'이 있다는 돈가하하 경의 꾐에 넘어가서 그 술법을 받아들였을 뿐입니다. 이 모두 돈가하하 경의 명령에서 비롯됐으니, 모쪼록 극형만은!"

"그렇습니다! 저희는 명령에 따른 죄밖에 없습니다!"

"기회를 주신다면, 저희가 새로운 교회의 주춧돌이 되겠습니다."

"교회를 지키는 방패, 교회의 적을 무찌르는 창이 될 것을 서약하겠습니다. 그러니 부디!"

"교황님!"

"교황님!"

"교황님!"

고개를 푹 숙이고서 교황님의 인정에 매달리는 모습이 마치 악당의 졸개 같았다.

"크하하! 저게 바로 교회 안에서도 손꼽힌다는 기사와 권력을 쥔 자들의 모습입니다! 타락하여 기사도 정신을 더럽힌 저들한 테, 긍지는 터럭만큼도 남아 있지 않습니다. 자, 단호히 처벌하여 교황으로서의 그릇을 마지막으로 보이십시오."

돈가하하가 기사들을 비웃으며 재차 처벌을 요구했다.

교황님과 돈가하하의 입장이 역전된 것 같은 말투에 사람들이 술렁였다. 그러나 교황님은 고개를 천천히 끄덕이고서 다시 돈가 하하에게 말했다.

"돈가하하여. 본녀한테 남길 말이나 풀지 못한 원망이 있느냐?"

"없습니다."

아까 나에게 했던 아버지의 이야기를 털어놓을 기회이건만, 돈 가하하는 고개를 가로젓고서 대답했다.

"제가 바라는 것은 교황님의 각오와 교회의 부흥뿐."

"……그러더냐. 그대의 아버지도 정의감이 투철한 솔직한 자였 느니라. 본녀가 그런 부탁을 하지 않았더라면……."

"……미궁 출현 직전에 물건을 가지고 오라고 시켰던 것 말입 니까?"

"그렇다. 내가 그런 지시를 내리지 않았더라면 그대의 아버지 는 죽지 않았겠지."

"그 거짓말은 이미 조사를 해서 알고 있습니다. 그날 미궁이 어 째서 출현했는가, 어째서 아버지가 죽게 됐는가. 그리고 미궁 공 략을 어째서 포기했는지도……. 그러니 교황님을 원망할 수는 없 습니다."

돈가하하가 그렇게 말하고서 웃더니 눈을 조용히 감았다.

교황님께서 그 말을 듣고서 놀랐다. 이내 깊은 슬픔이 얼굴에 번지더니 당장에라도 터져 나올 것 같은 눈물을 참아내는 듯했다.

아니 이건 또 무슨 소리야? 나한테는 교회와 교황님을 향해 원한을 품었다고 떠들더니, 전혀 다른 소리를 하네?

"그대들은 방금 돈가하하 경의 이야기를 듣고 어떻게 생각했나? 그도 역시 교회의 신도라는 사실을 알았을 것이야. 그리고 그대들도 가슴에 한 번 손을 대고서 생각해보길 바라느니."

교황님께서 결심을 굳힌 듯이 이야기를 시작했다.

"현자가 된 루시엘의 공훈은 대단히 크다. 그대들에 비해 좋은 대우를 받는 것 또한 사실이니라. 하나 루시엘만큼이나 혹은 그 이상으로 노력했다고 자부할 수 있는 자가 있는가? 있다면 본녀가 친히 살펴보겠노라……."

교황님께서 발언하자 대훈련장에 한동안 정적이 찾아들었다. 교황님께서는 이 자리에 있는 모두의 얼굴을 찬찬히 둘러봤다. 아무도 움직이지 않았다. 불공평하다고 여겼던 자들도 차마 움직이지 못하는 듯했다. 그것을 확인한 뒤 교황님께서 다시 입을 여셨다.

"아무래도 없는 모양이구나. 본녀는 교황으로서 먼저 모두에게 사죄하겠노라."

"기다려주십시오. 교황님께서 사죄하셔서는 안 됩니다."

"카트린느, 이 일은 본녀가 잘못했느니라. 잘못했으면 사죄하는 게 당연하지 않으냐. 루시엘이여, 그렇지? 옛날에 아버님과 어머님께서도 그렇게 가르쳐주셨지."

"하지만 이 자리에서 사죄를 하시……." 슝(털썩)

카트린느 씨 뒤에 그림자가 나타나더니 그녀가 실이 끊어진 인형처럼 힘없이 쓰러졌다.

이내 검은 그림자가 카트린느 씨를 받치더니 그대로 공주님처럼 안아 올렸다.

"너무 흥분한 모양이군. 이건 가벼운 벌이라고 해두지. 루시엘 군, 계속 진행해."

가르바 씨가 그렇게 말하고서 대훈련장 구석으로 물러났다.

"어험, 교황님 계속하시죠."

"음……. 이 교회 본부에 미궁이 생긴 데에는 이유가 있다. 그건 본녀가 이 교회 본부에서 밖으로 나갔기 때문이니라. 원래 성도 내에서는 자유롭게 외출할 수 있었는데, 수익을 늘리기 위해 무리하게 공사를 감행한 결과, 교회 본부에 결계를 치는 마도구가 파손되고 말았느니라."

원래 성도 안을 자유롭게 움직일 수 있었다면 교황님께는 잘못이 없다. 역시나 레인스타 경에게도 교황님을 교회 본부에 붙들어둘 의도가 없었다.

교황님께서 눈을 감으면서 옛날을 떠올리듯 말을 이어나갔다.

"성도에 있던 결계가 소실된 뒤에 미궁이 출현해서 본녀는 충격을 받은 나머지 며칠 동안 의식을 잃었다. 그리고 당시 기사단

장이 기사들을 지휘하여 미궁 공략에 나섰느니라. 그러나 아무도 돌아오지 못했다. 그 이후에는 모두가 알다시피 루시엘이 미궁을 공략할 때까지 미궁은 줄곧 미공략인 채로 남아 있었느니라. 본녀 때문에 수많은 목숨을 잃게 됐으니, 진심으로 미안하구나."

교황님께서 고개를 숙이자 역시나 기사들도 당황했다. 무릎을 꿇는 자, 경례하는 자, 넋을 잃은 자 등 각양각색이었다. 그러나 폭언을 내뱉은 자는 없었다.

"방금도 말했지만, 돈가하하가 교회를 생각했던 건 틀림없느니라……. 하나 나쁜 짓을 저질렀는데도 내버려 두는 것은 모두의 신뢰를 저버리는 짓임을 깨닫게 됐느니라."

언제부턴가 교황님의 눈동자에서 눈물이 흘러나오고 있었다.

"교회를 혼란에 빠뜨리고, 발칙하게도 사악한 술법으로 손을 더럽혀 마족화를 시도하고, 마족을 소환한 죄는 지극히 무겁다. 따라서…… 따라서…… 모든 기억을 말소하고, 직업을 없앤 뒤 교회에서 추방하겠노라."

극형을 내릴 줄은 알았지만, 교황님께서는 처형을 피했다. 그러나 기억을 말소하는 것은 어떤 의미에서 처형보다 더 무겁다.

"극형을 바라는 자도 있을 테지만, 교회는 사람들을 구하는 곳이다. 교회 본부에서 사람을 더 이상 죽이는 것은 본녀가 용납할 수 없느니라."

교황님께서 울면서 그렇게 힘주어 말했다.

그리고 처분을 들은 돈가하하를 제외한 자들은 혼이 쏙 빠져나가고 말았다.

그런 와중에 돈가하하가 입을 서서히 열었다.

"그 처분을 기꺼이 받듭니다. 교황님, 당신께서 각오를 다지고서 명령을 내리셨다면 미궁이든, 집행부든 더 일찍 장악하실 수 있었을 겁니다. 앞으로는 그 각오를 잊지 마시고, 교회가 숭고한 이념으로 회귀하기를 바랍니다."

"돈가하하……."

돈가하하가 마지막까지 교회를 생각하고 있음을 알았다.

"현자 루시엘이여, 난 그대를 얕봤던 모양이다. 이번 소문 사건을 사죄하는 의미에서 형이 집행되기 전에 그대한테 말해야 할 것이 있다."

"무엇인지요?"

"이번 사건과 마족 사건의 흑막은 블랑주 공국이다. 하지만 먼저 제국으로 속히 가지 않으면 공국의 어둠이 일마시아 제국을 뒤덮게 되겠지. 그렇게 되면 이 성도도 전화(戰火)에 휩싸이고 말 거다. 염치없는 말이지만 성도를, 교회 본부를, 그리고 교황님을 부탁한다……. 커헉."

돈가하하가 갑자기 피를 뿜어내고서 쓰러졌다.

나는 바로 리커버와 디스펠, 엑스트라 힐을 발동하여 돈가하하의 목숨을 어떻게든 붙들어뒀다. 그러나 그의 의식은 되돌아오지 않았다.

교황님의 처분은 씁쓸한 뒷맛을 남겼다――.

저자 후기

인생, 어떤 일이 벌어질지 알 수 없다. 소설가가 되는 게 결정 됐을 때 느꼈던 솔직한 심정입니다.

그로부터 약 5년 반……. 「성자무쌍」을 구분점이 되는 10권까 지 집필할 수 있었습니다.

이렇게 이어올 수 있었던 것은 틀림없이 응원해주신 독자 여러 분 덕분입니다.

이 고마움을 여러분께 보답하고 싶은 마음이 매일 간절합니다. 하지만 좀처럼 그러질 못하는 실정입니다.

이 상황을 바꿔보는 것을 내년 목표로 삼아 정진해나갈 테니 2022년도 부디 잘 부탁드리겠습니다(이 글을 쓴 시기는 12월 중 순입니다).

세상이 코로나로 신음했던 요 2년 동안에 의료종사자분들께는 매일 감사하는 마음입니다. 마찬가지로 뒤섞여 있는 온갖 정보들 을 취사선택하면서 전염병을 올바르게 예방해온 여러분들도 장 하십니다.

내년에는 코로나가 과도하게 두려워할 필요가 없는 감기의 일 종으로 전락해주길 바랄 뿐입니다.

분명 미래에는 회복 마법이 아니라 의료용 나노 머신이 투입되 는 날이 올지도 모르겠습니다만, 그때까지는 몸을 스스로 잘 챙겨야겠습니다.

요 5년 반 동안에 작업 환경이 어떻게 바뀌었는지 돌이켜봤습니다. 5년 전에 컴퓨터 한 대를 새롭게 마련했고, 작년에는 일반 책상을 승강 데스크로 교체했으며, 콘택트렌즈를 안경으로 바꿨습니다.

변화가 별로 없어서 재미가 없습니다만, 코로나가 유행한 뒤에는 생활에 적잖은 영향을 끼쳤습니다.

불필요한 외출을 자제하면서 외식하는 횟수가 손에 꼽을 만큼 줄어들었습니다. 종이책에서 전자 서적으로 전환했고, 유료 동영상 서비스도 가입했습니다.

이건 익숙함의 문제일지도 모르겠지만, 만화는 전자책으로 읽는 게 더 편해졌고, 소설은 여전히 종이매체로 읽는 게 편합니다. 여러분들은 어떻습니까?

그나저나 정말로 요 2년이 빠르게 지나갔습니다. 딱히 추억으로 곱씹을 만한 기억이 없으니 내년에야말로 기억에 남을 만한 추억을 만들어나가는 한 해가 됐으면 좋겠습니다.

2021년은 코로나 유행 때문에 참배도 못 가고 기원도 하지 못했습니다. 2022년 정초는 어떨지 모르겠지만, 여러분들의 건강과 행복을 진심으로 기원합니다.

마지막으로 제 망상을 반영해달라고 늘 억지를 부리는데도 멋진 일러스트를 그려주시는 sime님, 만화로 「성자무쌍」의 매력을 끌어내 주시는 아키카제 선생님, 늘 이러쿵저러쿵 말하면서도 마지막까지 챙겨주시는 편집담당자 I씨, 정말로 감사드립니다.

앞으로도 잘 부탁드립니다.

또한 서적 출간에 관여해주신 모든 관계자 여러분(특히 교정교열 담당자님)에게 감사를 올립니다. 독자 여러분들께서 더욱 즐겁게 즐기실 수 있도록 성심성의껏 노력할 테니 앞으로도 응원을 부탁드리겠습니다.

SEIJAMUSOU Vol.10
©2022 by Broccoli Lion, sime
All rights reserved
First published in Japan in 2022 MICRO MAGAZINE, INC.
Korean translation rights reserved by Somy Media, INC.

성자무쌍 10

2023년 5월 15일 1판 1쇄 발행

저 　　　자	브로콜리 라이온
일 러 스 트	sime
옮 긴 이	박춘상
발 행 인	유재옥
본 부 장	조병권
편 집 1 팀	김준균 김혜연
편 집 2 팀	박치우 정영길 정지원 조찬희
편 집 3 팀	오준영 이해빈
편 집 4 팀	박소영 전태영
라이츠담당	김정미 맹미영 이윤서
디 지 털	김지연 박상섭
미 　　　술	김보라 박민솔
발 행 처	㈜소미미디어
인쇄제작처	㈜코리아피엔피
등 　　　록	제2015-000008호
주 　　　소	서울시 마포구 토정로222, 403호 (신수동, 한국출판콘텐츠센터)
판 　　　매	㈜소미미디어
마 케 팅	박종욱
영 　　　업	박수진 최원석 한민지
물 　　　류	허석용
전 　　　화	(02)567-3388, Fax (02)322-7665

ISBN 979-11-384-7868-7 04830
ISBN 979-11-6190-387-3 (세트)